講談社文庫

家電の神様

江上 剛

講談社

家電の神様

第一章　リストラされちゃった！

1

人ごみをかき分け、荒い息を吐きながら一気に駅の階段を駆けあがり、売店に立ち寄る。

「おはようございます！」

販売員のおばさんに声をかける。六十歳に近いのではないだろうか。俺の母親と変わらないくらいだ。

「おはよう。いつも元気だね」

「日日経済新聞、ちょうだい」

「はいよ、そこからとってね」

筒状に差し込まれた新聞の中から日日経済新聞をさっと抜く。財布から取り出したSuicaでピピッと精算する。ここまではいつもの通りだった。

「轟《とどろき》さん、あんたビッグロード電器の社員だったよね」

「そうですよ。なにか？」

俺は新聞に目を落とした。

「記事、見てごらん。何かと大変だね」

おばさんの表情が曇った。

その途端、「えええええええっ」俺は周囲をはばかることなく叫び声を上げ、日日経済新聞の見出しに釘付《くぎづ》けになった。

『ビッグロード電器、従業員の一割、二万五千人リストラ実施』

黒々としたインクの文字が躍っている。

電車を待つ人たちが、俺の叫び声に驚き、振り向いた。

「こ、これほんと」

俺はおばさんに聞く。「私にゃ分からんよ。でも新聞が嘘《うそ》、書くわけはないからね」

俺が勤務するビッグロード電器は日本有数の家電メーカーだ。資本金二千六百億円、売上高約七兆五十億円、営業利益約四千二百億円、従業員約二十五万人。世界中に工場や子会社がある。今はこの世にいないが、創業者は立志伝中の人物で、有名な発明家だった。ユニークで最先端な家電を作ることで成長し続けてきた。

ところが最近は調子が悪い。世界的な不況と中国や韓国の家電メーカーにテレビなどの主力商品のシェアをどんどん奪われているのだ。起死回生とばかりに最高級の液晶パネル工場を作ってみたが、これが大失敗。数千億円の投資をして福井県に造られた工場の製品はクオリティの高さを売りとしたものの、やはり安さを売りにする韓国、中国メーカーとの価格競争に陥り、収益を上げられない。今や大変なお荷物工場になっている。

俺は腕時計を見た。出社時間が迫っている。急がなきゃ。新聞をくるくると丸めると、「じゃあね」とおばさんに挨拶をして、ドアが開いた電車に向かって駆け出した。

「リストラされるんじゃないよ！」

おばさんの声が背中を押してくれたおかげで少し気持ちが落ち着いてきた。

丸めた新聞を鞄《かばん》に突っ込み、両手で吊《つ》り革を摑《つか》み、人の揺れに合わせる。後方に飛んで行く外の景色をぼんやりと眺める。つい先日まで枯れ木だったソメイヨシノの並木は少しずつつぼみをふくらませている。来月は一年で最も新鮮な気持ちになる四月だというのにリストラの記事とは、なんとも鬱陶しい。梅雨が先に来たような気分だ。去年、一万人のリストラをしたばかりじゃないか。またリストラかよ。

「今月でちょうど入社丸三年かぁ」

俺が就職活動をした二〇一一年、入社した二〇一二年は日本にとって近来稀《まれ》に見る最悪の年だった。

国民全体が長く続く不況に嫌気が差し、大きな変化を求めていた。その空気を受けて野党だった民生党が総選挙で圧勝し、自主党政権が倒れ民生党政権が成立した。それが二〇〇九年の出来事だ。首相になったのは宇宙人と自称する椋山島夫《むくやましまお》。ところがこの人物は、やることなすことやっぱり宇宙人で沖縄基地問題などでミソをつけ、失脚。二〇一〇年にその後を受けたのが短気で有名なイライラ萬と称される萬田久人《まんだひさと》。宇宙人だとかイライラ萬だとか、どうもよくない感じがしていたが、その予感は当たった。中国の漁船が尖閣諸島《せんかくしょとう》沖で日本の巡視船に体当たりしてきたり、日本航空が破たんしたり、二〇一一年三月十一日には東日本大震災が発生した。大地震は、巨大な津波を伴って東北の沿岸の家々や人々に襲いかかった。そして大東京電力福島第一原子力発電所を破壊した。この処理に奔走していたのは萬田久人首相だったが、やはり上手《うま》く行かず失脚。その後を受けたのが自らドジョウと称して庶民派をアピールした山中正直《やまなかまさなお》。この人は実直そうに見えたから少し期待した。しかし政治というのは勢いだ。一度、流れができ、その流れが悪い方に向かうと、もう誰にも止めることができない。山中首相のときには、尖閣諸島国有化を巡って中国と関係が悪化し、それが日本経済を直撃した。最悪の経済環境下で彼は財政再建の旗印を立て、財務省のパペット、すなわち操り人形と化してしまった。消費税を引きあげることを自主党などと合意して、総選挙に打ってでたのだ。その心意気や良し、とはいかなかった。古来、税金を引きあげて選挙に勝った政治家はいない。その実例を増やしただけの結果となった。総選挙では、民生党は壊滅的な敗北を喫し、下野。二〇一二年暮れには自主党の政権が復活し、安達信一《あだちしんいち》首相が返り咲くことになる。今は二〇一五年。民生党は消えてしまったように存在感が薄くなり、自主党一強状態になった。アダノミクスという経済政策を打ち出し、日銀を抱き込んでジャブジャブ金を放出したため、世の中、なんとなく景気がよくなってきたような感じになっている。学生の就職状況も改善してきているらしい。しかし国内消費はまだまだ回復していないため、企業の業績はいいところと悪いところがはっきりしてきたようだ。はっきり言って家電業界は悪い。

「三種の神器」と言われた時代ははるか昔。日本経済を牽引《けんいん》してきたパシフィック、シャープンなど日本を代表する家電メーカーは大赤字だ。ご多分に洩《も》れず俺が勤務するパシフィックに次ぐ業界第二位のビッグロード電器も赤字になり、去年、一万人のリストラを実施した。それから一年も経《た》たずに今度は二万五千人だ。いったいどこまでリストラすれば気が済むのだろうか。そのうち社員がいなくなってしまう。

「リストラ対象にはなりたくないなぁ。俺、この会社で働くのが目標だったのに……」

俺は周囲の乗客に聞こえないようにぶつぶつと呟《つぶや》いた。

2

住民のほとんどが「東京在住」と名乗る「千葉都民」の千葉県稲穂市で生まれ育った俺は、高校を卒業し、東京の二流私立大学に進学した。実家は地元の電器屋だ。経営者の父が早く亡くなったため、今は母が経営しているが、俺は跡を継ぐ気はなかった。もっと広い世界を見たかった。それでもやっぱり電器屋の息子は電器屋だ。子どものころから好きな電気の道に行きたくてビッグロード電器を第一目標に就職活動を始めた。

業界二位のビッグロード電器は人気企業だ。俺みたいな二流大卒は無理かと思ったが、ここぞと決めたら突進するのが俺流だ。俺のいいところは、自分で言うのも気が引けるが、とにかくポジティブシンキング。前向きに物事を考えることだ。実際は微妙に弱気なんだけど、そこをポジティブシンキングで補っているという感じだ。それに父も若いころビッグロード電器の前身である大道電器で働いていたから、どうしても入社を勝ち取りたかった。

俺が信奉するパシフィックの創業者杉下幸助《すぎしたこうすけ》は「人生は真剣勝負である」と言っている。常に勝つ気で物事に挑めってことだ。だから俺はなんとしてでも入社するぞという心構えで就職活動を開始した。

　この会社は創業者が、学歴無用や「出る杭《くい》」的人材を求めると盛んに言ってた時期があった。その企業理念をエントリーシートにこれでもかっていうくらいに盛り込んだ。そして電器屋の倅《せがれ》であること、父のこと、小さいころからビッグロード電器の製品に親しんでいたこと、自分でラジオやパソコンを組み立てたり、ちょっとした電器製品の修理もできること、さらに民間資格ではあるが「家電製品アドバイザー」資格の生活家電とAV情報家電の両方を持っていることを強調した。AVったってアダルトビデオじゃない。オーディオ・ヴィジュアルの略で映像や音響機器のことだ。

　その戦略が功を奏したのか、見事にエントリーシートが採用担当者の心を打ったのだろう。面接に来てほしいということになり、後はトントン拍子に内定にまでこぎつけた。学校の仲間たちは、一様に驚いた。よくそんな一流企業に入社できたなって……。母にはもしかしたら店の後継者になってほしいという気持ちもあったかもしれないが、喜んでくれた。近所の人たちに「息子がビッグロード電器に入りましてね」と自慢していた。中には、皮肉っぽく電器屋の採用枠ってのがあるんじゃないのか、と余計な詮索事を言う人がいて、母は怒っていた。

「新宿〰、新宿〰」

　電車が駅についた。ドアが開くと、乗客が一気に押し出される。その流れに逆らうことはできない。俺も外に押し出される。

ビッグロード電器の本社は丸の内だ。日本の中心みたいな場所。でも俺の勤務地は新宿の家電量販店サクラ電器の店舗だ。実は、俺はビッグロード電器に採用されはしたのだが、本社で勤務した経験は一度もない。入社した途端にカンパニー制だとかよく分からない制度が導入されて、会社がいくつものカンパニー、すなわち子会社に分かれてしまった。俺はそのカンパニーのひとつであるビジネス&ホームアピアランスセールスカンパニーに配属された。要するに営業部隊だ。

家電量販店の店頭で自社製品を販売支援するために家電メーカーが「ヘルパー」という支援部隊を派遣することがある。これはあまりにも家電量販店の優越的地位の乱用だということで公正取引委員会から指導を受け、今はかなり自粛されている。しかし家電メーカーにとって販売の激戦場は家電量販店であることに変わりはなく、ビッグロード電器では俺たちのような若手社員を「研修」という名目で売り場に立たせている。客への製品説明をするためだ。

「おはようございます」

俺はAV機器売り場にいた売り場主任に挨拶した。彼はこのサクラ電器の社員だ。名前は中村金多《なかむらきんた》。年齢は四十歳代の後半。細身でちょっと顔がいかめしいが、とても明るい。特徴は声が大きいことだ。俺たちはキンタさんって呼んでいる。

「おはよう。轟君、今日も元気だね」

「はい。今日もがんばります」

俺は、挨拶のつもりで鞄に入れていた新聞を取りあげた。今から更衣室で制服に着替えねばならない。

俺は、キンタさんの顔が曇ったのを見逃さなかった。

「その新聞見たよ」

キンタさんが言った。

「ああ、これですか」

俺は新聞を広げて一面を飾っているリストラの見出しをキンタさんの方に向けた。

「ビッグロードよ、お前もかって感じだな。轟君もリストラされないようにがんばってくれよ」

「さすがの私もびっくりですよ。まったく聞いていなかったですから。まあ、業績がこのところ振るわないから、心配していましたけどまさか二年連続とは……」

「長引くデフレの影響で日本の家電メーカーは総崩れだよね。パシフィックもシャーパンも赤字だもんね。この店では外国人客の爆買いもあってまずまず売れるんだけどね」と、キンタさんは溜息を吐いた。

「新宿で売れても世界で売れなきゃね。私に売らせてくれりゃ、南極のペンギンにだって液晶テレビを売りますけどね」

俺はニヤッと笑った。

「その心意気で今日も頼んだよ」

キンタさんが手を高く上げたので、俺はその手にハイタッチした。

「あっ、そうそう、木下《きのした》君、辞めたよ」

キンタさんが言った。木下というのは俺と同じメーカー派遣の立場のパシフィックの社員だ。

「えっ、マジっすか？」

俺は驚いた。昨日まで一緒にここで働いていたのに。

「やっぱりリストラでさ。昨日までだったのよ」

「水臭いじゃないですか。黙って辞めるなんて……」

さすがの俺も暗い気持ちになった。

「俺もみんなに話してさ、送別会でもやろうと言ったんだよ。でも、本人が嫌だって言うから仕方がないよな。みんなに黙っていてくれって強く頼まれてさ。余程、堪《こた》えたんじゃないの？」

「そうですか……。いい奴《やつ》だったのに。そうですか、あいつもリストラですか」

木下の顔を思い出した。ライバル企業だけど、険悪な関係にはならず、切磋琢磨《せっさたくま》できる大切な仲間だった。それに童顔で結構、おばさん客に人気があったのに。

「まあ、轟君のときは、派手に送別会をやるからさ」

キンタさんが明るく言った。

「えっ、私もリストラされるんですか」

俺は自分を指差した。キンタさんに明るく言われると、実際にそうなりそうな気がしてくる。ネガティブシンキングになってきそうだ。

「ちがう、ちがう。仮定の話、あくまで仮定だよ。それにしても嫌だね。どうして偉い人は、すぐに人を切りたがるんだろうね。『人は城、人は石垣』って言うのにさ。人の気持ちを考えない経営からは、いずれお客様の心も離れてしまうよ。短絡的だな、ほんとに」

「この店はどうなんですか？」

最近は、国内の人口減少にも原因があると言う人が多いが、家電量販店もかつての勢いを失い、生き残りのための再編の時代に入った。

「聞いてくれるなオッカサンだよ」

キンタさんは大げさに顔を歪《ゆが》めた。

「それを言うなら止めてくれるなオッカサンでしょう」

「どっちでもいいけどさ。俺も会社から希望退職を迫られてんのさ」

「応募するんですか」

「迷ってんの。女房は、絶対に辞めないでって言っているしね。まだ子どもも小さいだろう。上は小学二年生、下はまだ五歳だよ。轟君みたいな独身なら、ぱっと辞めちゃうんだけどね」

キンタさんは笑っているようなそうでないような複雑な顔をした。

「もし辞めるなら言ってくださいよ。派手に送別会をやりますからね」

俺は、先ほどのキンタさんの言葉通りを返した。

「ありがとう。でも俺も黙って消えるかな。木下君みたいに。定年退職じゃないからね。まあ、暗い話はこれくらいにして今日もがんばろうか」

キンタさんは、俺に背を向けて売り場の点検を始めた。もうすぐ開店だ。心なしキンタさんの背中がうら寂しいような、影が薄いような気がした。

3

「この新製品は黒の色がはっきり、くっきりしているんですよ。液晶テレビの最高峰です」

俺は、売り場に立ってビッグロード電器製のテレビの特徴を老人客に説明した。

日本国内の家電市場は年間約七兆円から八兆円の規模だ。その売り上げの六十％以上を大型家電量販店が担っている。それだけに大型店同士の競争は激烈だ。

家電の販売には三大商戦と言われる春、夏、年末商戦がある。

春商戦は、三月の第二週から四月の第一週まで。この時期は入学、入社などで人の移動が激しい。新しく住まいを作るための多様な製品が売れる。夏商戦は、六月の第三週から七月の第四週まで。各企業がボーナスを支給し、懐具合の良くなったサラリーマンたちがエアコンやテレビなどを買う。年末商戦は、十一月後半から十二月末まで。クリスマスプレゼント用の製品や新年を迎えるための多くの家電製品の買い替え需要が起きる。

そしてその三大商戦の間を埋めるのが四商戦だ。初売り、ゴールデンウィーク、お盆、シルバーウィークの四シーズン。これら七つの商戦に向けて、どの売り場でも客の獲得にしのぎを削るのだが、こうしてみると年中、セールを行っている状態だ。

特に消費税が五％から八％に引きあげられてからは、ドンと買い手が減った。政府や日銀はたった三％と侮っていたんじゃないか。まさかこれほどまで消費が冷え込むとは、政治家はいわゆる想定外だっただろう。だけど俺たちは客が減ることは分かっていた。だからあの手この手で消費税前の購入を勧めた。それはそれである程度の効果はあったのだが、消費税引きあげ後の落ち込みは、引きあげ前の駆け込み需要をぶっとばす勢いだ。売上グラフは、ほとんど断崖から飛び降り続けている状態だ。

そんななか、なんとかサクラ電器新宿店が商売できているのは外国人観光客、特に中国人観光客の爆買いのおかげだ。一年間に中国人観光客は二百五十万人ちかくも来日する。彼らが家電製品を大量に購入してくれるのだ。その消費額だけで五千億円以上といわれている。すべてが家電というわけじゃないが、特に家電は人気が高い。

そしてもうひとつは、老人客重視の方針だ。日本には千六百兆円以上もの個人資産があるというが、そのほとんどは老人が所有していると言われている。若い人は金がないが、老人はたんまりと持ち、使い道に困っているのだ。品の無い話だが、オレオレ詐欺が老人をターゲットにするのは、高齢で判断力が鈍っているうえ、金を持っているからだ。

俺の前にいる老人客は見るからに品がいい。細身で紳士帽をかぶり、よく手入れされた白い口髭《くちひげ》と顎鬚《あごひげ》、焦げ茶のジャケットにグレーのスラックス。茶の革靴は先までぴかぴかに磨かれている。きっとどこか大手企業の重役を引退し、今は悠々自適といったところに違いない。ただ他の客と違うのは、この老人客はかなり頻繁に店内で見かける人物だということ。俺が接客するのは今日が初めてだが、孫や子どもにせがまれるままに家電をプレゼントするほどの金持ちなのか。それとも閑《ひま》を持てあました面倒な冷やかしだろうか。

「黒がはっきりしていると画像がきれいだということかね」

老人客が言った。

「お客様、おっしゃる通りです。他社の製品と比べてみてください」

俺は脈ありと見て、ぐっと攻める。

「だけど、あまり差があるようには見えないがね」

老人客が首を傾《かし》げる。

鋭い。その通りだ。黒が鮮やか、赤がきれいなどと言っても色は、所詮、好みだ。本音で言うと、販売している俺にもそれほど差があるとは思えない。

「そんなことはありません。我が社の製品は最高の画像解析度なんですよ」

俺の説明に老人客は唇をへの字に曲げた。不満の意思表示だ。

いけない。難しい言葉を使ったり、自社製品ばかり強引にセールスしたりするのはご法度だ。押してばかりでは客はひいてしまう。買ってもらうためには多少の雑談に付き合うことも必要だ。これがこの三年で学んだ販売の哲学だ。

「失礼ですが、お客様のお姿は時折、店内でお見かけするのですが、お買い求めの商品に不具合があるのでしょうか？」

俺は、どんなことでも話してほしいという表情で、老人客をのぞき込む姿勢になった。

老人客は、腕を組み、なにやら考える風でずらりと並んだテレビを見つめ「昔はね、テレビは家庭の王様だった」と言った。

「へ？」

俺は、唐突な発言についていけない。

老人客は、俺の方を振り向き「テレビが居間の真ん中にドーンと鎮座していてね。それにはレースがかけられていて、食事が終わって父親がおもむろにそのレースを持ちあげると、灰色のようなブルーのような色合いの丸みを帯びたブラウン管が現れるんだ。今のようにリモコンじゃないから、父親がカチャカチャとチャンネルを回す。子どもたちはそれを固唾《かたず》をのんで見つめているんだ。というのはね」とにやりとし「自分が見たい番組に父親がチャンネルを合わせてくれるかが大問題なのだよ。それこそ子どもたちの人生においてこれ以上ないと言っても過言ではないほどの大問題だった」

「すごいですね」

「そうだよ。すごいんだよ。父親がプロレスや野球にチャンネルを合わせてしまうと、ああっと深いため息だ。いや、野球やプロレスもおもしろいがね、子どもたちが見たいのはディズニーのドラマやまぼろし探偵、月光仮面などだからね」老人は口髭を撫《な》でながら笑みを浮かべた。

「このテレビでしたらドラマもアニメもご家族で楽しく御覧になれると思いますが……」

俺は忙しい。いつ終わるかもわからない老人客の思い出話にこれ以上時間を費やす暇はない。

「それなのに君たちがテレビをやたらと安く作るものだからテレビは一家に一台から、一人一台の時代になり、手に入りやすくなると当然、王様の座から滑り落ちてしまった。それがきっかけで日本の家電メーカーの凋落《ちょうらく》が始まったんだよ。テレビの凋落がメーカー全体の凋落とシンクロしているんだ。君たちは画像が画素数がどうのこうのと言うが、このテレビの価格の大半は液晶パネルが占めているんだ。その液晶パネルは、今や韓国や中国製でどんどん安い値段で大量生産されている。そんなもののどこに独自性があるんだね。日本製品の良さは確かな職人による、確かな技術と品質じゃないのかね」

老人客が怒り出した。まずい。俺は何も言っていないのに、勝手に興奮し始めたじゃないか。

「たしかに海外でも生産しておりますが、なにぶんにも価格競争が激しいものですから」

俺は言い訳ともつかぬことを言った。

「日本の家電メーカーは価格競争に陥ったり、どこのメーカーも同じような大量生産品ばかり作ったりしないでだね、もっとおもしろいもの、ワクワクさせるもの、一家団欒《だんらん》という今や死語になってしまったが、それを取り戻すようなもの、父親の権利を強化するようなもの、そんな金を払っても買いたいというものを作ってくれないと困る」

老人客は自分の言葉にさらに興奮して、やや頬を赤らめた。

「承知いたしました。お客様のご意見として本社に報告させていただき、製品作りに反映させていただきます」

俺は頭を下げた。もう勘弁してくれという気持ちと、ご老人、あんたの言うことはもっともな指摘だぜという気持ちが半々だ。

「本社？　というと君は、ビッグロード電器の社員なのかね」

老人客は怪訝《けげん》そうな顔をした。

「はい。轟と申します。ビッグロード電器で営業を担当しており、このサクラ電器様でお客様のお相手をさせていただいております」

俺は名刺を渡そうと思ったが、変わったことばかり言う客なのでやめることにした。

「そうかね。ビッグロード電器の社員か……。まあ、がんばりなさい」

「ありがとうございます」

俺は頭を下げた。

「名刺をもらっておこうか」

老人客が手を差し出した。

俺は躊躇《ちゅうちょ》したが、名刺入れから名刺を取り出して老人客に渡した。

「轟雷太《らいた》君か」老人客は俺の顔を見てにやりとし、「ずいぶん、ゴロゴロピカッと鳴りそうな名前だね。覚えやすくてよい」と言い「孫の入社祝いにテレビを買ってやるつもりだから今度来るときには君の勧めるものを買うよ。ああそうそう。売り上げ目標ばかり気にしていたらお客様の満足度が下がってしまうから注意しなさい」

「はい。今のお言葉、肝に銘じてがんばらせていただきます。ありがとうございます」

俺は床に頭を擦《す》りつけんばかりに腰を曲げた。やったぜ。やっぱり老人の話は時間を気にせずじっくりと聞くことがセールスの勝利の方程式だ。売り上げ目標ばかり気にするな、か。いいこと言うじゃん。上司に聞かせたいね。亀の甲より年の功だね。

俺はエスカレーターのところまで老人客を見送った。そのとき、胸のポケットに入れた俺のスマートフォンが鳴った。取り出して画面を見ると、人事部からだった……。

4

「おめでとう」

キンタさんは、俺が本社に転勤することを喜んでくれた。新宿三丁目のどれだけ飲んでも一人二千円を超えないという中華料理店に送別会として誘ってくれた。

名物は、山盛りの羊の肉だ。胸や足などの部位ごとに切り分けられた肉をテーブルの上の炭火のコンロで焼き、唐辛子やタレをつけて食べるのだ。「胸、肉、だよ」日本語のたどたどしいウエイトレスが肉を運んできた。聞きしに勝る山盛りだ。

「こんなに食べられますかね。二人で……」

優に五十センチの高さはある。

「大丈夫さ。この後、足肉も来るからさ。それにしてもキャリア開発室なんてすごいじゃないの。良かったね」

キンタさんはコンロの上の網に肉を並べ始めた。

俺はだまってビールを飲んだ。

「あれ？　どうしたのさ。轟君らしくないじゃあーりませんか。なんだか暗いよ。初めての本社で緊張しているのかな」

キンタさんがおどけ気味に言う。

俺は、ジョッキを置いて「そうじゃないんです。実は、キャリア開発室って……」

「うん？　栄転だろう？」

キンタさんはひたすら肉ばかり見ている。

俺はなんて答えていいのか迷って、またビールを飲んだ。


仕事中、人事部から連絡があった。明日九時に人事部に来てほしいという内容だった。理由は、キャリア開発室への異動だ。「えっ、キャリア開発室ですか！」声が裏返った。「君は次のキャリアを見つけるチャンスを得るべき人材に選ばれたんだ」「選ばれたって、なにかいいことみたいですが……」「いいことだよ。新しい人生が拓《ひら》けるんだからね」「そんなにいいことなら代わりましょうか。いつでも代わりますよ」「……とにかく明日、九時に本社の人事部ね。サクラ電器さんにはこちらから伝えますから。じゃあ」人事部員は逃げるように電話を切った。

キャリア開発は、その名の通り新しいキャリアを開発するものだが……。どこでキャリアを開発するのかが問題だ。

「ビッグロード電器には『ガス室』があるんですよ」

俺は、コンロ越しにキンタさんをぐっと見つめた。

「おいおい、やめろよ。『ガス室』っていえば、ホロコーストという残虐行為に使用されたものだろうが……」

キンタさんは、話をしながら焼きあがった肉にタレをたっぷりとつけて口に入れた。

「そうですよ……」

俺はできるだけ思いを込めて言った。

「もういい加減にしろ。そんなお化け話でもするような顔を見せられたら、せっかくの肉が美味《うま》くないじゃないか。轟君も食えよ」

「はい。いただきます」

俺は、肉を皿に取ると、唐辛子とタレをたっぷりとつけた。肉が真っ赤になる。飛びあがるほどの辛《から》さが今の俺には必要だったが、食べてみるとさほどでもない。

「美味いだろう」

「ええ、とても。羊の肉ってもっと臭いのかと思っていましたが、甘いんですね」

じゅわっと肉汁が口に広がる。

「その『ガス室』ってのは、本当にガスが出てきて人を殺すってわけじゃないだろう。轟君の会社は電器屋だから、電気で焼き焦がすのかい？」

キンタさんがちょっと微妙な笑いを浮かべる。

「そうですね、『ガス室』じゃなくて『電気椅子』のほうがいいなぁ。今度キャリ開に行ったら並んでいる椅子を『電気椅子』って呼んでやりますかね」

俺は次の肉を口に運ぶ。

「ということは轟君が行くキャリア開発室が『ガス室』ってことなの？　轟君は『ガス室』送りになったってこと？」

キンタさんが肉を噛《か》みながら聞いた。

「そうなんです。誰が言い出したかは分かりませんが……」

ビッグロード電器には、昔からキャリア開発室という部署が人事部の中にあった。それは文字通り社員の能力を向上させ、キャリアを開発するために研修などを実施する部署だった。ところが景気が悪くなり、リストラが実施されるとまったく違う様相を見せ始めた。リストラを宣告された社員が机と椅子だけがずらりと並んだ部屋で仕事も与えられず、会話も禁止された状態で幽閉される部署になったのだ。期限は退職届を書くまでだ。

「要するに追い出し部屋か」

「時々、キエーッとか奇声を発する人がいるようです。仕事が無いとおかしくなっちゃうんでしょうね」

「ひでぇな。会社に貢献してきた社員を用無しになったらそこまで苛《いじ》めるのかね。轟君、栄転だなんて言ってすまなかったな」

「気にしないでください。他社の人がキャリア開発室って聞いたら、なんかいいところだって思いますよ。俺もついにリストラ対象になったってことです。仕事は辞めることだけ……」

「辛《つら》いなぁ」

キンタさんが表情を曇らせた。キンタさんは俺に同情してくれている。いい人だなぁ。

肉がほとんど無くなってきた。タイミング良くウエイトレスが山盛りの肉を運んできた。「足、肉、たっぷりよ」とテーブルにドンと置いた。相変わらずすごいボリュームだ。

「さあ、食うぞ！」

俺は肉の皿を持ちあげ、コンロの網の上に次々と並べた。

「そうこなくっちゃ、轟君はポジティブシンキングが持ち味なんだからね。その勢いだよ。いくらでも食ってくれ。『ガス室』に送られたって気にするなよ。いたるところ青山《せいざん》あり、だ」

「がんばります！　ビール！」

俺は、空のジョッキを高く掲げた。

忙しく働いているウエイトレスが俺を振り向いて、笑みを浮かべて指でオーケーサインを作った。

5

「この部屋です。あなたの席はあそこです。机の上に十三番の札が置いてあるのが見えますね。時間はそれほど残されていません。よく考えて次のキャリアへ進む決意を固めてください」

名札には『片桐晋三《かたぎりしんぞう》』と書いてある。俺より少し年上ぐらいだ。つるっとした長い顔に切れ長の目と薄い唇。話す際、感情を表情に出さない。冷酷な印象だ。

入社以来初の本社への出勤が丸の内本社ビル十三階十三号室のキャリア開発室の十三番の席とは、悪い夢を見ているようだ。

噂話《うわさばなし》に聞いていた通り、室内には教室方式に整然と机と椅子が並べられている。窓はあるが、外の曇り空が見えるだけだ。室内の席はほとんど埋まっている。本を読んだり、スマートフォンでゲームをしたり、ノートにペンを走らせたり、それぞれだ。ただ誰もが無言だ。

「少しお話、できますか？」

俺は片桐に聞いた。

「なにを？」

片桐は薄い唇を動かした。

「だって人事部に来いって言われて、いきなりここへ案内されて、キャリ開への異動理由なども説明してほしいじゃないですか」

片桐は首を二、三度動かした。ポキッ、ポキッと音が聞こえた。

「いいでしょう。こちらへ」

片桐は、俺を廊下の一番端にある小部屋に案内した。そこは窓もない。机がひとつぽつんとあるだけ。まるで取調室のような陰気な部屋だ。俺のように異動理由を聞きたいという人間のために用意されているようだ。

「入ってください」

片桐に言われるまま、俺は室内に入り、片桐と対面する形で椅子に腰かけた。まさに取り調べだ。

「ご質問をどうぞ」

表情を変えずに唇だけが動く。まるでロボットだ。

「なぜ私はキャリア開発室に異動になったのですか？」

「新しいキャリアを見つけてもらうためです」

「新しいキャリアって……。退職しろってことでしょう。なぜ私なんですか？」

「誤解しないでください。退職を強要しているわけではありません。自主的に転職をお薦めしているんです。あなたに相応《ふさわ》しい新しい職場に移る決意を固めてほしいのです。決意が固まったら、私たちはそれを探す支援をいたしますし、割増《わりまし》退職金をお支払いします」

「私、まだ若いんです。入社丸三年が経ったところです。この会社が第一志望で入社したんですよ。そんな私がどうしてリストラ対象になったのか、その理由を教えてほしいんです。納得がいきません」

俺は身を乗り出した。

「あなたはランダムな籤《くじ》で選ばれました」

片桐は淡々と言った。

「籤引きですか！」

俺は声を引きつらせた。俺の人生を籤で決めるのかよ！

「籤引きが一番平等だということです」

「なぜ、なぜ、籤なんですか」

「社員の一割をリストラしなければなりません。各セクションに一割削減の目標を与えるとします。もし上司が恣意的にリストラ対象を選ぶとなると、優秀でも気が合わない人を選ぶかもしれません。また会社で希望退職を募集しますと、辞めてほしくない人が応募し、辞めてほしい人は残る傾向があります。これらを考えて籤引きが、会社の経営上、リスクが少ない方法であるということになりました。それで社員番号をコンピュータでランダムに選出したのです。その結果、あなたが当選されました。おめでとうございます」

片桐の薄い唇だけが動いている。俺の目にはその唇はミミズが二匹、くねくねと動いているように見える。

「なにがおめでとうございます、ですか⁉　じゃあの部屋にいた人は皆、運悪く籤引きで当たった人ばかりですか？」

「そうです。運悪くではなく幸運にも人生の選択の機会を与えられた人たちです」

「会社に残るという選択はないんですか？」

「ありません。あなたは我が社に不要ということです。イ・ラ・ナ・イんです」

片桐はわざわざイ・ラ・ナ・イと区切って話した。思い切り殴ってやりたくなった。顔面に一発、喰《く》らわせたらひょっとして片桐の首が飛んで、中から歯車や電線が現れるのかもしれない。

「ひどいですよぉ。どうして辞めなきゃならないのですかぁ」

「会社を維持するためです」

「だったら経営に失敗した社長や役員たちを首にしたらいいでしょう。決算の報告を見たら、社長や会長は三億円、四億円も報酬を取っているじゃないですか。それを無給にすればいったい何人の社員が助かると思いますか」

「それは私のお答えする範囲外の質問です」

「何が範囲外ですか。馬鹿にしないでください。私は辞めませんよ。籤なんかで人生を決められてたまりません」

俺は机を叩《たた》いた。ドンという鈍い音がした。

片桐は俺の怒りを見ても表情を変えない。

「お辞めにならないという決意は結構ですが、仕事はまったくありません。またたとえ散歩でも部屋から出るには人事部の許可が必要です。もし勝手に外に出るようなことをされたら、懲戒の対象になり、割増退職金が支給されなくなりますから、注意してください」

「会社に来てから帰るまで一日中、あの部屋にいろってことですか？」

「そうです。勤務時間は午前九時から午後六時です。一時間の休憩も部屋の中から出てはいけません。昼食は弁当が運ばれてきます。意外と美味いと好評です」

このときだけ、片桐の薄い唇が引きあがり、微笑《ほほえ》んだように見えた。

「これは監獄じゃないですか？　いや、噂通りの『ガス室』だ」

「ここでは早く退職の決意をすることがあなたに期待されたただひとつの役割です」

片桐の言葉に俺はがくりとうなだれた。さすがのポジティブシンキング男もため息しか出ない。

6

「あのう……」

俺は、隣に座って本を読んでいる中年の男性に声をかけた。

「シッ」

男性は、俺を睨《にら》み、閉じた唇に人差し指を当て、それから正面の壁を指差した。そこには「私語厳禁」というステッカーが貼られていた。

「少しだけ……。いいでしょう」

俺は構わず小声で囁《ささや》いた。何も喋《しゃべ》らないでいることに堪えられない。

男性は仕方ないという表情で頷《うなず》いた。

「営業セクションの轟と言います。あなたは？」

「AV機器製造セクションの品川《しながわ》です」

男性は答えた。俺はじっと男性を見つめて、はっと驚き、再び男性を見つめた。品川ってまさかあの品川？

「あなたは品川雄二《ゆうじ》さんですか？　伝説のエンジニアと言われた？」

俺の質問に男性はわずかに照れたように微笑んだ。間違いない。AV機器の画像処理などで数々の特許を取った名エンジニアだ。その人までがここにいる……。

「あなたまでリストラ対象なんですか？」

男性はこくりと頷いた。こんな有名社員までリストラされるのでは、自分なんかは当然だと変な納得感を覚えてしまったのは悲しい。

「今日、帰りにどこかで一杯飲みませんか？」

俺は品川に言った。

「いいですよ」

品川は笑みを浮かべて、再び本に目を落とした。それは英語で書かれた技術書のようだった。

7

まさか日比谷《ひびや》公園《こうえん》のベンチに座ってビールを飲むとは思わなかった。品川を誘い、どこかしゃれたところで一杯飲んで、「ガス室」送りになった憂さを晴らそうと思ったのに、本社ビルを出るなり、品川は「日比谷公園に行きましょう」と言った。「日比谷公園？」と俺は聞きかえした。公園内のレストラン松本楼で飲むのかと思ったのだが、「コンビニでビールでも買って噴水の前で飲みましょう。気持ちがいいですよ。リストラ組には最適の場所です」とにこやかに答えた。先輩社員の言うことだから、俺は大人しく従うことにした。

コンビニで缶ビールを数本、つまみを少し買って、夕暮れの日比谷公園に行った。大噴水の周りのベンチにはちらほらと人がいる。みんな所在なげに座っている。俺たちと同じような境遇なのだろうか。

「ここに座りましょうか」

品川は慣れた様子でベンチに腰かけた。俺は品川の隣に座り、ビニール袋から缶ビールを取り出し、品川に渡した。二人の間につまみを並べた。プシュッという音を立て、プルタブを引く。

「乾杯」と品川は缶ビールを持ちあげたので俺も「乾杯」と言った。ぐいっと飲む。苦く冷たい液体が喉を刺激する。まだ肌寒いが一日中、室内に閉じこもっていたので夕暮れの空を眺めながらビールを飲むのは解放感があって気持ちがいい。

「美味いですね」

「ああ、美味い。公園居酒屋だよ。リストラされたサラリーマンの実感がひしひしと胸に迫るだろう」

品川は美味そうにビールを飲みながら喉を鳴らしている。

「品川さんのような名エンジニアをリストラ対象にするなんて会社は何を考えているんでしょうか？」

「私のほうより、轟君のような若い人を辞めさせるほうが会社の将来への影響が大きいと思うよ」

「品川さんも今日、キャリ開に異動になったんですか？」

「私は一ヵ月前だよ。驚いたよ。まさかと思ったね。会社にはずいぶん貢献してきたと思っていたし、これからまだまだやりたいこともあったからね」

品川は噴水を見つめている。横顔が寂しそうだ。

「一ヵ月もあの部屋にいるんですか。でも特許をたくさん取ってらっしゃるし、辞めてもそれで食っていけるんでしょう？」

品川がエンジニア時代に取った特許の数は歴代開発者の中でもダントツだという。

「特許はすべて会社に譲ったよ。リストラ発令と同時に会社に譲渡するように言われてね。面倒だから書類にサインしちゃった」

品川は苦笑した。

「えっ、それはひどいなぁ」

「ねえ、轟君、会社ってなんだろうね。私は死ぬほど働いたよ。海外にも赴任した。ドイツに五年だよ。家族も一緒だったから、女房や子どもは大変だっただろうね。慣れない環境で暮らすことは辛いから。新製品を出す前には、ほとんど寝る間もなかった。家族の面倒もみることができなかった。もうノイローゼになりそうだったから辞めようと思ったことがあった。そうしたらどんなことがあったと思う?」

品川は目を見開いて俺を見つめた。

「さあ」

俺は首を傾げた。

「今は亡き創業者の大道天之介《だいどうあまのすけ》さんから直接に電話があってさ。別にがんばれともなにも言わないんだけど、新製品の進捗状況を聞かれてね。楽しそうにうんうんと電話の向こうで頷いておられるのが分かるんだよ。私は嬉《うれ》しくなってね。気がつくと一時間も喋っていたんだ。いい時代だったね。ものを作るのが楽しくて仕方がなかった。そういう会社だったんだよ。ビッグロード電器はね」

品川はビールを飲み干したのか缶をぐしゃりと握りつぶした。

「私は電器屋の息子でして、念願叶ってビッグロード電器に入社したんです。まさかリストラ宣告されるとは思いませんでした」

「会社は以前の会社とは別物になっていたんだ。少し前からそのことには気づいていたんだけど、気づかないふりをしていたんだ。まさか自分が不要だと言われるとは思いもよらなかった。そして今はかつての創業者のように、電話の一本すら誰もくれないんだ。非情、ここに極まれりだよ」

品川は新しい缶ビールを飲み出した。

「どうするんですか？　これから」

俺が一番聞きたいことだ。

「最初は抵抗しようと思ったんだ。悔しいからね。でもあの部屋に無言で一ヵ月もいたら、おかしくなりそうでね。そんなに私に辞めてほしいなら辞めてやろうかなと思っているんだ。毎日、公園居酒屋で飲むのも寂しいから。辞めて何をするかは決めてないけど、捨てる神あれば、拾う神ありだよ」

品川は薄く笑みを浮かべた。

「辞表は書いたのですか？」

「ああ、今日、渡した。だから明日からは会社に来ない。次の仕事を探すか、準備する」

「えっ、もう明日から来ないんですか」

俺はせっかく知り合いになったのにもう別れることになるなんてと衝撃を受けた。

「私は迷いに迷ってしまって決断するのに一ヵ月もかかってしまったけど、轟君はすぐに決めたほうがいい。粘っても状況は良くならない。悪化するだけさ。もう会社は人を大事にする会社ではなくなったんだ。働く意味のある会社ではなくなったんだよ。さっさと見極めたほうがいい。どう、もう一本飲む？」

品川は俺に缶ビールを渡してくれた。俺はプルタブを開け、一気に飲んだ。少し温《ぬる》くなっていた。「ウップ」とげっぷをする俺を見ながら品川は言った。

「繰り返すけど、辞めたほうがいいよ。君は実家が電器屋さんなんだろう？　誰が経営しているの？」

「父が亡くなったので母がやっています」

「そうなのか。それなら話は簡単だよ。実家に戻ればいいさ。お母さんが喜ぶよ、きっと」

「でもね。母はショックを受けるでしょうね。私が会社で不要品になったって言ったら……。会社に残るチャンスはないですか」

俺はすがるように品川を見た。

「ない」と品川ははっきりと言い「私も一ヵ月、無駄に過ごしていたわけじゃない。キャリ開からの脱出をいろいろ画策した。しかし誰も協力してくれなかった。ここに送られた者は、正真正銘の不要品なんだよ。誰も見向きもしてくれない。轟君、それが会社というものさ。誰も他人のことなんかを気にかけている余裕がないのさ。諦めろ。もうこの会社は終わりだ。私が愛したビッグロード電器はもうない」と俺を見返した。

「どうしてこんなことになったんでしょうね」

俺は新しい缶ビールの残りを飲んだ。さらに温くなって爽快感はまったく無くなっていた。

「轟君、こうなった以上、会社を見返してやろうじゃないか。それにはお母さんと一緒に電器屋さんを立派にしてさ。ビッグロード電器が頭を下げるくらいにしたらどうなの？　私の信条はね、『人生に無駄なことなし』なんだ。リストラ対象になったこともきっとどこかで人生の糧になるよ」

「人生に無駄なことなし……」

俺の脳はフル回転し、辞めてどうするかを必死で考えていた。

第二章　実家に戻っちゃいました

1

「どうしたらいいかな」

俺は、鉄板の上でジュウジュウと焼けるカルビを裏返した。

「どうしたらいいかって、そんなのお前が決めることだろう」

母ちゃんは肉が焼きあがる都度、遠慮なく口に入れていく。俺は焼き方、母ちゃんは食べ方だ。

「まさかさぁ、リストラ対象になるとは思わなかったよ」

「お前、偉そうにビッグロード電器でビッグになるんだと言っていたけど、情けないね」

「情けないって言うなよ。宝くじに当たったようなものなんだから。公平を期すために籤引きで選んだんだってさ」

俺は、ようやく母ちゃんからカルビを奪い取り、口に入れた。肉汁が甘辛いタレと絡まって堪《たま》らなく美味い。リストラの憂さが少しの間だけ、晴れる気がする。

「お前は、そんな話を信じるようなお人よしだからリストラ対象になってしまうんだよ。会社ってのは、大事な人には留《とど》まってもらうように必死でお願いするものさ」

母ちゃんは、ジロリと俺を睨んだ。一瞬、母親の顔から「でんかのトドロキ」の社長の顔になった。

俺に残された道は、「ガス室」でじめじめと暮らすか、それともパッと退職するかしかない。「ガス室」の初日に知り合った品川は、一週間前に退職した。天才的なエンジニアだったが、会社は引き止めはしなかった。例外は無いということなのだろう。品川は、しばらく休んでから身の振り方を考えると言っていた。実績のある品川のことだから引く手あまたに違いない。

それに引き換え俺は……。

「どこからも引きはなかったのかい」

母ちゃんは〆の冷麺を啜《すす》っている。

「ないねぇ」俺は自嘲気味に言った。「だって本社経験もない。あるのは新宿のサクラ電器の売り場だけだからね」

俺は、カルビクッパを食べた。キムチを入れすぎてスープが真っ赤に染まっている。

「残念な男だねぇ」

「母ちゃん、その言い方はないだろう。一人息子が悩んでいるんだよ。もう少し同情してもいいんじゃない」

俺は腹が立った。ただ、確かに母ちゃんからしたら甘ちゃんの極みだろう。

母ちゃんは、俺が小学四年生のとき、父が交通事故で亡くなって以来、でんかのトドロキの社長として会社を切り盛りしている。偉いと思う。そのおかげで大学進学もできたのだから。

「同情はできないね。『俺はこんな田舎で終わる人間じゃない』って大見栄切って出て行ったんじゃないか」

「そうだったなぁ……」

母ちゃんの言う通りだった。しかし俺はどうしても稲穂市を出て、大きな世界を見てみたかった。

稲穂市は東京に近くて一見すると都会だけど、実は田舎だ。昔からここに住んでいる人も多い。一九六〇年代から一九七〇年代にかけて地元の人が耕していた畑や田に東京へ通うサラリーマンのためのマンションが林立したから、急に大きくなっただけだ。稲穂市から東京へ、東京から世界へ、それが俺の夢だった。

「まさかこんなに早く尻尾を巻くとは思わなかったよ」

母ちゃんは、冷麺のどんぶりを抱えると、スープをぐいっと飲み干した。やや肥満したお腹《なか》がぷくぷくと動いた。

「相変わらずよく食べるね」

「食べないと仕事はやれないさ。中小企業だからね」

「身体に悪いよ」

「もうあちこちガタガタだよ。父ちゃんが死んでからずっと働きっぱなしだからね」

母ちゃんは首を左右に何度か曲げた。ポキポキという音が聞こえてきた。

「俺、ハラミ、食っていいかな」

「さっさと注文しな。カルビクッパを食べていたから、もう終わりかと思ったのに。相変わらず中途半端だね」

「母ちゃんがほとんど食べるからだよ。ハラミ、美味いんだから」

俺は注文のコールボタンを押した。

「ハーイッ」元気な返事でユニフォームの黒いTシャツを着た女性が小走りにやってきた。

「ハラミ、一人前、お願いします」

メニュー表を見て言った。

「ハラミ、一人前ですね」

女性が復唱した。

「沙織《さおり》ちゃん、いつも元気だね」

母ちゃんが笑みを浮かべた。

「えっ、沙織？　沙織なの？」

俺はメニュー表から目を離して女性を見た。

「あらっ、雷太さん、元気？」

沙織は言った。

「ここで働いてんの？」

ちょっとドキッとした。きれいになっていた。長い髪を後ろで束ねているから広い額が輝いている。

「バイトなの。以前はＯＬをしてたんだけどね」

沙織は、端末に注文データを打ち込んだ。

「十年ぶりくらいかな？」

俺は言った。ちゃんと話したのは中学の卒業式以来かもしれない。沙織は大学進学は諦めたと聞いていた。俺とは違う高校を卒業し、そのまま地元企業で働いていたんだろう。

「雷太さんが大学四年のとき開かれた同窓会以来だと思う。あのときはあんまり話さなかったよね。おばさんには頻繁に会っているんだけどね」

沙織は母ちゃんに意味ありげな視線を向けた。

「母ちゃん、そんなにこの店に来ているんだ……」

沙織とはサッカー部で一緒だった。俺はハツラツとした沙織が大好きだった。家族ぐるみでの付き合いだった。俺は沙織に「大きくなったら俺の嫁さんになれ」と言ったことがある。沙織は、俺の記憶ではそのとき「いいよ」と答えたと思う。でもそれ程、真剣じゃなかったから、俺の片想《かたおも》いだったのだろう。今、久しぶりに沙織を見ていると、甘酸っぱい気持ちがよみがえってくる。それにしてもあの同窓会でどうして沙織にもっと注目しなかったのだろう。こんなに美人になっていたのに……。それとも俺は今日、酔っているのか。俺はもう一度、沙織を見た。

「まあ、いいじゃないかね。じゃあ、沙織ちゃん、またね」

「はい、おばさん。ハラミ、用意します」

沙織は俺たちの席を離れた。俺はその後ろ姿を目で追った。

「沙織、きれいになっていたね」

俺は母ちゃんに同意を求めるように言った。

「昔はお前、沙織ちゃんと結婚するんだって言ってたよね。沙織ちゃんはいい子だよ。家の都合でさ、勉強ができたのに大学進学を諦めたんだ。今どきは、バカでも大学に行くのにさ。それで地元の会社に勤めてさ、一時期ちょっと反抗してヤンキーになったこともあったけどね。今でも働き者でさ。私は、あの子のファンなんだよ。今度、うちで働かないかって言っているんだ。私も歳をとったし、人手が欲しいのさ」

母ちゃんは、俺の顔をジロッと見た。

「沙織がうちで働くの！」

俺は、驚きの声を出した。

母ちゃんは、人差し指を口に当て「声が大きいよ。まだ決まったわけじゃないんだから」と小声で叱った。

俺は、沙織と一緒にサッカーボールを追いかけていたころを思い出して、急に胸のあたりが熱くなった。

2

「雷太さん、ちょっと、いい」

焼き肉代金を払い終えた俺に沙織が声をかけてきた。

母ちゃんが奢《おご》ってくれるのかと思っていたら、社会人なんだからたまには母親に食事くらいご馳走《ちそう》するもんだと自分はさっさと店の外に出てしまった。

「なに？」

早速、デートの誘いかな。俺は少し浮き浮きとした気分になった。

沙織は、吸い込まれるような大きな目で俺をじっと見つめた。まずいじゃん。他にも客がいるのにそんな麗しい目で見つめちゃ！

「戻ってきてあげなさいよ」

沙織が言った。

「えっ？」

俺は首を傾げた。沙織は俺がリストラされそうなことを知っているのか。

「会社を辞めるんでしょう？」

「まだ、分からないんだ」

「お母さん、喜んでいたよ。雷太さんが帰ってきてくれたらいいなって。会社を継いでもらいたいんじゃない」

俺は食事をしながらの母ちゃんの様子を思い出した。「そんな素振り、まったくなかったぜ。むしろ毒舌ばかりで傷ついたよ」

「それは嬉しいからよ。ぜひ戻ってきてあげてよ。雷太さん、電器屋さんになるのが夢だったじゃない」

沙織が急に幼くなって小学生のころの顔に戻った。自分の気持ちも同じように小学生になっている。俺、大きくなったら父ちゃんみたいな電器屋になるんだ。小学生の俺がドヤ顔で沙織に話している……。

「そりゃそうだけどさ……。悔しいじゃないか。このまま引き下がったら負け犬みたいでさ」

俺は少し顔を歪めた。

「なにぐずぐず言ってんの。お母さんを少しは楽にさせてあげなさいよ。あなたしか頼る人がいないのよ。とにかく帰ってきなさい。待ってるから」

沙織は強く言った。

「沙織、お前、うちで働くんだって?」

俺は、さっき母ちゃんから聞いたことを口に出した。出した途端に、他の人に聞かれたらまずいと思った。

「うん。考え中。雷太さんが戻ってくるなら、前向きに考えてもいいと思っている」

沙織は小さく笑みを浮かべた。

俺は、思わず「よしっ」と拳に力を入れた。本心を沙織に気づかれたら恥ずかしい。

「母ちゃんが、そんなに俺のことを待っているなんて知らなかった。考えてみる。今日は美味かったよ。ありがとう」

俺は沙織からレシートを受け取った。

「ありがとうございます。またのご来店をお待ちしています」

沙織は元気よく声を張りあげると、出ていく俺に深くお辞儀をした。

店の外に出ると、母ちゃんが待っていた。「遅いね。グズだねぇ」

俺は母ちゃんの顔をまじまじと見た。本当に俺が帰ってくるのを待っているのだろうか。そんな雰囲気は微塵《みじん》も感じられない。

「なんだね。なにか私の顔についているのかい？」

「いや、なにも……」俺は母ちゃんと並んでゆっくりと歩き始めた。「母ちゃん、俺でんかのトドロキに戻ってきてもいいかな」

「好きにしなさい」

母ちゃんは夜空を見あげた。今夜は晴れていて、ぽつりぽつりと星が見える。

「好きにしなさいって、どうなの？」

「去る者は追わず、来たる者は拒まず」

「それって戻ってもいいって意味？」

「お前にはお前の夢を追ってもらいたいという気持ちはある。しかし父ちゃんの残した会社をしっかりと続けて行かなくてはという責任を感じてもらいたいとも思う。母ちゃんも来年は六十歳、還暦だからね」

「そう、母ちゃん、来年は還暦か」

「父ちゃんは勤務していた大道電器を辞めて三十歳のときに一生懸命お金を貯めて電器屋を開業した。父ちゃんがさ、苦労かけるけど一緒にやってくれって言うものだから、その熱意にほだされて結婚したんだ。二十八歳、昭和五十九年のことさ。でんかのトドロキのスタートだよ」

母ちゃんは、その年は騒がしい年だったと言う。あまりの忙しさに詳しくは覚えていないと言いつつ、時代を語った。

中根《なかね》康三《やすぞう》が首相だった。当時はアメリカとの間で巨額の貿易黒字を計上し、アメリカから強く改善を求められていた。中根首相は、アメリカのローガン大統領と「ロン、ヤス」と呼び合う仲になり、アメリカとの摩擦解消のため国鉄や専売公社などを民営化したり、金融自由化したりなりふり構わない政策を実施した。日経平均株価が一万円をつけるなど、景気は上向いたかに見えたけど、円高が進み国内では中小企業のみならず大企業まで倒産が相次いだ。

「その後、日本はバブルになるからちょうど時代の変わり目の年に父ちゃんと独立したんだね。変な事件も多くてね。グリコ・森永事件なんかもあってね」

「知ってるよ。キツネ目の男が社長を誘拐し、お菓子に青酸を入れたって脅したんだよね」

「でもいいことがあったんだ。ロサンゼルスオリンピックがあった」

母ちゃんは目を輝かせた。

「オリンピックがどうしたの？」

俺が聞いた。

「テレビが売れたんだよ。みんなテレビでオリンピックを見たかったんだね。毎日、毎日、父ちゃんとテレビを運んだものさ」

母ちゃんは懐かしそうに言った。

その年の七月二十八日、第二十三回オリンピック大会がアメリカのロサンゼルスで開催された。ソ連圏の十五ヵ国が参加ボイコットしたが、それまでのオリンピックから大きく商業主義に舵《かじ》を切った大会だった。

日本は、金メダル十個を獲得する活躍を見せた。特に前回大会のモスクワオリンピック不参加で悲しい思いをした柔道の王者、山下泰裕《やましたやすひろ》が無差別級で金メダルを獲得し、日本中を感動させた。

「いいタイミングだったんだね。父ちゃんも運がいいって言っていたんだ。ただなかなか子どもが授からなくてね。でも仕事が忙しかったから、そんなことを考える暇がなかった。子どもができたりしたら仕事にならないからね。なにせ最初はお店を父ちゃんと私のたった二人で切り盛りしていたんだから。少し落ち着いたころ、お前が生まれたんだよ。そのころがでんかのトドロキの一番順調なころだったかもしれないね」

「俺が生まれたのは平成二年だけど、というと……それからは下り坂になったの？」

「そんなことはないけどね。まだバブルが続いていたし、稲穂市の人口は増えていたからね。だけどそのころから大型の家電量販店がどんどん勢いをつけてきたんだよ。稲穂市にも大型の家電量販店が次々と出店してきた。父ちゃんが亡くなった平成十二年は家電量販店の本格的な拡大期になるんだろうね。私らのような街の電器屋はそれから次第に閉店に追い込まれたんだよ」

「そんな大変なときに母ちゃんは父ちゃんに死なれたんだ」

父ちゃんや母ちゃんを苦しめた家電量販店のひとつであるサクラ電器で商品を売っていたことを少し後悔した。

「家電量販店も群雄割拠《ぐんゆうかっきょ》の時代から合従連衡《がっしょうれんこう》の時代になってさ」母ちゃんには似合わない難しい言葉を使った。「今、稲穂市では、小規模な量販店を合併した大手のオオジマデンキ、デッカイカメラが鎬《しのぎ》を削っている。特にオオジマデンキには勢いがある。私たちみたいな弱小電器屋にとっては脅威だよ。いつ滅ぼされるとも限らないんだからね」母ちゃんは、社長の顔になった。

「店は儲《もう》かってんの？」

俺は聞いた。

「難しいところさ。量販店との戦い、インターネット販売との戦い、少子高齢化や人口減少との戦い……。父ちゃんがいれば、相談相手になったのにと思う。まあ、父ちゃんが生きていれば私は社長じゃないから、父ちゃんの相談相手ということになるけどね。いずれにしてもでんかのトドロキなんて中小企業は、吹けば飛ぶようなものなんだ」

母ちゃんはふうとため息をついた。

さっきまで焼き肉をもりもりと食べていたのが信じられない。やつれて年を取った印象を受けて、俺は衝撃を受けた。

母ちゃんは、家電市場が激しく変化する渦中を一人で戦い抜いてきた。否、今も戦っている。俺は、そんなことにも気づかずにのほほんと甘えて暮らしてきたことを強く後悔した。

「俺、母ちゃんの相談相手になれるかな」

俺は、立ち止まった。

母ちゃんは俺を見あげた。じっと俺の目を見つめている。本気かどうか見抜こうとしているのだろう。

「私の相談相手になれるかどうかはお前次第だけど。まあ、一人息子だし、いないよりましかな」

「毒舌だね」

俺はぽつりと言った。

「毒舌にもなるさ。中小企業はね、自分のことは自分でやらなけりゃならないんだ。だめになっても誰も助けてくれない。ビッグロード電器みたいに巨大企業になれば倒産しそうになっても政府や誰かが助けてくれるだろうけどね。だからお前がうちに来るなら背水の陣で来なくちゃならない。でんかのトドロキが倒産すれば、私も、お前もみんなおしまいだ。それくらいの覚悟が必要なんだ。おしまいになる可能性は五分五分だ。いや、大手企業でもひっくり返る時代だ。七、三でだめになるかな。それでもいいなら来てもいい」

母ちゃんは淡々と言った。

「覚悟しているさ」

俺は、唇を固く引き締めた。

「もしうちに来たら、母ちゃんと呼んだらだめだよ。社長と言いなさい」

母ちゃんの目がギロッと光った。

俺は、ブルッと身震いをした。

「母ちゃんを社長と呼ぶのか……」

「当たり前だよ。社員になるからには息子とは思わないからね」

母ちゃんはきっぱりと言った。

3

俺はスマホを耳に当てた。退職を決意したことを品川に伝えようと思ったのだ。

「品川さんですか」

母ちゃんと話し合った後もまだ何日か迷っていた。何事も前向きな俺にしたら珍しいことだ。苦労して入社したビッグロード電器をそうやすやすと諦めきれなかったからだ。噂では、「ガス室」から奇跡の脱出を成し遂げた者が何人かいるらしい。その中の一人は、俺と同じくらいの若手で研究開発担当だった。彼は「ガス室」の中から経営トップに毎日、毎日、自分の研究のアイデアを送り続けたという。どんな馬鹿なアイデアでも構わない、とにかく送り続けた。その結果、半年後に新規事業部に配属になった。新所属の発令を受けた瞬間に彼は叫んだ。「ネバー、ネバー、ギブアップ！」この言葉は今や伝説になり、中にはスマホの待ち受けの音声に使っている社員もいるらしい。

俺も同じように経営トップに手紙を出し続ければ生き残りのチャンスが巡ってくるかもしれないと思って人事部の片桐に聞いた。すると片桐は薄い唇をへらへらと動かした。「それは都市伝説というやつです」俺が驚いた顔をすると、今度はにやにやと笑った。「ここから出た者はいません。不公平でしょう。ランダムに選んだのです。ねえ、人の死って考えたことがありますか」片桐の目が細くなった。笑っているようにも見えるが、そうでもないような薄気味悪い感じがする。「いい人が長生きしますか？ 世の中の役に立つ人が長生きしますか？ どう見てもどうしようもない、生きていたってこれっぽっちも価値が無い、害悪を与える人間のほうが長生きすることがあるでしょう。むしろ善人のほうが早死にするんじゃないですかね。これは神様が人間をランダムに選んで生死を決めているからではないですか。これこそ平等というものです」片桐はうふふと口を細めて笑いをこぼした。こいつ「ガス室」の管理人にぴったりだ。人が死ぬことを楽しんでいやがる。俺はぞっとした。


しばらくして品川が電話に出た。

「おう、轟君か。どうしたんだ」

「退職しようと考えています」

俺は沈んだ声で言った。

「そうか、そうか、それがいいんじゃないか。それでどうする？　私は、技術コンサルティングの会社を立ちあげるつもりだ。もし良ければ手伝ってくれてもいいぞ。当面は給料がでないけどな」

品川は退職してすっきりしたのか声に張りがあった。

「ありがとうございます。実家に帰るつもりです。以前、お話ししたように実家は電器屋ですから。それを手伝います」

「いいじゃないか」

「でもこの先、どうなるか不安です」

俺は似合わないほど弱気で言った。

「尊敬するビッグロード電器の創業者大道天之介の言葉を餞《はなむけ》に贈るよ。『道』という言葉だよ。いいかい？　メモしたらいいよ」

俺はパシフィックの創業者、杉下幸助の「人生は真剣勝負である」を信条としている。「道」とはどんな言葉だろうか。

「『天から与えられた君だけの道がある。他の誰のものでもない君だけの道を信じて真《ま》っ直《す》ぐに真っ直ぐに進め』。どう？　いい言葉だろう。大道翁《おう》は、君だけの道に志を立てて本気で歩めって言うんだ。志さえ立てれば、もう半ば目的は達せられたと同然だってさ」

「自分の道に志を立てて歩むんですね」

　俺は少しだけ元気が出た。

「先のことなんて分かるもんじゃない。私だってビッグロード電器に入社したとき、こんな形で退職するなんて考えてもいなかった。人生なんて手探りなんだと思う。見えているようで見えていない。見えすぎていたり、見えたつもりでいると、大胆になりすぎたり、油断してつまずいたりするかもしれない。かえって見えていないほうが、いいんじゃないか。手探りでも慎重に歩くからね。私も手探りで自分の人生を歩くつもりだ。自分の道があると信じてね。轟君も自分の道を手探りで歩けばいい。きっと君に相応《ふさわ》しい道があるから。自信を持つんだよ。また機会があったら会おうじゃないか」

　品川は明るく言った。

「ありがとうございます。なんだか一歩を踏み出せそうです」

　俺はスマホに向かって頭を下げた。

「でんかのトドロキ」の社員になることが俺の道なのかどうかは分からない。しかし手探りで歩いて行こう。それよりも品川の明るい声を聞いて、すっぱりと腹が決まった。

「辞める」

俺は口に出した。その途端「ガス室」の淀《よど》んだ空気がサーッと晴れて、澄み切った。一瞬にして肩の凝りが緩み、ものすごく軽くなった。

俺は、キャリア開発室の事務局に足を向けた。片桐に退職する意思を伝えるためだ。退職を決意し、その旨を人事部に伝えると、後はオートマチックに退職手続きが進んで行く。

廊下が続いている。どこまでも永遠に続いているような気がする。ものすごく遠い。一歩一歩がビッグロード電器との決別であり、新しい人生への一歩だ。そう思うとたった三年でも懐かしさで涙が滲《にじ》んでくる。

事務局のプレートが見えた。ドアを開ける。

「片桐さん、いらっしゃいますか？」

俺は人事部内を見渡した。中には数人のスタッフが働いていた。その中の一人がゆっくりと顔を上げた。片桐だ。

片桐は、俺から視線を外さず、席を立った。そして悠然とこちらに歩いてくる。俺の心臓がドクドクと打ち始めた。ここで自分の意思を伝えれば、もはや後戻りはできない。それでいいのか。俺は自分に問いかけた。それでいい。人生は真剣勝負だ。

「なにかご用でしょうか？」

片桐は無表情に言った。俺はきっと硬い表情をしているのだろう。片桐は、俺が何をしにきたかはっきりと分かっているはずだ。ふうとひとつ、息を吐いた。「本日、退職をさせていただきます」

「片桐さん」俺は、片桐の目を見つめ、ふうとひとつ、息を吐いた。「本日、退職をさせていただきます」

「了解いたしました」片桐は、眉毛一本も動かさない。「ではこちらにどうぞ。早速、必要書類をご記入いただきましょう」

ついに退職へのカウントダウンが始まった。

4

でんかのトドロキの店が見えた。鉄筋の二階建て。古びているし、パイプで耐震補強を施したため、プレハブに見えないこともない。建物の大きさに似合わない大きな「でんかのトドロキ」の看板。一階は店舗兼事務所と倉庫、二階が店舗兼自宅だ。俺はここで育った。幼いころからずっと見ているのに今日は特別だ。俺は店の前に立った。もしここで一陣の風でも吹いたら荒野の素浪人だ。鞄ひとつ持ってたたずむ俺は、長い旅からやっと戻ってきたカウボーイだ。

ビッグロード電器では送別会さえなかった。淡々と退職事務が進行し、ハイ、サヨウナラ。組織ってこんなにもあっさりしたものなのかと感心する思いだった。入社式をあれだけ派手にやるんだからリストラ式も派手にやるのが道理ってもんだろうと、半畳を入れたくなってしまう。

あの片桐がキャリア開発室の前で、まるで機械仕掛けのように同じリズムで手を振ってくれた。あいつは嫌な奴だが、いつかあいつもリストラされるのだろう。そんな予感がした。

俺は時計を見た。午後六時だ。母ちゃんは忙しく働いているに違いない。夕方には主婦たちがスーパーでの夕食の買い物ついでにちょっと立ち寄って乾電池など日常で足りないものを買っていく。結構、忙しい時間だ。でんかのトドロキの営業時間は午前十時から午後十時まで。家電量販店が閉まるのが午後九時だから、その後も営業している。俺は営業時間が長すぎるのが嫌だった。母ちゃんが客が来る都度、店へ行くからだ。俺が不機嫌な顔をすると母ちゃんは「街の電器屋なんだから我慢しろ」と言っていたが……。

「おかしいな」

店の前に人がいない。流行《はや》っていないのかな……。

一歩一歩近づいて行く。明日から俺の職場になるのだが、今の尾羽うち枯らした姿を見たら母ちゃんは、なんて言うだろうか。

「あれ？」

店が閉まっていればシャッターが下りているはずなのだが、ガラスドアから店の中が見える。明るく蛍光灯も灯《とも》っている。しかし客は一人もいない。ええっ、ここまで客足が落ちているのか。これは危機的な状況ではないか。

俺は不安になって入り口の前に立った。一階は掃除機や冷蔵庫やアイロン、電球などがある。パソコンは置いていない。

ドアの前に立った。自動ドアが開いた。無人の店内は寒々と静まり返っている。

どうしたんだろう？　なぜ誰もいないのか？　まるでSFだ。一瞬にして町の人が消えてしまったような不気味な静けさが支配している。

俺はゆっくりと歩き始めた。母ちゃんはどこかに出かけたのか？　俺が帰ることを伝えたはずなのに……。

そのときだ。突然、パンパンと火薬が破裂する音がした。俺はびっくりして身構えた。そのとき、天井からまるで雪崩《なだれ》のように紙吹雪が俺の頭上に降ってきた。見あげたが目を開けていられない。目の前に一枚の垂れ幕が下りてきた。店に入ってきたときは気づかなかったが、天井にくす玉があったのだ。紙吹雪の間から垂れ幕の文字を読んだ。「おかえり！　雷太さん」

拍手が聞こえ始めた。見ると、目の前に母ちゃんが立っていた。左右の商品陳列棚からも人が現れた。よく知っている連中だ。従業員のシマ君、チエちゃん、そして沙織だ。ゆっくりと最後に現れたのは父ちゃんのときから番頭格でいる角《かく》さんだ。相変わらず大きな顔に笑顔がはち切れそうだ。

「みんな、どうしたの？」

俺は、照れくさいやら恥ずかしいやらでくしゃくしゃの顔をしていた。

母ちゃんがゆっくりと俺に近づいてきた。よく見ると、なぜか花束を持っている。それを俺に渡した。なんなんだよ。母ちゃんから花束なんて？

「お帰り、雷太。みんなからの歓迎の印だよ」

母ちゃんが真面目な顔をして俺に言った。俺は花束を受け取り、髪の毛がくしゃくしゃになるほど頭を掻《か》いた。それ以外にやることが思い付かない。

「みんなに礼をいいな」

母ちゃんが命じた。

「あ、ありがとうございます。マジ、びっくりしました。なんですかこれ？　俺はこっそり帰ってくるつもりだったのに。これじゃバレバレじゃないですか」

意味不明な言葉を並べた。

「今日は臨時休業っす。さあ、歓迎会に行きますよ」

シマ君が小走りに自宅へ続く階段のドアを押しあけた。また驚いた。そこには色とりどりの紙テープが飾られ、まるでクリスマスのようだ。俺はその中をのぼって自宅に着いた。

「遠慮なく上がれ」

母ちゃんが言った。遠慮なく上がれと言われるのも変だと思った。俺の実家じゃん？

俺が上がるとみんな続々と自宅に入って行き、勝手知ったるなんとかでリビングへと向かった。そこには山盛りの肉と野菜とビールやワインが並んでいた。

「やっぱり焼き肉っしょ！」

シマ君が叫んだ。

5

リビングの大テーブルの俺の正面に母ちゃんが座っている。その隣は角さん。角さんは三原《みはら》角一《かくいち》というのが本名だ。父ちゃんがでんかのトドロキを創業した一、二年後からずっと働いている。三十歳代から三十年近く勤務しているから、とっくに六十歳を過ぎているはずだ。名前の通り角ばった大きな顔。ゴマ塩頭。そして特徴はとびきりの笑顔だ。角さんといえば笑顔しか思い出さない。太い眉をぐっと下げ、目をとびきり細くした笑顔は見る者誰もが愉快になり、楽しくなる。あるとき、店の前でヤクザ者みたいな二人が喧嘩《けんか》を始めたことがある。角さんがまあまあと言って仲裁に入った。するといきり立っていた二人の男が、急にプッと噴き出したかと思うと、大声で笑い出した。角さんの笑顔がおかしかったからだ。それで喧嘩はおしまい。これはでんかのトドロキの伝説のひとつになっている。角さんの笑顔は今日も健在で、俺は見ているだけで幸せな気持ちになる。

俺の隣にはシマ君。本名は島谷隆《しまたにたかし》。彼は典型的なマイルドヤンキーだ。この言葉は博報堂のプランナーが提唱したというが、地元愛が強く、絆《きずな》などという言葉に異常に反応するイマドキの若者のことらしい。実際、シマ君に稲穂市のことを東京のベッドタウンなどと言うと、本気で牙を剝《む》いてくる。シマ君にとっては稲穂市はあくまで千葉県なのだ。俺には彼のこだわりがよく分からないが、高校の電気科を卒業して四年前に入社してきた。今は二十二歳か二十三歳だ。ヤンキーといっても、マイルドなので髪の毛を金髪に染めたり、野球帽を目深にかぶったりしているわけではない。しかし耳たぶに複数のピアスの跡があり、揉《も》みあげの部分が少し金髪に染められているのは愛嬌《あいきょう》というものだろう。ダンスや祭りの神輿《みこし》担ぎが趣味で、各地のお祭りに出かけて行き、率先して神輿を担ぐ。細いがしなやかな体つきで、顔も面長でよく見ると意外と上品な顔をしている。

そして俺のもう一方の隣がチエちゃん。本名は溝口千恵子《みぞぐちちえこ》。小柄で丸顔。くるくるとよく動く目が愛らしいが少し鋭くもある。まるで小リスという印象だ。彼女もシマ君同様にマイルドヤンキーぽいところがあり、地元の友だちを何より大切にしている。地元高校を卒業して一昨年入社した。まだ二十歳だ。でんかのトドロキの赤い法被《はっぴ》を着て、店内を忙しく動いていると、法被だけが動いているように見える。まだまだ修業中だが、自分の意見ははっきり言う。

そして沙織だ。ホットプレートの焼き肉をせっせと焼いている。今日は、俺の歓迎会でもあるが、沙織の歓迎会でもある。この間、沙織がバイトしている焼き肉屋で母ちゃんと食事をした際、でんかのトドロキへ入社するかもしれないと言っていたがついに決意したらしい。母ちゃんは貴重な戦力だと喜んでいた。

俺は沙織の横顔をビールを飲みながら見ていた。一緒に働くことができて嬉しいと正直、思った。昔は、日焼けした男勝りな女の子だったのだが、こんなにきれいになるとは驚きだ。

「さあ、雷太、挨拶して。入社の挨拶だよ」

母ちゃんが俺に立てと言う。

「そんな改まらなくても……」

俺は戸惑い気味に言った。

「何をぐずぐず言っているんだ。会社辞めてきたんだろう。遊ぶ暇はない。すぐに働け。こうしてみんなが歓迎会を開いてくれたんだぞ。明日から、でんかのトドロキの平社員だからな。それから母ちゃんと呼ぶのはやめなさい。明日からは『社長』と言いなさい」

母ちゃんは有無を言わせない。

「雷太さん、肉が焼けてきましたから、早くしてください」

シマ君がじゅうじゅうと焼き音を立てている肉を見つめている。

「それじゃあ」俺は立ちあがってみんなを見た。全員が俺を見ている。「お世話になります。ビッグロード電器での経験を活《い》かしてがんばります。ご指導よろしくお願いします。もう二度と、リストラされないようにします」

俺が頭を下げると、笑いが起きた。嘲笑というのではない。リストラされたことを自嘲的に言ったことが笑いを誘ったのだ。

「さあ、みんな飲み物持って。乾杯するぞ」

角さんが缶ビールを持ちあげた。俺も缶ビールを握りしめた。

「乾杯！」

全員の声が揃《そろ》った。

缶ビールのプルタブを引いた。グイッと飲んだ。喉に冷たくて苦い液体が通って行く。ビッグロード電器をリストラになった悔しさがビールの苦みと一緒に腹に入って行く。もう後ろを振り返らない。手探りだろうがなんだろうが、俺に定められた道を歩むだけだ。この道が俺の道かどうかまだ自信は持てないが、止まっているより、進むほうがいい。

「さあ、食うぞ」

俺は皿と箸を持って焼き肉に向かった。

「雷太、平社員は少し遠慮するもんだぞ」

母ちゃんが言った。

「母ちゃん、もとい、社長。今日は歓迎会ですから遠慮しません」

俺はよく焼けたカルビを取った。

「ああ、それ、私が狙っていたのに」

チエちゃんがプッと膨れた。

「今日はいっぱい食べてくれ。社長が牛一頭用意してくれたから」

角さんが笑顔で言った。

「牛一頭！ 食うぞ、食うぞ、牛一頭、千葉の稲穂市の牛一頭、でんかのトドロキじゃ家電を買えば牛一頭がついてくる……」

シマ君が意味不明なラップ調で歌いながら、焼き肉を皿に取って行く。

6

ゲップが出るほど満腹になった。山盛りの肉がほぼ全部なくなった。

「もう食べられません」

シマ君が天井を仰いだ。

「それだけ食べたら充分でしょう」

チエちゃんが笑いながら言った。

「さあ、少し真面目な話をしましょうか。飲む人は飲んでていいから」

角さんが笑顔でみんなを見て、それから母ちゃんに振り向いた。「社長、どうぞ」

角さんに促され、母ちゃんが頷いた。頬が赤く染まっている。少し胸を張った。威厳を保とうとしているようだ。さすがに父ちゃん亡きあと、社長としてやってきただけのことはある。

ヤンキーのシマ君もチエちゃんも姿勢を正した。さっきまで酔っていたのがウソみたいに真剣だ。沙織も母ちゃんを見つめている。彼らの様子を見ていると、母ちゃんは、社員を充分に束ねているのが分かる。俺も姿勢を正した。

「本日は、でんかのトドロキに新しい二人の人材を迎えることになりました。沙織さんと雷太君です」母ちゃんは俺のことを君付けした。あくまで社員として対応する気なのだ。我が子としての甘えを許さないつもりだ。

「しかし二人の人材が増えたということは二人分の人件費が増えたということです。会社は、従業員の生活を守る責任があります。そのためには稼がねばなりませんが、この稲穂市にはライバルが多い。ご存じの通り量販店のオオジマデンキ、デッカイカメラが客を奪い合っています」

母ちゃんはここで一旦、言葉を切った。そしておもむろに「今後、さらに大きな脅威になるのはインターネットです。安天やメガゾンなどは今後さらに家電製品の扱いを広げるでしょう。また価格比較サイトでは各ネット店が一覧で検索できるし、どこが一番安いかひと目で分かります。お客様は、お店に来て、実物を見て、それからインターネットでどこが安いかを調べて、買うのが普通になっています」

「そうなんすよね」シマ君が酔った様子で言った。「オレに散々説明させておいて、じゃあ、ネットで買うわって帰るんすよ」

「おい、シマ君、その言葉づかいはだめだぞ。時々、客の前でも出ているぞ」

角さんが顔をしかめた。

「私も、このお客様は絶対に買うと思っていたら、ネットで買うからって言われてがっくりしたことがあります」

チエちゃんが言った。

「小売店で商品を確認してインターネットでより安い価格で買うことを『ショールーミング』というのですが、インターネットの市場は年々拡大していて、国内の家電販売市場約七、八兆円のうち約一兆円近くを占めてきていると言われています。国内市場が少子高齢化で縮小化する中でインターネットだけが売り上げを伸ばしてるんです」

俺が口を挟むとみんなの視線が集まった。

「さすが、エリートっすね。言うことがいちいちもっともらしいや」

シマ君が感心したように俺を見た。

「もっともらしいという言い方は無いだろう。嘘を本当のように言い繕っているって意味だぞ。言うなら数字を上げて具体的だからよく分かります、くらいのことを言えよ」

また角さんが顔をしかめた。笑顔が売りの角さんもシマ君には時々、しかめっ面をするようだ。

「雷太君の言う通りです。はっきり言って厳しい経営を強いられているわけです」母ちゃんは表情を引き締めた。「ならばどうしたらいいか？　それを皆さんで考えてもらいたいと思います」

「潰れるんですか」

シマ君が大胆な質問。

母ちゃんは、シマ君をジロリと睨むように見た。

「会社ってのはいつでも潰れるんです。そうならないように皆で力を合わせれば潰れないんです。でも力を合わせても、その力の合わせ方が間違っていたら潰れるんです。でも新しい人を雇ったということは、将来に向かってがんばろうという私のメッセージです。なにかいい方法をシマ君も考えてちょうだい」

「社長から考えてちょうだいと言われたら考えないといけませんね」

「そうだな、せっかく首の上に頭が載っているんだから、飾りじゃもったいないからな」

角さんが笑顔を取り戻した。

「えっ、オレの頭は飾りっすか」

シマ君が両手で頭を抱えた。

「ふふふふ」

チエちゃんが含み笑いをした。

「オオジマデンキの人が、この間、私がバイトしていた焼き肉店ででんかのトドロキのことを話題にしていました」

沙織が顔を曇らせた。何かよくない話題のようだ。

「沙織さん、どんなことを話していたの？」

母ちゃんが聞いた。

沙織は、母ちゃんを見つめた。

「でんかのトドロキを徹底的に攻撃して、客を奪い取るんだって」

沙織の話に母ちゃんがうーんと言って思い切り表情を歪めた。

「あいつら……、目の敵にしやがって……」

シマ君が厳しい表情になった。

「オオジマデンキは、地元の中小の電器店をつぶして大きくなっている企業ですからね」

角さんの笑顔が凍りついたようになった。

「あのオオジマデンキの営業企画部の責任者って、沙織さんや雷太さんの同級生の竜《りゅう》三《ぞう》さんじゃないですか？」

チエちゃんが言った。

「竜三？　あの竜三？」

俺は懐かしい名前に驚いた。金持ちであることを自慢して、幼いころから鼻もちならない奴だった。同窓会には出席していた記憶が無いから、俺の記憶は中学生のときから止まっている。

「そうよ。権藤《ごんどう》竜三君。小学生のとき、私をよく苛めていたでしょう？　貧乏人って」

沙織が悲しそうに言った。

「覚えているさ。沙織が、いや、沙織さんがあいつをひっぱたいたことがあったものな」

俺は言った。

「ひえっ、すげぇ、沙織さん、勇敢なんだ」

シマ君が手を叩いた。

「あの竜三がオオジマデンキの営業企画部にいるの？」

「オオジマデンキの土地は竜三君のお父さんのものなの。貸しているわけね。貸し出す条件で息子である竜三君を営業企画部の責任者に据えたの」

沙織は言った。俺は沙織がオオジマデンキの内情に詳しいことに少し驚いた。

「権藤竜之介《りゅうのすけ》が率いる権藤不動産は稲穂市の不動産を多く所有して、市長にも影響力がありますからね。彼は背中に竜の彫り物があると言われていますが、見た者は誰もいない。見たら最後、消されてしまうという噂ですから。えらいものに睨まれましたな。こりゃ大変だ……」

角さんが凍りついた笑顔のままで言った。

「あそこは徹底した安売りで攻めていますからね。他店より必ず十％は値下げしますって。狙った電器屋の前でチラシを配って客を奪うことなんかも平気でやりますから」

チエちゃんが眉根を寄せた。

「この間も、オオジマデンキに徹底的に低価格でやられてキノシタデンキ店さんが店じまいしましたからね。今度はうちなんすかね」

シマ君が不安げな様子で温くなったビールを飲み干した。

「私が……」沙織が急に深刻な表情になった。何か言葉が胸に痞《つか》えているようだ。

「私が、悪いんです。私のせいです」沙織は急に泣き出した。

「どうしたの」

俺は慌てた。

「私が悪いんです。だからでんかのトドロキが狙われるんです。ごめんなさい」

沙織にみんなの視線が集まる。

「意味が分からない。沙織さん、説明してくれよ」

俺は言った。

沙織は顔を上げ、涙を拭った。そして母ちゃんの顔を見つめた。

母ちゃんは、沙織に話さなくてもいいというように手で制した。

「沙織さん、あんたは悪くない。これっぽっちも悪くない。悪いのはすべて竜三だ。あんな奴にこの店もあんたも絶対に渡さない。心配しなくていい。私は負けないからね。安心してここに勤めてください」

母ちゃんの堂々たる言葉に沙織は安心したように微笑んで深く頷いた。

母ちゃんは、目の前にあるウーロン茶で満たされたグラスを手に取ると、ゆっくりと口に運んだ。

いったいどういうことなのさ。あんたも渡さないって何なのさ。何も分からないじゃないか。説明してよ。ウーロン茶を飲んでいる場合じゃないだろう。

俺は、何もかも知っているらしい母ちゃんをじっと見つめて、その口から出てくる言葉を待った。

第三章　「高売り」します！

1

昨日は飲みすぎてしまった。実家に戻ってきた高揚感のためだが、そればかりではない。ビッグロード電器に対する悔しさ、無念さなど複雑な感情がアルコールで勢いを増した。そして何よりも角さんたち仕事仲間がとても楽しくて飲ませ上手なのだ。

「千葉にはディズニーランドもあるんですよ」「でも東京って名前だ。やっぱり東京には負けてんだよ」酔ったシマ君が千葉愛を語り出す。角さんがからかう。「東京ドイツ村もとても東京とは言えないなぁ。袖ケ浦だもん」俺がビールを飲みながら言う。顔を赤くして「何言ってるんすか。東京からアクアラインですぐじゃないっすか。それに忘れちゃいけないのは国民的アイドル、ふなっしーも千葉県生まれだなっしー！」とシマ君が反論。「非公認キャラだぞ」俺が言う。「まあまあ東京と競ってもしょうがない。あっちは首都だもんね。天皇陛下も住んでるし」チエちゃんが宥《なだ》める。それでもシマ君は、佐原の関東三大山車祭りや成田山《なりたさん》や成田空港など千葉自慢を繰り返したが、最後は「落花生は東京にはない！」と言ってバタンと倒れ、いびきをかき始めた。「さあ、静かに飲み直しだ」角さんが俺のグラスに焼酎をぐぐっと注いだ。一気に飲んだ途端、俺の意識が遠くなっていく。

——沙織、どうしたんだ。

小学生の俺は奥歯を噛みしめ、くやしそうな顔をしている沙織の前に立っていた。

——なんでもない。

——言ってみろよ。友達じゃないか。

沙織の両の目からどっと堰《せき》を切ったように涙が溢《あふ》れ始めた。

——私んち、貧乏じゃない。私んち、貧乏じゃない。

沙織は繰り返した。俺は竜三が苛めたのだと分かった。沙織は名前を言わなかったが、竜三に違いない。あいつ、許さない……。

目が覚めたら朝になっていた。慌てて洗面を済ませ、着替えてすぐに母ちゃんが作ってくれた握り飯を食べて店に行った。

息が酒臭くないかと確かめた。大丈夫だ。

「おはようございます」

シマ君が挨拶。

「おはようございます」

チエちゃんの笑顔。

二人ともけっこう酒を飲んでいたはずなのにもう出勤している。俺は彼らに聞きたいことがあった。沙織のことだ。母ちゃんに聞けばよかったのだが、朝起きたらもう母ちゃんはいなかった。握り飯がテーブルの上に置いてあって「遅刻現金」というメモがあった。いくら酒で曇った頭でも「厳禁」の間違いではないかと思ったが、まさか……。

——ああっ、そうか。遅刻すると現金で罰金を取るぞって意味か。

俺は慌てて握り飯を食べ、店に向かったというわけだ。

「ねえ、シマ君、昨日の沙織の話だけど、どういうことかな？　知ってる？」

俺の問いかけにシマ君は「ああ、昨日、泣いてたことですね」と言い、商品の炊飯器を一台ずつ丁寧に磨いている。

「そう、そう」

俺は勢い込んだ。

「あんまりよく知らないっすね。社長から説明があるんじゃないですか」

シマ君は喋っていても手は休ませない。忙しく開店準備をしている。

「ああ、そうなの。今、忙しいよね。ところで沙織は？　まだ見えないけど」

「さっき社長と話していましたから。今日から本採用だって言ってましたよ。雷太さ

ん も今日から新入社員ですね。オレ、先輩ですからね」

シマ君はにんまりと笑みを浮かべた。

隣で冷蔵庫に価格票を貼っていたチエちゃんが「私も先輩ですよ」とにんまり顔で言った。

「はい、はい、先輩方、今日からよろしくお願いします」

俺はシマ君とチエちゃんに頭を下げた。

俺は、今日が仕事始めなのだが、何をやっていいのか分からない。今まで曲がりなりにも家電量販店の社員としてがんばってきたつもりだが、シマ君やチエちゃんのきびきびした動きを眺めるだけだ。極めて情けない。急に「指示待ち族」になってしまった。

「みんな集まってくれ」

角さんが現れるとみんなに声をかけた。母ちゃんと沙織が一緒だ。

「雷太さん、朝礼です」

開店は十時だ。今は九時。始業一時間前に朝礼をするのが規則だったことを思い出した。

角さんがいる場所に急いで集まる。

「皆さん、おはようございます。昨日のお酒は抜けていますかね。今朝はいい天気のようです。今は入学や入社による新生活準備シーズンです。皆さん、気合を入れてがんばりましょう。さて」角さんは俺に向かっておいでおいでをした。俺はその手の動きに合わせて前へ出て、角さんの隣に立った。

変な朝礼だ。挨拶する側に母ちゃん、角さん、俺、沙織。目の前にはシマ君とチエちゃんだけ。四対二の構図だ。

「後で雷太さんにも挨拶をしてもらいますからね。その前に社長からひとことお願いします」

角さんにおもむろに会釈して母ちゃんが一歩前に出た。全員が母ちゃんに注目する。

「おはようございます」

母ちゃんが頭を下げると、全員が「おはようございます」と声を合わせた。

「今日は新しい仲間が増えた素晴らしい日です。一方で私は社長として厳しいことを言わねばなりません」母ちゃんは、一旦、言葉を切った。俺たちをぐるっと見つめる。なにか重大なことを話すようだ。いったい何を言い出すのか。

「でんかのトドロキは街の小さな電器屋です。昭和五十九年七月一日に産声《うぶごえ》を上げてから三十年以上も続いているのは、ひとえにこの街のお客様に支えられてきたからです。しかし最近の消費不況、大型量販店の攻勢、インターネット販売の広がりなどで私たちの経営は非常に厳しくなっています。お尻に火がいくつもついています。カチカチ山の狸《たぬき》のようなものです。そんなときに沙織さんと雷太君を新人として迎えることになりました。雷太は私の息子ですが、会社である以上息子とは思いません。ですから雷太君と呼びます。皆さんも遠慮しないで鍛えてください。だめなら首にしますから。そして沙織さんです。彼女は優秀です。彼女が飲食店で働いているのを見て私がスカウトしました。大いに期待しています」母ちゃんは沙織を見た。沙織が軽く頭を下げた。「しかし彼女には大変な敵がいるのです。それは私たちの敵でもあります」母ちゃんがじろりとみんなを見渡した。沙織の表情が緊張している。何を言い出すのか？　誰もが固唾をのんでいる。

「それはオオジマデンキです。オオジマデンキが私たちを潰そうとしているのは皆さんご存じですね」

俺は驚いて「昨日の話は本当なんですか」と角さんに聞いた。角さんは言葉を発せず、渋い表情で頷いた。

「つぎつぎと安売り攻勢をかけてこの街の電器屋を潰し、傘下に取り込んでいます。彼らのターゲットはついに私たちになりました。そしてここにいる沙織さんなんです」

「えっ、なにそれ？」

俺は目を剝いた。オオジマデンキが沙織を狙う？　意味が分からない。

「沙織さんは、オオジマデンキの営業企画部の責任者である権藤竜二から結婚を迫られ、それを拒否したら、執拗《しつよう》な嫌がらせを受け、飲食店を辞めざるをえなくなったのです。そのことを聞きつけ、私は彼女を救うためにも私たちの会社に入るように説得しました。そして入社となったわけです。オオジマデンキの竜三は、そのことを非常におもしろくないと思っているようで、いろいろな場所ででんかのトドロキを潰すと公言しているのです。皆さん、どうですか。この現実をどう思いますか。シマ君、どう？」

シマ君は赤い法被の裾をピンと引っ張った。そしてちょっと顎を突き出すと「許せないっす。それって公私混同って言うんでしょう。しかしそうは言うもののこれまでキノシタデンキ店や九十九《つくも》電化など地元の電器屋は次々とオオジマデンキにやられています。なにせオオジマデンキは権藤不動産の手下《てした》みたいなものですから。権藤不動産は、この稲穂市の大資産家で警察や市もその影響下にある上にカネもある。狙った相手は必ずやっつけるというのが信条です。息子の竜三もひどい奴ですが、それより親父《おやじ》の竜之介はもっとひどいと言われています。彼らを敵に回すのは生半可なことじゃないと思うっす」

俺はシマ君をマジマジと見た。結構しっかりしているじゃないかと驚いたのだ。

母ちゃんは小さく頷いただけでシマ君の話になにもコメントしないでチエちゃんに「チエちゃんはどう？」と問いかけた。

「同じ女性として許せません。沙織さんにセクハラまがいのことをして迫ったって聞きました。竜三は最低です。そんな男がいるオオジマデンキには負けたくありません」

チエちゃんがしっかりとした口調で答えた。次は俺だ。あの竜三の奴、沙織にどんなセクハラをしたんだ。許せない。母ちゃんが俺の意見を求めるのを身構えて待った。

「皆さんの気持ちは分かりました」母ちゃんは言った。あれ、俺の意見は聞かないの？「沙織さんは私たちの仲間です。仲間を守ることも会社の大事な機能です。絶対に負けないようにしましょう。皆さんで力を合わせてやりましょう。おそらくオオジマデンキは徹底した安売りで攻めてくるでしょう」母ちゃんは、そこで言葉を切った。俺を見た。

「雷太君、オオジマデンキの戦略についてどう思いますか。大手家電企業に勤務し、家電量販店にいた経験を話してください」

みんなの視線が俺に集中した。ドクドクと心臓の音が、耳の奥から脳の中心に響く。

家電量販店で働いたことがあるのは俺だけだ。母ちゃんは、俺には、沙織のことではなく営業戦略を聞いてきた。何を言えば、尊敬されるんだ。何事も最初が肝心だ。ここで馬鹿にされたら、ずっと馬鹿にされてしまう……。

「ええ、あのぉ」母ちゃんと視線が合った。完全に社長の目で俺を見ている。「業界トップのヤマカワ電機は毎年五十店舗以上、新しい店をオープンしています。こうした新設店効果と既存店のてこ入れを繰り返すことで売り上げを伸ばしているんです」

よしよし順調に話し始めることができたぞ。俺の表情が緩んだ。

「手短に話しなさい。もうそろそろ朝礼が終わるから」

母ちゃんが厳しい口調で言った。「うっ」俺は言葉に詰まった。手短ってどうよ！　どの程度短ければいいの！　もう終われってこと？　俺は頭をフル回転させ、量販店の特徴を一言で言わなくてはとものすごいプレッシャーを感じた。

「量販店の特徴は、大量仕入れで安く販売する。それから売れ筋のデジタル商品が多い。これは流行に左右されますが、来店客数の多い量販店ではデジタル商品は回転率が高いので利益が大きいんです。そして従業員サービスのマニュアル化、標準化です。たくさんの店がありますから、従業員の異動が頻繁にあります。どこでも同じサービスをするためには絶対にこれが必要です」

俺は一気に言った。母ちゃんが口角をわずかに引きあげた。俺には微笑みのように見えた。

「ありがとう。そこまで」母ちゃんは俺の発言を止めた。

「雷太君が言った通り量販店は商品回転率が高いので安売りが可能です。私たちもオジマデンキだけではなく大型量販店に対抗して安売りをしてきました。できる限り対抗できる価格に近づけようと努力してきました。それは潰れたキノシタデンキ店さんらも同じです。でも限界です。売り場面積、立地、従業員数、それらを考えると量販店に価格ではかないません。売り上げが落ちる一方です」母ちゃんは言葉を切って、深刻な顔でみんなをじっくりと見つめた。でんかのトドロキも八方塞がりじゃないか！「そこで私は、新人二人を迎えるに当たって寝ずに考えました。そしてひらめいたのです。売り上げが落ちても皆さんの生活を守るためにはどうしたらいいのか。それは利益を上げること！　どうしてこんな単純なことに今まで気づかなかったのかとワクワクしました。粗利益率を高くすればいいんです。今、うちの粗利益率はどれくらい？　角さん？」

「二十五％です」

角さんはさっと答える。

「そうね。業界平均ね。我が社の売上高が一億八千万円だから粗利益は四千五百万円。粗利益率を三十五％にしたら年間一億三千万円の売り上げでいいんです。五千万円も売り上げが落ちても同じだけの粗利益を上げることができるんです。ですからもう安売りはやめます。これからは粗利益率三十五％で販売することにします。言うならば高売りです！」

俺は言葉を失った。無理だ。デフレで一円でも安いものを求める時代に高売りなんて！　母ちゃんが目いっぱいの笑顔で宣言するから余計に痛々しい。

粗利益率とは正式には売上総利益率という。求める式は売上高から売上原価をマイナスして算出された売上総利益、即《すなわ》ち粗利益を売上高で割ったものだ。

この粗利益は企業経営上最も重要な数字だと言われている。なぜなら店頭で売る商品から仕入れ値段を引いたものの集積だからだ。商品を一個売ったら、いくら儲かるかということだ。そしてここから人件費、借入金の利息、税金などありとあらゆる経費を払って利益が確定する。

お客様に商品を売って百円をいただいたとしよう。ああ、嬉しい。百円儲かった、ではない。この商品は九十円で仕入れたから十円の粗利益が出たと意識しなければならないということ。もし仕入れ値が百十円なら百円で売ってしまうと、十円の損が出ることになる。百円で売れば売るほど赤字になるわけだから、他に五十円で仕入れた商品を百円で売ろうということになる。A商品で十円損を出してもB商品で五十円の粗利益を出せば、AとBを合わせて四十円の粗利益になる。このように成功する経営者は社員に対して「常に粗利益を意識しろ」と注意する基本中の基本なのだ。

母ちゃんは粗利益率二十五%を業界平均と言ったが、いったいどこの業界だよ！

今や家電量販店の平均は十五%だよ。二十五%なんて充分に高いよ。それを現状から十%もアップするなんて絶対にできない。家電量販店でも粗利益率を意識させられたが、この時代、下がることはあっても上がることはない。

「母ちゃん」俺は言った。まずい。ここでは社長だ。「社長」俺は言い直した。

「なに、雷太君」

母ちゃんは怖い顔で俺の顔を見た。

「粗利益率を上げるなんて無理です。高売りなんて無理です。絶対に無理です」

俺は強い口調で言った。

「やってみないで無理だって分かるのか」

母ちゃんの顔が厳しい。

「やってみなくても分かるから。俺が百メートル競走でオリンピックに出るって宣言するようなものだから」

「出ればいいじゃない。練習すれば出られるかも」

母ちゃんがこともなげに答えた。沙織がくすっと笑った。

「雷太君、うちが潰れてもいいのかい」

母ちゃんの顔が目の前にぐっと迫ってくる。

「いえ、そういうわけじゃないですが……」

俺は口をもぐもぐさせ、言葉を濁らせた。

「会社の経営ってシンプルなんだよ。利益を上げないと潰れるだけさ。そのために何をするか？　全体の経費を下げる。これはやんなくちゃならない。でも売り上げを伸ばすために値段を下げて売る。これをやればやるほど粗利益率が悪化するだけ。負のスパイラル。じゃあ人件費を削る。リストラだね。これだけはやっちゃいけない。せっかくご縁があってうちで働いてもらっている皆さんが幸せになってこそ、会社が存在する意味があるんだから。そうすると利益を上げるためには全体の経費は削るけど、粗利益率を引きあげるしかないって単純な結論になる。それしかない。粗利益率三十五％＝会社存続だよね」母ちゃんが淡々と言った。不思議な説得力がある。

俺が小学生のとき、苛められて学校に行きたくないと駄々をこねた。母ちゃんは、俺に言った。「雷太、お前は将来宇宙飛行士になりたいって言ったね。そのためには身体も頭も鍛えなくちゃならない。それにはどうしたらいいんだい。母ちゃんは忙しくて勉強を教えられない。勉強を教えてもらえるのは学校だよ。苛められたって、何されたって家にいたら宇宙飛行士になれないんだ。人生って単純なんだよ。『学校に行く＋勉強する＝宇宙飛行士』という足し算でできているんだ」俺はなんとなく分かった気になった。それで学校に行き出した。苛められたけど、そのうち苛めは消えてしまった。俺が苛めに反応しなくなったからだろう。母ちゃんの淡々とした言い方は、あのころと変わらず妙に説得力がある。俺は宇宙飛行士にはならなかったが……。

「経営はシンプルか……」

俺の心に母ちゃんの言葉がぐさっと刺さった。

「これで朝礼を終わります。今日から徐々に商品の価格を引きあげて行きます。皆さんには粗利益率をアップするために何を工夫したらいいかを考えてもらいたいんです。もちろん、私も考えます。でも皆さんが必死に考えないとこの高売り作戦は成功しません。来週までに考えてきてください。よろしくね」

母ちゃんが両手を合わせた。パンと弾《はじ》ける音がした。朝礼が終わった合図だ。

角さんが一歩前へ出て「今日もがんばりましょう」と言った。

2

「行きましょうか」

角さんがお客様回りをするのでついてくるように言った。店のほうはチエちゃんとシマ君が残る。もちろん、母ちゃんも沙織もいる。

店のルールで常連でお宅にまで訪問するお客様に関しては必ずペアでお客様を担当することになっているそうだ。お客様を二人で担当することで「担当者がいない」という状態をなくすことができるからだ。また可能な限り二人で動くことで、お客様の依頼を聞いていない、忘れてしまうという状態をなくすことができる。しかしこの一顧客二人担当制をたった六人で実現するのは大変なことだ。

店の軽自動車の車体は黄色と黒の縞《しま》模様で彩られている。まるでトラか阪神タイガースだが、でんかのトドロキだから、雷様のパンツをイメージしているのだ。車体の屋根には、タクシーのようにでんかのトドロキの看板がつけられている。街を走りながら店の宣伝効果を狙っている。

「どう思います？」

俺は、運転する角さんに聞いた。

「今回の社長の高売り戦略ですか」

角さんは前方を見たままだ。さすがに運転中は笑顔ではない。

「社長の決断を信頼するだけです。中小企業ですから」

「でもさ、難しいよね。デフレだからみんな安いものを買うからね」

「十五年前に先代社長、雷太さんのお父さんがお亡くなりになってから社長は本当によくがんばっておられます」

「それは尊敬するよ」

「雷太さんが戻ってこられて、本心ではすごく安心されたと思いますよ」

角さんは俺の方をちらっと振り向いた。笑顔だった。

「でも経営は厳しいんですね」

「そりゃ今時、楽な会社なんてありませんよ。社長は、大手量販店と価格で勝負してもやっていけないとお考えなんです。でんかのトドロキならではのお客様へのサービスは何かってね。それが価格に代わる価値があればいいんじゃないかって……」

「でも客への訴求力が最もあるのは価格だからね。牛丼の安売りみたいなものです」

「でも見方を変えるってのも大事じゃないかって思います」

「見方を変える？」

「ひとつの山に登るのに道はいくつもあるもんです。でも我々はすぐに一本の道しかないと思い込んで無理を重ねてしまう。しかし自由な発想で道を探せば、もっと歩きやすい道が見つかるかもしれない。もっと言えば、頂上もひとつだけじゃない。いくつも頂上がある。そう思えば行き詰まることもないいんじゃないですか。その道を探さないといけないんですよ。だから社員は社長に従って歩くのみです」

「そうか……。角さん、さすがですね。社長が信頼するはずだ。その通りだね。社長が方針を決めたら、それに従うのが社員ですよね」

俺は角さんの意見に同意しながらも、誰も歩いたことがない道を探すのは難しいし、それが道なき道だったら転んだりつまずいたりするなぁと心配な気持ちになるのを抑えられなかった。

「いやぁ、そんなことはありません」角さんは照れた。角さんの携帯電話が鳴った。

「電話ですよ」

角さんは車を路肩に停《と》めた。携帯電話を手にとると、「はい。分かりました。いつものね。はい。大丈夫ですか。調子はいい。そう。それは良かった。じゃあ、後で」と話す。

角さんは、電話を切り、「ちょっとスーパーに寄りますから」と言った。

「スーパー？　どうしたの？　今の電話だれから？」

俺は角さんが客のところではなくスーパーに寄ると言ったのは、今の電話のせいだろうと思った。

「お客さんから食材の買い物を頼まれたんです」

「食材の買い物？」

俺は自分の耳を疑った。電器屋の営業に向かっているのに買い物？

角さんは俺の驚きなどまったく意に介さぬ様子で車を運転し、ちょうど、通り沿いにあった食品スーパーの駐車場に車を停めた。

「えっ、本気？」

車から降りようとする角さんに言った。

「本気も何も……。お客さんからの頼みですからね。断るわけにはいかんでしょう」

角さんは車から降りた。俺も仕方なく彼についていく。いったい何を買うのだろうか。

角さんは慣れた様子で店内に入る。何度もこのスーパーに来ているのだろう。肉売り場でカレー用の肉、野菜売り場で人参《にんじん》、ジャガイモ、そして調味料売り場でカレールーを買った。中辛だ。

レジで支払いを済ませると「さあ、行きましょうか」と再び車に戻った。

「これ、どうするんですか？」

俺は、角さんがやっていることを理解できない。なぜ電器店の営業マンがスーパーでカレー用の食材を買っているんだ！

「お客さんに届けるんですよ。それから……」

「それから？」

エンジンがかかり、車が動き出した。角さんの答えは聞かないでも分かった。

「作るんです」

俺は、それを聞き、驚くよりもなぜだか「へえ」とため息が洩れた。

車は住宅街をしばらく走ると、建売風の二階建ての一軒家で止まり、角さんは当たり前のように車を駐車場に入れた。門扉の脇の駐車場だが、車は無い。家人は出かけているのだろうか。まあ、まったくそんなこと関係なく、角さんは堂々と黄色と黒の縞模様の車を駐車場に入れたのだ。もともとそこにあったかのように車はちゃんと収まった。

「太田《おおた》さんの家です。お得意様です」

角さんは門扉につけられたインターフォンを押して「でんかのトドロキの三原です」と言った。

「どうぞ、入ってください」

家の中から女性の声が聞こえた。同時にカチリと施錠が外れる音がした。角さんは門扉を開けて中に入る。狭い庭があり、その先に玄関ドアがある。それが静かに開くと、白髪の小柄な女性が顔を覗《のぞ》かせた。俺と視線が合うと、小さく頷いた。上品な雰囲気。年齢は七十五歳以上だと思われる。

「どうぞ」

女性はドアを大きく開いた。

「すぐカレーを作りますからね」

角さんは手に持ったビニール袋を高く上げた。

「お願いね」

女性はにっこりと微笑んだ。いったいどうなっているんだ？　俺は状況を理解できないでいた。

3

「玉ねぎはあるんだよね」

角さんは台所に入ると、太田さんに聞いた。

「冷蔵庫の脇に箱があるでしょう。そこに淡路島の親戚が送ってくれた玉ねぎがあるわ。それを使って」

太田さんは台所のすぐそばのテーブルに陣取っている。少し足が悪いのか、杖《つえ》をついて椅子に座っている。俺は太田さんの前に座った。目の前には、太田さんが入れてくれたお茶が置いてある。

「こりゃいい新玉ねぎだねぇ。甘くて美味いよ。このまま生でもいけるね」

「たくさんあるから持って帰っていいよ」

「そりゃありがたい」

角さんは玉ねぎの皮を剝き始めた。

「角さん、料理ができるんだ」

「ああ、まあまあですね。カレーなら十五分で作りますよ」

「十五分？」

「ええ、仕事の合間に太田さんの食事を作っているもんだから、早く作らないといけませんからね」

角さんは、皮を剝いた白い玉ねぎをおろし金ですり下ろし始めた。

「角さんのお作りになる料理はね、とてもおいしいの。手早くてね。だから時々、お願いしているの」

太田さんが俺に言った。ゆったりとお茶を飲んでいる。俺は「はぁ」と了解したともなんとも言えない返事をした。

「あなた新入社員さんなの」

太田さんが聞いた。

「社長の息子さんですよ」

台所から角さんが答えた。

「あら、そうなの？」

「あっ、はい。轟雷太と言います。よろしくお願いします」

「こちらこそ。そう言えばお父さんに似ているわね」

「ええ、そっくりでしょう。いい跡取りさんですよ」

角さんは今度は人参をすり下ろしている。

「角さん、何か手伝いましょうか？」

「いいですよ。太田さんの相手をして差し上げてください。若い人と話すことなんかないんだから。ねえ、太田さん」

角さんはずっと背中を向けたままだ。

「そうね。息子もいないから」

太田さんが寂しそうに言った。

「お一人なのですか」

「夫が三年前に亡くなってね。それ以来一人暮らし。お話しするのは、ヘルパーさんと角さんだけよ」

「そうですか」

だから駐車場はあったが、車はなかったのだ。

「角さんがちょくちょく顔を見せてくださるものだからね。この電灯もテレビも冷蔵庫もなにもかもトドロキさんから買っているのよ」

「それはありがとうございます」

リビングには四十五インチの液晶テレビがこちらに画面を向けていた。

カレーのいい匂いが漂ってきた。

「もうすぐ出来あがりますよ。昼飯に食べてください」

角さんが台所から太田さんのところにやってきた。ズボンのポケットからノートを取り出すと、メモを書き始めた。

「レシピを書いておきますから、自分でやってみてください。十五分でできますからね」

十五分という超スピードで簡単にできるカレーの秘訣《ひけつ》は、材料をすり下ろすことだという。人参、玉ねぎ、ジャガイモなどをおろし金ですり下ろすことで煮込む時間が節約できる。肉も細かく切って炒《いた》めて煮る。煮立ったら、カレールーを溶かせば、完成する。ジャガイモは入れすぎると、とろみが出すぎるので注意することとそのレシピには書いてあった。俺は驚きを通り越して、なんて言っていいか分からなかった。

これは電器店のやることなのか。

「食べて行く？」

太田さんが聞いたが、角さんと俺は他に行くところがあるのでと遠慮した。

玄関から出るとき、角さんは太田さんに振り向いて「残ったらタッパーに入れて冷凍したらいいですよ。使うときにレンジでチンすればいいからね。ご飯と一緒に炒めればカレーチャーハン、野菜に混ぜればカレー炒め、ラーメンに載せればカレーラーメン。なんでもござれだから」と太田さんに言った。

太田さんは感心したように何度も頷いて「また寄ってね」と手を振った。本当に名残惜しそうに見えた。

「高齢化社会と言われますが、稲穂市も年寄りが多くてね。太田さんのような老人の一人暮らしも多くなってきたんです。子どもがいたって実家に寄りつかないんじゃ一人と一緒ですわ。こんな寂しい年寄りを一人きりにしておくからオレオレ詐欺が横行するんですよ。そう思いませんか」

「同感だけど、なぜあそこまでするの？」

俺は疑問を投げかけた。角さんはちょっと意外だという表情で俺を見た。しかしハンドルを握っているので、それはほんの一瞬だった。

「お客様だからです」

角さんは前を見たまま言った。

「お客様だからといって、いちいちカレーを作っていたら効率が悪いんじゃないですか。あんなことをしている間にもう一軒、二軒を訪問できるじゃないですか」

俺は当然の疑問を口にした。スーパーで買い物をしてカレーを作る？　そんなことをしていては効率が悪すぎる。効率が悪いということはチャンスと出会える確率が低いということだ。これでは営業成績を上げられない。でんかのトドロキの収益が悪化する。

「効率を追求して何が得られるんですかね。私たち街の電器屋には太田さんみたいな根強いファンがいるんです。その人たちを大事にするほうがいいんじゃないですか」

「それは分かりますよ。でもやりすぎじゃないのかなぁ。新米の僕が言うのは失礼だけど」

「そうですかね。そうは思いませんが……」

角さんの表情からいつもの温かい笑顔が消えていく。

「私が勤めていた家電量販店では、一番売れ筋の商品を徹底的にセールスするんですよ。客が来れば、待ってましたとばかりにとにかくその月の目玉を売るんです。客は、私たちの勢いのあるセールスに負けるんでしょうね。おもしろいようにどんどん買っていくんですよ。だから成績が上がる。とにかく『人気機種です』『最新です』『画面がきれいでしょ』とセールストークを連発してあまりお客様に考える時間を与えないのがコツなんです。それでも見込みがなければ次のお客様に移ります。こうやって数をこなすから成績が上がるんです」

俺は量販店のサクラ電器での仕事振りを懐かしく思い出していた。

「お客様ではなく、自分たちが売りたいものをノルマを中心に考えて売っていく……。もし量販店のほうがいいなら、ビッグロード電器に戻られたらいかがですか?」

角さんが俺を振り向いた。冷たい目をしている。

戻られたら? その言い方はないだろう。俺はもうでんかのトドロキの社員になったんだぞ。俺は目いっぱい不機嫌な顔になった。一言、反論をしたくなって唇を尖《とが》らせた。が、耐えた。俺が過去を懐かしんだりするから角さんが不機嫌になったのだ。俺はでんかのトドロキの社員なんだ……。今の俺の発言はずっとでんかのトドロキを支えてきてくれた角さんに失礼だ。郷に入れば郷に従うべきなのかもしれない。

「角さん、ごめんなさい。もう戻れないんだ、ビッグロード電器には。でんかのトドロキの社員として質問させてもらうけど、いいですか?」

俺は慎重な言い回しで聞いた。

「私も少し言いすぎましたね。すみません。質問、どうぞ」

「どうしてカレーを作らねばならないの? そんな非効率なことをしていたら時間のムダだし、儲からないんじゃないかと思うんですけど」

素直な気持ちで質問した。量販店のセールスがいいとは言わない。少々強引だし、客の話に充分に耳を傾けたかと聞かれれば反省もある。自分たちの売りたいものを売っていただけかもしれない。

「非効率なことこそ、付加価値だと思うんです」

角さんがハンドルを右に切り、再び住宅街の細い道に入った。車が揺れ、同時に俺の身体も揺れた。非効率が付加価値？　身体の揺れと同時に俺の頭の中も、角さんの言う奇妙な言葉に揺れている。

「どういう意味ですか？」

「電器屋が利益を上げようとしたら販売価格を重視する以外にないんです。私たち、街の電器屋の収支計算は、商品仕入れ価格＋粗利益＋非効率サービス＝販売価格で成り立っていると思います。本来は非効率サービスなんかないほうがいいんでしょうが、それでは社長のおっしゃる高売りなんてできない。大手量販店のように仕入れ価格を引き下げるほどバーゲニングパワーを持っていませんからね。そうなると何か違ったことをしなくてはならない。大手が効率ならこっちは非効率だ、ということです」

「それで収益に見合うだけの電器製品を買ってもらうつもりなの？」

甘いと俺は思った。そんな非効率のサービスをして電器製品が売れるのだろうか。客はどんどんエスカレートし、商品を買わないまま、非効率サービスを提供するだけで終わるんじゃないか。

「カレーを作ったら電子レンジが売れたなんてことにはならないと思います。でも私たちは街の電器屋なんです。この街に溶け込んで、ここからどこにも出ていくわけじゃない。そうであるならこの街ででんかのトドロキとご縁ができた客にとことん尽くせばいいんじゃないか。私たちができることなんてそんなに多くはありません。大手のように金もない。あるのは真心と客にとことん尽くすことだけです。こんなことをやってくれる電器屋なんか他の街にはない。そう思ってもらって必要とされることです。これでだめならでんかのトドロキはこの街には不要だということです」

角さんはきっぱりと言った。「不要」という言葉が強く俺の耳に届いた。覚悟がこもっていた。会社でも人でも不要になれば、見向きもされない。消えていくだけだ。ビッグロード電器をリストラになった俺が言うのも情けないが、もし俺が絶対に必要なら籤引きだろうが、リストラ対象にはならなかっただろう。不要だからリストラになった。必要とされる決定的な何かが欠けていたのだ。角さんの「不要」という言葉は俺の胸に突き刺さり、ぐりぐりと肉をえぐり、せっかく薄い皮膚で覆い隠していた心の傷を再び血の色で染めた。

角さんは路肩に車を停めた。

「ちょっと待っててください。すぐに戻ってきますから」

車を降りると、一軒の家に入った。庭に柴犬《しばけん》がいた。角さんの姿を見つけると、ちぎれるほど尻尾を振っている。「おいおい、待ってたか」と言いながら角さんは犬に近づくと、庭の隅に置かれていた袋からドッグフードを取り出し、お椀《わん》に盛った。それから別のお椀に水を入れた。「しっかり食べろよ」角さんは柴犬にドッグフードと水のお椀を差し出した。待ちかねたように柴犬がドッグフードのお椀に鼻先を突っ込んだ。家人が旅行中なのだろう。その間の犬の世話を頼まれたのに違いない。別の時間にはあの柴犬と一緒に散歩もしているのだろう。犬は一日二回散歩をさせないといけないと聞いたことがある。店が閉まった後、陽が落ち、暗くなった街を柴犬と一緒に歩いている角さんの姿が浮かんできた。

——非効率なことこそ、付加価値。

今の時代、電器屋が生き残るって結構大変だ。量販店のマニュアルでは対応できないことばかりだ。俺は角さんが柴犬の背を撫でているのを見て、思わず武者震いした。

4

「社長」

俺はハンバーグに箸を入れた。

「馬鹿、家では母ちゃんでいいんだよ」

母ちゃんは俺を見て笑った。

「そうだったね」

俺はハンバーグを口に入れた。いつもながら美味い。肉汁が溢れ出てくる。

「美味いね」

「そのハンバーグは何百回もこねてさ。ひき肉の塊をキャッチボールのように何度も何度も両手の間を往復させて、空気を抜くんだ。こねること、キャッチボールすること、この手間を惜しんだら美味くはならない。材料なんて何でも変わりゃしないものね」

「何事も手間を惜しんだらいけないんだね」

俺はサラダを食べた。新玉ねぎが薄くスライスされていた。他にはレタスとトマトだ。新玉ねぎを見ていると、角さんが作っていたカレーを思い出した。今頃、太田さんはあのカレーを食べているのだろうか？

「そうだよ。力の出し惜しみをすることなく、これからがんばってくれよ。お前や沙織ちゃんが入社してくれて人手が増えたから、思い切って高売りしようと決めたんだから」

母ちゃんは大きな口を開けて、ハンバーグを食べた。

「その高売りだけど、結構、ハードル高いね」

「そりゃそうさ。今はどこでも安いからね。いいアイデアを出しておくれ」

「今日ね、角さんとお客様を回ったんだ」

「勉強になったかい？」

母ちゃんが俺を見た。社長の顔が、覗いた気がした。

「……………」

俺は何を言おうかと考えた。

「どうかしたのかい？」

「角さんはね、非効率なことこそ、付加価値だって言うんだ」

「ふーん、それで」

母ちゃんの顔がどんどん社長の顔に変わっていく。目の辺りの皺《しわ》が深くなり、厳しさが滲みでてくる。

「お客様の太田さんの家に上がってカレーを作ったり、別の家では犬に餌をやったり……」

俺は角さんの一日の行動を思い出した。その他にも雨戸の修理、庭の植木の水やりなど。電器製品の注文は一切なし。

「それでお前どう思ったんだ？」

「角さんは、稲穂市ででんかのトドロキが不要な存在にならないために必要なことだと言っていた。電器屋は販売価格が一番大事だ、そのためには仕入れ価格に付加価値として非効率サービスをプラスしなければならないって。いろいろ考えながら店に戻ってくると、店の中では沙織やシマ君、チエちゃんが客と話しながらのんびりとコーヒーを飲んでいるじゃないか。時々、大笑いが聞こえて……。だれも電器製品なんか見てはいない。別のテーブルでは客が本を読んだり、将棋をさしたり、そこに沙織がコーヒーを運んでいる……。いくらなんでも非効率すぎないか。これじゃ潰れるよ。店でくつろいでた客は誰一人として商品を買っていかなかった。角さんは非効率サービスが母ちゃんの言う高売りに繋《つな》がるって言っていたけどね」

俺は母ちゃんの顔を見た。完全に社長の顔になっていた。

「非効率なことこそ、付加価値。いい言葉じゃないか。このハンバーグだって」母ちゃんは、箸でハンバーグを、持ちあげた。「ひと手間もふた手間もかけたから美味いんだ。効率よく作るならレトルトのハンバーグを湯煎するだけだよ」

俺はハンバーグを口に入れた。仕事の味というのだろうか、ジューシーさが消え、味けなくパサついた気がした。

「角さんには創業以来のお客様を担当してもらっている。その人たちはうちの店からあまり離れて行かないんだよね。お客様もでんかのトドロキも一緒に年を重ねているんだ。その理由が角さんの非効率サービスじゃないかと思う。お前からみればなんて非効率だと思うだろうけどね。効率ばかりが求められる時代だからこそ、ウチは角さんのように逆の道に進もう、そう思ったんだ」

「シマ君たちがのんびりコーヒーを飲んでいるのは、どうするの？」

「あれも生かすつもりさ。とにかく徹底して非効率にすることで効率よく利益を上げられる会社にしようと思う。これは今まで何気なくやっていたことだったんだ。それで量販店以上の粗利益率で販売することができたんだ。ということはこういうやり方がうちには合っているんだ。だったら徹底しようということだよ」

「徹底して非効率にする……」

俺は気が遠くなった。非効率、すなわち無駄を目標にする会社って聞いたことが無い。

「まあ、お前のような非効率な人材を抱えているんだ。効率的な経営ができるわけがないだろう」

母ちゃんはニヤリと口角を引きあげた。

「まいったなぁ」

俺は眉根を寄せた。

「なあ、雷太。会社っていうのは、言うは難《かた》く、行うは易《やす》しなんだよ」

「それ逆じゃない？　言うは易く、行うは難しでしょう」

「違うんだよ。『言う』っていうのは会社の方針など、社長である私が考えるプランのことだ。これは考えて考え抜かねばならない。一番覚悟がいる。『行う』は実践すること。『言う』という方針やプランが決まったら、それに向かって全員で力を合わせてとにかく実践する。これも難しいよ。しかし、『言う』と『行う』を比較したら、『言う』ほうが難しい。お前もいずれこのでんかのトドロキを率いる身なんだ。いつも『言う』を意識していなさい。その『言う』がしっかり定まらないと社員は『行う』ことができないからね」

母ちゃんの声に力がこもった。母ちゃんは、みんなには高売りの具体策を来週までに考えてくるようにって言ったけど、自分ではもう考えている。

俺は母ちゃんの厳しい表情を見て、これからは家でも社長と言わねばならないと確信した。

第四章　母ちゃんのこと

1

開店と同時に客が入ってきた。角さんと訪ねた太田さんだった。俺は思い切りの笑顔で「いらっしゃいませ」と言い、すぐに近くへ行った。

「あら、先日の社長のおぼっちゃん」

太田さんも笑顔を返してくれた。角さんは朝から営業に出ていて不在だ。杖をついている。俺は太田さんの身体に寄りそって「どうぞこちらへ」とテーブル席に案内した。太田さんはゆっくりと歩《あゆ》みを進めた。

「ご自宅から歩いてこられたのですか？」

「ええ、たまには運動しないとね。でも疲れるわね」

太田さんは息を弾ませて、ようやくテーブル席に着くと、俺が座るように勧めた椅子に腰かけた。

「お茶か、コーヒーのどちらにされますか」

「お茶がいいわね。おぼっちゃんが淹《い》れてくださるの」

太田さんはさも恐縮するような表情になった。

「太田さん、おぼっちゃんは勘弁してくださいよ」

俺は苦笑した。

「じゃあ、なんて呼べばいいの」

「雷太でいいですよ」

俺は、太田さんに答えて給湯器の方へ行こうとした。

「太田さん、いらっしゃいませ」

沙織がお茶を運んできた。

「あらあら、沙織さん、今度ここで働き始めたんだってね」

「はい。社長にお世話になりまして……」

沙織は手際よく太田さんの前にお茶を置いた。

「知り合いなの?」

俺は少し驚いて沙織に聞いた。

「はい、以前に働いていたお店に来ていただいたことがあったんです」

沙織は控えめな様子で言った。

「沙織さん、お茶おいしいわよ」

太田さんは両手で包むように湯呑《ゆの》みを持ち、目を細めて茶を飲んでいる。「私が、濃い目の温かいお茶が好きだってことをちゃんと覚えてくれているんだもの。嬉しいわね」

「そんなにおっしゃられると恥ずかしいです」

沙織は、しっかりとした目で太田さんを見ていた。

「私が年がいもなく肉を食べたいって言ったらね」太田さんは笑顔になった。「ここの社長さんと角さんが沙織さんの店に連れていってくださった。本当においしくってね。久しぶりに食べすぎたくらい。それから時々、角さんが連れていってくれたのよね。杖は離せないけど、おかげで前より歩けるようになったんだから、肉の効果はすごいものだわ」

「そうですよ。お年を召されたらお肉を食べたほうがいいというデータもあるようですから」

沙織が笑みを浮かべて答えた。

「さて、本日は、どのようなご用件でしょうか？」

俺は聞いた。

「ロボット掃除機を見たいと思ってね」

太田さんは、お茶を飲みながら言った。

「ロボット掃除機ですか。今、人気がありますね」

俺は言った。ここでカチッとスイッチが入った。家電量販店で培ったノウハウを沙織に見せるチャンスだ。

「少々、お待ちください。今、パンフレットを取ってまいります」

俺はすぐに立ちあがってパンフレットを取りに行った。

ロボット掃除機は各社が力を入れているが、でんかのトドロキにはビッグロード電器の製品が並んでいる。説明なら任せてね、そんな気持ちだ。ちょうど新製品が発売になっている。今まで丸型だったが、それが三角型になったのだ。

「はい、お待ちしています」

太田さんはゆっくりとした口調で言った。

「沙織さん、お相手していてください。すぐに戻ってきますから」

「分かりました」沙織は俺が座っていた椅子に腰を下ろし、太田さんと話し始めた。

「掃除機の具合が悪いんですか」沙織は少し心配そうな表情で聞いた。

俺はその言葉を耳にして、何か心の中にひっかかった。でもその疑問は形にならない。そのまま掃除機売り場に行き、パンフレットを探した。新製品の三角型ロボット掃除機の展示場所の棚にパンフレットがあった。ページをめくってパラパラと中身を見る。

丸から三角へ。このキャッチフレーズが効いている。今までロボット掃除機は丸型だったが、三角型のほうが隅まできれいにゴミが取れるようだ。価格は……。九万円だ。太田さんの家計状態は分からないが大丈夫だろうか。

俺はパンフレットを持って、急いでテーブルに戻った。沙織と太田さんがにこやかに話をしている。本当にこんなにのんびりした営業でいいのだろうか、と心配になる。今、角さんやシマ君、チエちゃんは外回りに出かけているが、沙織と同じように時間をかけて客と会話しているのだろう。

「お待たせしました」

俺は沙織の隣に座った。

「掃除機は壊れていないそうです」沙織はそれだけ言うと、席を立った。

「あっ、そうなの」俺は沙織の言葉を気にも留めずにパンフレットを広げた。「今、ロボット掃除機は丸型から三角型に変わってきました」俺はパンフレットを広げ、その中の写真を指差しながら説明を始めた。

太田さんがパンフレットを見つめている。さあ、ここは腕の見せ所だ。量販店で培った販売パワーを発揮して、一気に商談成立にまで持っていくぞ。

「なぜ三角型にしたのか。それは隅のゴミもきれいに取れるからです。この三角型はくるくる回転しますと、四角形を描きますから隅まできれいになるということです。

すごいでしょう」

「そうですね」

「ゴミが多いときは二度、三度と取れるまで往復します。賢いんです」

「そうなの……」

太田さんの目に生気がないように見える。気のせいか関心が薄れているようだ。俺は焦り始めた。

「すべてセンサーがコントロールしましてラウンド走行、ランダム走行といくつか選ぶことができます。充電も自分で行うことができるのです……」

俺は太田さんを見た。表情を曇らせているのが、はっきりと分かる。どうしてだろう。俺の説明が分かりにくいのだろうか。パンフレットのページをめくり、実際に利用している人の声を記載した箇所を示して「このように大変喜ばれています」と言った。

「わかりました、ありがとう。今度にしますね」

太田さんは杖を頼りに立ちあがった。

どうしよう。帰ってしまう。俺の説明になにか問題があったのだろうか。あまり嬉しそうでないのが気にかかる。

「そうですか……」

俺はパンフレットをテーブルに置いたまま立ちあがった。

「あら、社長さん」

太田さんが俺の背後に視線を向けた。振り向くと母ちゃんが笑顔で立っていた。

「太田さん、わざわざご来店、ありがとうございます」

「いえね、ロボット掃除機のことで相談にね」

「そうですか、それはそれは」

母ちゃんはちらりと俺を見た。

「この方、息子さんなんですってね」

太田さんが俺を見た。俺は照れ笑いを浮かべた。

「そうなんです。今後ともよろしくお願いします」母ちゃんが頭を下げたので、俺も一緒に下げた。

「それでロボット掃除機はどうなさいますか？」

「今、この方から説明していただきましたよ。また今度、考えておきますね」

「そうですか」母ちゃんは俺をまたちらりと見て「掃除機の具合が悪いんですか」

俺の頭に何かがピンと反応した。母ちゃんは先ほどの沙織と同じことを聞いている。

「いえね、掃除機はちゃんと動いているんですよ」

った。

「じゃあ、どうされたんですか？」

母ちゃんの質問に太田さんはもう一度、椅子に座りなおした。母ちゃんも椅子に座った。

俺は、意外な展開に驚いた。

「寂しさ、ですか」

「寂しさが紛れるかと思いましてね」

「この間、角さんが来られたときね。ペットでも飼えばいいんじゃないですかって言われたの。年寄りの一人暮らしって寂しいでしょう？　でもペットはね。私が死んだらどうなるか……」

「そうですよね。私だって夫も亡くなりましたし、一人ですからね」

「社長はいいじゃないの。こんないい息子さんがいるんですから」

「どうですかね」母ちゃんは苦笑した。「それでペットの代わりにロボット掃除機を買おうと思われたのですか」

「ははは」太田さんは声に出して笑った。「こんな考えおかしいですか」

「いえ、そんなことはありませんよ。そういう使い方をしている方もいらっしゃると思います。一緒に選びましょうか？　いろいろ出ていますからね」

「じゃ、そうしてもらいましょうかね」

太田さんは杖を頼りに立ちあがって掃除機売り場に行こうとしている。

「見つかりました」沙織がタブレット端末を持って急ぎ足でやってきた。

「何が見つかったの？」

母ちゃんが聞いた。

「これです。太田さん、社長、見てください」

沙織がタブレットを差し出した。俺も覗いた。

「ははは」太田さんが嬉しそうに笑い出した。

「これはいいわね」

母ちゃんも笑顔だ。

タブレットの画面には、ロボット掃除機に動物のぬいぐるみが載って動いている映像が次々と現れた。中にはまるでぬいぐるみそのものが動き回っているようなものもあった。

「どうしたの、これ？」

母ちゃんが沙織に聞いた。

「さきほど太田さんのお話を聞いていたら、ロボット掃除機をペットにしたいとおっしゃったものですから。なにかそうしたアイデアのあるサンプルがないかなと探したんです」

沙織は控えめに言った。

「ありがとう、沙織さん」太田さんは心から歓《よろこ》びがあふれてくるような笑顔で言った。「わたしもぬいぐるみを載せてみるわね。こうしてみると、息子さんには悪いけど新製品の三角型より丸型のほうが可愛《かわい》いわね」

太田さんの視線を感じながら、俺は強烈に恥ずかしいと思った。なぜなら俺だけだ。寂しいからロボット掃除機を買いたいのだという太田さんの要望を把握できなかったのは……。

「いいんですよ。新製品がどれもこれもいいとは限りませんからね」

母ちゃんは言った。

太田さんは、丸型のロボット掃除機を買った。後日、沙織が訪問してどんなぬいぐるみを載せるか相談に乗ることになった。

太田さんが、杖をつきながらゆっくりと帰って行く。俺は、太田さんを見送りながら、挫折感を味わっていた。

2

俺は、母ちゃんに事務所に一緒に来るように言われた。母ちゃんは事務所に入るなり、「なぜだか分かるかい」と俺に聞いた。

太田さんが俺の説明に不満そうだったのに気づいていた。

俺はうつむいたまま頭を振った。

「雷太は、お客様の話を聞こうとしなかっただろう。まず自分の説明から始めた。それが間違いなんだよ。お客様の言葉に耳を傾けること、聞くことが大事なんだ」

「聞くこと……」

俺は母ちゃんの言葉をオウム返しに言った。

「まず聞くことだよ。なぜ電器製品が必要なのか、なぜこの店に来たのか、なぜロボット掃除機なのか……。お客様はこの店に来るまでにいろいろ悩まれている。パンフレットも独自に手に入れたり、今はネットで調べたりね。製品への情報は充分なくらいある。私たち以上に詳しい人だっているくらい。だから私たち電器屋は、製品説明をするより、聞くほうが大事なんだよ。なぜこれを買いたいのかってね。じっくりここに至るまでの道のりを聞いてから、それならこういう情報がありますよって提供するのがプロの仕事さ」

俺は沙織がぬいぐるみをロボット掃除機に載せて走らせる動画を見せたことを思い出した。

「沙織はえらいね」

「沙織ちゃんは、前のお店でもお客様がどうしたら満足するかを考えていたからね。教えなくてもお客様の不満がどこにあるのかを聞きながら探れる。勉強になる」

「母ちゃんこそすごい」

俺は尊敬の目で母ちゃんを見つめた。

父ちゃんが交通事故で死んだのは、俺が十歳の年だ。二十一世紀を目前にして死んでしまった。

でんかのトドロキは、父ちゃんが創業した。父ちゃんが元気だったころは母ちゃんは家事が主な仕事だった。確かに共同経営者として名前は入っていただろうが、俺の記憶では「母ちゃん」が仕事だった。父ちゃんに代わって社長になってからどれだけ苦労して経営を学んだのだろうか。俺は小さかったからよく覚えていない。俺にとってはいつも母ちゃんと朝ご飯、夕ご飯、弁当を作ってくれる「母ちゃん」であり続けたから。でも今、目の前にいる女性は「社長」だ。商売について熟知した「社長」だ。どうやってここまでになったのだろうか。その苦労は並大抵のことではなかっただろう。

「まあね、父ちゃんが亡くなって十五年も社長をやっていると『社長』らしくはなるのかね」母ちゃんは微笑みを浮かべて言った。

「これをお前に預けるから読んでみたらいい」

母ちゃんは一冊のA４判大のやや分厚いノートを俺に手渡した。表紙に「備忘録」と記載してある。

「これは……」

「父ちゃんが亡くなったとき、私は、お先真っ暗になってね、途方に暮れてしまった。会社を手放そうかとも思った。だけど社員もいるからね。そんなとき、仏壇に手を合わせていたら、父ちゃんの声が聞こえてきたんだ」

母ちゃんは神妙な表情になった。

「父ちゃんがなんて言ったの」

「がんばるんだよって。それだけだよ」母ちゃんは薄く笑った。「そのとき、父ちゃんがよくノートにメモを取っていたのを思い出したのさ。それがこれ。これには父ちゃんの言葉がいっぱい書いてある。これを読んでいると、まるで父ちゃんが話しかけてくれているような気になるんだよ。父ちゃんの言葉のそばに私の考えも書いてあるけど、まあ、それも参考になるかもしれないから、読んでも損はないかな」

母ちゃんは俺の頭をポンと叩くと店の方へ行ってしまった。

俺はノートを見た。ページをめくる。細かい字でびっしりと書いてある。

俺は、「売り上げ」という項目を目読した。

父ちゃんは言う。

——売り上げを伸ばさないと経営が行き詰まる。しかしそれだけにこだわることはいいことなのだろうか。社員には売り上げ目標を与える。みんな今日は〇〇万円売れました、と報告してくれる。壁に目標を貼り出し、やる気を鼓舞する。みんなはそのグラフを見て、一喜一憂する。私も同じだ。目標を順調に達成している社員には「がんばったな」とほめ、苦労している社員には「がんばれよ」と声をかける。しかしみんな売り上げに追われすぎてはいないか。お客様の満足はどうなのだろうか？　たとえば、今日、桜井君《さくらい》（当時勤務していた社員だろうか）は、テレビを買ったお客様に、彼は今月の目標を達成するためにその意向に反して、無理やり高価な新製品を売ったのではないか。一緒に買ってくれたアイロンを極端に値引きしていることからもそれが推測できる。このことを桜井君に問いただせば彼のやる気をそぐことになる。みんながんばれる目標を設定するのは難しい。どうすればいいのか。これはお客様への本当のサービスとはなにかということにも繋がる。売り上げ目標ばかり追求していたらお客様の満足度は下がるのではないか。社員が売り上げ目標ばかり気にしすぎてお客様の方を見なくなってしまう。売り上げが伸びてもお客様の満足が落ちれば、長期的にみれば会社の経営は傾いてしまう。

「売り上げ目標ばかり追求していたらお客様の満足度は下がる……」

俺は、同じような言葉を聞いたような気がして誰から聞いたのか思い出そうとしたが、父ちゃんの言葉のそばに書き込まれている母ぢゃんの言葉に関心が移った。

母ちゃんは書く。

——魚屋さんで夕飯の食材を買うとき、「奥さん、今日はマグロが目玉なんだ。買ってよ」と言われたらどうするか。値段を見ると、マグロの柵が一本千円だ。私なら値引きを要求する。相手がこれを売りたいのは、それなりに理由があるはずだ。だから マグロを食べようと思ってはいなかったのだが、九百円なら買うと言うだろう。こっちは無理やり買うのだから、当然の要求だ。相手は売り上げを伸ばすために必死だ。千円で買ってくれたら、こっちのイワシをサービスするからと言われるかもしれない。売りたい、売りたいと価格を下げたり、別のものをおまけにつけたり。これで満足する客もいるだろうが、もしそのマグロがあまりおいしくなかったら……。結局、その魚屋さんから足が遠のくかもしれない。安物買いはやっぱりだめだと思って。

この他にも「仕入れ」「社員」など項目ごとに、まるで父ちゃんと母ちゃんの対話のように書かれている。母ちゃんは、父ちゃんの言葉を読みながら、悩みを共有し、父ちゃんのノートの中で対話し、そして自分の考えを築く努力をしてきたのだ。

「雷太」という項目がある。俺のことだ。

父ちゃんが言う。

——お前は嫌がったが、俺は強引に息子に雷太なんて名前をつけてしまった。轟雷太なんて雷様みたいだ。しかし俺が電気好きだから、どうしてもこの名前をつけたかった。

これは生まれたときのことのようだ。

——こいつなかなか見どころがある。夏休みの工作で太陽電池でモーターが動く仕組みを作った。電気好きがちゃんと遺伝したぞ。でんかのトドロキの跡継ぎができた。バンザイ。

これは小学三年生の夏だ。よく覚えている。まだ工作キットなんかは無いときだった。秋葉原で小さな太陽電池のパネルを買ってきて、自分で配線し、それでモーターを動かし、扇風機っぽい羽根を動かした。俺は太陽から熱だけじゃなくて電気の恩恵も受けることに興味を持ったから、そんなものを作ったのだ。解説をつけて提出したら、担任がものすごくほめてくれた。

母ちゃんはなんて言っているだろうか。

——雷太をちゃんと一人前に育てます。雷太が一人前になるまではどんなことがあってもでんかのトドロキは潰しません。

亡くなった父ちゃんへの誓いの言葉を添えている。

「母ちゃん……」

俺は思わず声に出してしまった。父ちゃんが死んだときはまだ子どもだったので悲しみの実感が伴っていなかった。何も知らない俺は母ちゃんに何もかも甘えてきたのだろう。母ちゃんがどんな苦労をしてきたか、まったく知らない。この備忘録には父ちゃんの言葉とそれに対する母ちゃんの言葉が書かれている。母ちゃんは、折に触れ、このノートを見て商売について考えてきたのだろう。俺は、あらためて母ちゃんに尊敬の思いを抱いた。目頭が熱くなった。

「何をご覧になっているんですか？」

角さんが営業から戻って事務所に入ってきた。

「ああ、角さん」

俺は慌てて目を拭った。

「目が赤いですよ」

角さんが不思議そうな顔をした。

「太田さんがお越しになってロボット掃除機をお求めになりましたよ」

「そうでしたか。前からペットになるような家電はないかっておっしゃっていましてね」角さんは小さく頷いた。「それは？」

「これですか」

ノートを見せた。

「社長が時折、御覧になっていますね。なにが書かれているんですか」

「角さんは、父のことをよくご存じなんですよね」

「そりゃ、雷太さんが生まれる前からの付き合いですからね。昭和五十九年に先代社長は、大道電器、今のビッグロード電器を退社され、お金を貯めて、この店を創業した。そういえば雷太さんもビッグロード電器ですから、二代ともあの会社の世話になったんですね」

「父が働いた会社に就職できたことは縁だったと思います」

「先代社長はいい営業マンでした。私はメーカー出入りの配送車の運転手だったんです。それで声をかけられましてね。独立直後は、ご夫婦だけだったのですが、私が第一号の社員になったってわけです」

「そうだったんですか」俺はノートを角さんに手渡した。「これは父と母との対話です。父の書き残した言葉に母が自分の考えを書き添えたものです。母から渡されました」

角さんは俺からノートを受け取るとパラパラとページをめくった。そして目頭を指で押さえた。

「先代社長は三百六十五日、二十四時間、会社のことを考えているような人でした。どうしたらお客様に喜んでもらえるか、そればっかりで……。二言目にはお客様、でした。ここを見てください」

角さんはノートのページを指差した。そこには、

――商品は我が子と同じだ。商品は、自分の子どもだと思っていつくしむこと。そしてそれがお客様の手に渡ったら、子どもが嫁入りしたり、就職したりしたのと同じで役に立っているか、満足してもらっているか、心配して、時々は様子を見る等、気にかけてこそお客様との信頼感が増すというものだ。

と記入してあった。

「まさにこの通りでした。私も先代社長のこの考え方に共鳴して売ったら売りっぱなしじゃなくて何度もお客様のところに足を運んだものです」

「母は、このノートで父と対話することで社長として成長したのですね」

「それもありますが、社長は本当に努力されていますよ。社長になられた当時は、日本はバブル崩壊後の景気悪化が長引いて何をやっても売れない時期が続いたんです。社長から相談されましたよ、会社をたたんだほうがいいかってね」

角さんは、昔を思い出すように目を閉じた。

「廃業ですか」

「ええ、社長は今なら迷惑をかけないで済むからって……。心労でお痩せになっていましたね。あのころは……」

そう言えば、母ちゃんが痩せたときがあった。夕飯のとき、どうしたのと聞いたら、ダイエットだよ、って笑っていたけど……。今では、そのころの面影が無いほど堂々とした体軀《たいく》になった。

「家電量販店がどんどんこの街にも進出して安売り攻勢をかける時代になりましたからね。圧倒的に安いんです。かないっこありません。私だってもう電器屋はやっていけないんじゃないかって思いましたもの。でも『社長、辞めるのはいつでも辞められます。もう少し悪あがきしましょう』って言ったんです」角さんは、鼻をぐずらせた。

「社長は、そうだね、そうだね、と何度もおっしゃって、雷太さんが一人前になるまでは潰してはなるものかとがんばられたのです」

ノートの『雷太が一人前になるまではどんなことがあってもでんかのトドロキは潰しません』という一節が浮かんできた。

「それでどうされたのですか」

俺は母ちゃんがどうやって苦境を抜けたのか知りたかった。

「なんでもやってみようって。たとえば電子レンジやオーブンレンジの実演料理教室を店でやったり、お客様のところへ出張実演に行ったり。お年寄りのお客様が多いと思ったら、補聴器の使い方教室や電器製品と関係ない年金教室とか……。社長は主婦であり母親ですから、主婦目線、母親目線の営業センスが優れておられましたね。たとえば照明器具のスイッチ。オン・オフっていう表示に慣れてないお客様にはつける・消すというシールをリモコンに貼ったりね。それも夜光塗料のを。これは受けましたね。そうやっているうちに徐々にお客様が定着してきました。お客様へのアフターケアを心がけることにしたんです」

「すごいですね」

俺はただただ敬服した。何も知らずにノホホンと勉強していただけだったことが恥ずかしい。

「社長が今度『高売り』っておっしゃいましたよね。以前とは違う危機を感じているのかもしれません。それに雷太さんが戻ってこられたから、雷太さんが立派な跡継ぎに成長するまではがんばるという目標ができたんじゃないですか」

角さんは相好を崩した。

「そうですか……」

しっかりしなくちゃならないと思いつつも、俺に母ちゃんの跡を継げるほどがんばれるのかという弱気が頭をもたげるのを止められなかった。

「期待していますよ。雷太さん」角さんは言いながら立ちあがった。「お客様のところに洗濯機を届けに行ってきます」

「まさかお客様の汚れものを洗濯するんじゃないですよね」

俺は、カレーを作る角さんの姿を思い出していた。

「いやいや、さすがに」角さんは手を振って否定した。「でも洗濯物を取り込んでください って言われました。ほれ、この通り」スマートフォンを見せた。そこには客からのメールで、洗濯物が干しっぱなしになっているので取り込んでください、と書かれていた。客は不在なのだろう。独身のサラリーマンなのかもしれない。あるいは突発的に長期間外出しなくてはならなくなったのかもしれない。誰もいない家に入って洗濯物を取り込み、それから洗濯機を設置するのだ。鍵を預けられるほどに角さんは信用されている。そこに至るまでは決して平坦《へいたん》な道ではなかっただろう。俺は、こんな角さんのような社員さんの支えもあって大学に通わせてもらっていたんだ。そう思うと、胸が苦しくなるほど、熱いものが込みあげてきた。

「行ってらっしゃい」

俺は、備忘録を握りしめて角さんを見送った。

3

それから俺は、「聞く」ということに徹して客に応対していた。

「テレビを買いたいのだけど……」

年配の女性だ。

俺はテレビ売り場に案内した。

「今、御覧のテレビでは満足できなくなられたのですか？」

テレビがない人とは思えない。

「もう長く使っているから、そろそろ買い替え時期かと思っているのよ」

「テレビは十年ぐらいで買い替える方が多いですね」

「そうなの？　うちも十年は使っているわね。少し画像が悪くなっているような気もしないでもないわね。今、テレビもどんどん新しくなって４Ｋとかいうのもあるんでしょう？」

「４Ｋテレビは人気です。画素といって映像を映し出す機能がたくさんになったので画面がくっきり鮮やかなんですね。ですから大画面テレビでも美しい映像を楽しむことができるんです。これが４Ｋテレビです」

女性客との会話が弾む。彼女は、テレビをじっと見つめている。買う気はあるようだ。俺は、ふとテレビって画像が美しければいいのかと思った。

「十年もテレビをお使いになっていると、愛着もおありでしょうね」

女性客は俺の質問に、小首を傾げて、いったいなにを言っているのかという表情をした。しかし、その後、笑みを浮かべた。

「夫が退職してね、そのときに自宅を改装したの。バリアフリーにしようって。そのとき、流行りの液晶テレビにしたのよ。夫は映画を観《み》るのが好きでね。よく観ていたわ」

「思い出がおありなんですね」

「ええ、でも夫は亡くなったの。バリアフリーにしたのに、そんなものに世話にならずにぽっくりね。去年、突然倒れて、そのまま……。私に迷惑をかけたくなかったんじゃないの。気を使う、優しい人だったから」

女性はそっと目頭に手を当てた。

「一度、ご自宅にお伺いして、修理してまだまだ使えそうかどうか点検してみましょうか？　修理代はいただきませんから。僭越《せんえつ》ですが、そんなに思い出のあるテレビなら大事にされたほうがいいかなと思いまして……」

俺は本当に自分の気持ちから言った。新しければいいってもんじゃない。

女性客は俺をじっと見つめて「そうね。ありがとう」と笑みを浮かべた。「無理に売らないのね」

「はい」俺ははっきりとした口調で言った。「お客様にそんなに愛されているテレビの気持ちになったものですから」

「ほほほほ」女性客は心から楽しげに笑い、住所や訪問希望日を記入して帰っていった。

「相変わらず甘い営業をやっているな」

突然、野太い声が聞こえてきた。テレビの棚を見ていた男が振り返った。

「久しぶりだな」

男が言った。角ばった顔に太い眉。怒り肩で大柄なため一見するとゴリラ体型だ。

「竜三！」

俺は言った。権藤竜三、俺の幼馴染《おさななじみ》だ。しかし高校も大学も違ったので長く会っていなかった。この前シマ君が、地域で最も大きい家電量販店オオジマデンキの営業企画部の責任者をしていると言っていた。実質的な経営支配権を持っているような立場なのだろう。すっかり大人びてはいるが、ゴリとあだ名されていた雰囲気はそのままだ。ついにこの前母ちゃんが言っていたようにトドロキをつぶしに来たのか!!

「戻ってきたんだな。リストラされたって聞いたぞ。情けない奴だな」

竜三はいきなり不愉快なことを口にした。

「まあな、しょうがないさ」

俺は、うつむき気味に言った。もっと正面から睨みつけて、何が悪いとでも言い返したいのだが、それができない。トラウマがよみがえってくる。竜三とは同じサッカークラブに入っていたが、要領の悪い俺は竜三に苛められてばかりいた。

「この店を継ぐのか」

「それは分からないさ。俺が役に立つかどうかも分からない」

「雷太、お前、ビッグロード電器にいたんだろう？」

竜三は、テレビの価格票を指先で弾いた。ピンという音がした。

「ああ」

「何をやっていたんだ？」

俺は査問を受けているみたいだが、答える義務があるのだろうかと思いつつ、「営業だ。新宿のサクラ電器に派遣されていた」と答えてしまった。

「なら分かるだろ。勝てっこない。俺たちと戦っても無駄だぜ。量販店で勤務していたのに、それが分からないのか」

竜三はにやりとした。

「そんなことはない。この会社だってがんばっている」

「稲穂市の人口を知っているか」

ドヤ顔で竜三が聞く。

「…………」

俺は無言だ。

「そんなことも調べていないのか。十九万人だ。俺たちがガキのころは人口が増えていたが、今、増えているのは年寄りばかりだ。人口の二十三％が六十五歳以上だ。四人に一人だよ。まるで日本の国と同じだな。人口はずっとここんところ減少しているから平成三十七年、今から十年後には人口は十七万人程度になって六十五歳以上が二十九％くらいになってしまう。三人に一人は六十五歳以上だ」

俺は、野太い声で淡々と説明する竜三を見つめていた。そんなことも調べていないのか、という問いかけにショックを受けていた。確かにその通りだ。反論のしようがない。自分の会社のマーケットを把握しないで、どう戦おうというのだ。戦う場所も知らないで戦争に勝てるわけが無い。

「そんな先細りの未来しかない街に電器屋がたくさん必要だと思うか。いったい誰が電器製品を買うと言うんだよ。そうなるとこの街にはオオジマデンキだけでいいと思わないか」

「…………」

「おい、相変わらずだな。口を尖らせて黙り込んでしまう。反論があるなら何か言ったらどうだ。現にこの街の電器屋の多くは廃業して、中には俺の会社の傘下に入ったのもあるんだ。お前に知恵が少しでもあれば、赤字で苦しむ前に会社をたたんだほうがいい」

「街の電器屋にはまだ役割があると思う」

俺はようやく口を開いた。

「そりゃそうだろう。役割がなければとっくに消えちまっているからな。だけどさ、この価格なんだよ！」

竜三は、店頭の価格のメモを一枚抜いて俺の目の前に突き出した。ビッグロード電器製液晶テレビ四十三インチだ。価格票には十五万三千円と赤く書かれている。

「それがどうした？」

「高いだろう、これは！　俺の店ではこれは十万円を切っているぞ。ネットじゃもっと安いのがあるだろう。こんな価格でいったい誰が買うんだ」

「それは売れ筋だ」

俺は表情を歪めて言った。実際、毎日何台も売れるというわけではないが、一ヵ月に四〜五台は売れているようだ。

「信じられないね、そんなこと。俺は、この店の客が可哀《かわい》そうだと思う。昔からの付き合いとか、なんとか情にものを言わせて、高いものを買わされているんだ。俺は、そんな商売をしているお前らが許せない。客を騙《だま》す詐欺商法だ！」

「なにが詐欺だ。お客様は納得して買ってくださっている。騙してなんかいない」

俺は、怒りが込みあげてきて一歩前に進んだ。

「あのさ、俺の考えを言うぜ。日本の家電はどれもこれも最高の性能を持っているんだ。どこで買っても同じなんだ。だから勝負は価格ってことになる。安く販売する、これが最高のサービスなんだよ。オオジマデンキはチェーン展開して大量に仕入れて大量に販売することで安売りを実現しているんだ。テレビなんて俺の店で月間数百台も売れるんだ。お前のところみたいにほそぼそと売っているわけじゃない。俺の店で買った客はこのテレビを」竜三は四十三インチの液晶テレビを指差した。「十万円で買っているんだ。お前の店では十五万円だ。差額は五万円にもなる。それは客の損だ。五万円もあれば、何ができる。五百円で牛丼を食ったら百食も食べられるんだぞ。牛になってしまうほどだ。これでもお前はチンケな電器屋に存在意義があると思うのか」

俺は、竜三の熱気に押されていた。五百円の牛丼を百食分も「損」させている……。俺の胸にグサリと突き刺さった。実際、若い人はこの店に来て「高いね」と言って帰って行くこともある。でも他より五万円高くても買ってくれる客がいることも事実だ。では客は、何の対価として五万円もの金額を払ってくれているのだろうか。

「客は価格だけを求めているわけじゃない……」

俺の声は消え入りそうになった。

「いや、価格だ。すべて価格だ。価格を安くする。それが最高の顧客サービスなんだ。それが量販店の考えだ。お前、勤務していたんだから分かるだろう」

「ああ、分かっている」

俺は辛《かろ》うじて答えた。分からないと言えば、俺のビッグロード電器での勤務が否定されてしまいそうな気がした。

「だったら勝負しようぜ。俺たちオオジマデンキは、今、六月までの新生活キャンペーンをやっている。特に四月、五月は徹底的に安くする。同じタイミングで俺たちと勝負しろ。冷蔵庫、テレビ、掃除機なんでもだ。この店の価格から三十%、四十%ダウンは俺たちには普通だ。お前の店の客をすべて奪ってやるから、覚悟しろ。価格引き下げ競争、それが一番の顧客サービスだ。お前の店を徹底的に潰してやる」

竜三は、攻撃的なオーラを全身から発散して俺に迫ってきた。

この野郎。シマ君たちが言っていたのは本当だったんだ。そこまで言うなら勝負してやろうじゃないか。いつまでも苛められっ子の俺じゃない。俺は、さらに一歩、竜三に迫った。

「勝負……」俺が言おうとしたとき、竜三が俺の背後を見ていることに気づいた。俺は振り向いた。

「沙織、やっぱりここにいたのか」

竜三が呟いた。目を細めて嬉しそうな表情だ。竜三の全身から発散されていた怒りのオーラがたちまち消えてしまった。

沙織は、老人客を案内していた。竜三が「沙織」と話しかけても無視して客への説明を続けていた。

店を潰すと言っていたのも、沙織に迫っているというのも本当だったんだ。竜三が、すがりつくような表情になっているのを見ると一方的につきまとっているのがありありと分かる。

「沙織がここで働いているのは聞いていたけど、やっと確認できた。結婚について考えてくれたか？」

竜三は、老人客がいるのも無視して沙織に近づいて行く。

「おい、竜三、沙織は仕事中だ。場所と時間をわきまえろ」

俺は竜三の肩を摑んだ。

「やめろよ。やめてくれ。俺は必死なんだ。なかなか会ってくれないんだから」

竜三は俺の手を払いのけ、沙織に近づいた。沙織に手を伸ばす。

「ピシッ」

乾いた音がした。沙織が竜三の手を叩いた。

「はははは」

老人客が笑った。

俺は、首を傾げて、客を見つめた。どこかで会ったことがある。

「ああっ」

俺は大きな声を上げ、手を打った。

竜三と沙織が驚いた顔で俺を振り向いた。

「どうしたのですか？」

沙織が聞いた。

「お客様、私のこと覚えておられますか。以前、新宿のサクラ電器で接客させていただいた者です。そうですか、このあたりにお住まいなのですか」

新宿のサクラ電器でテレビ売り場などに頻繁に出没していた老人だ。間違いない。テレビの安売り批判などを口にしていた。

「おお、君かね」

「覚えていてくださいましたか」

「覚えているよ。あまり販売が上手でなかったからね。そうかね。ここに転勤になったの？」

老人は何度も頷いた。

「販売が上手くなかったですか……それはお恥ずかしいですね。実はこの店は私の実家でして、ビッグロード電器を退職して、ここに入社したんです」

俺は照れながら言った。

「社長の息子さんなのですか。そうですか。それはそれは……」

老人は相好を崩した。

「母をご存じですか？」

俺は聞いた。老人は何度も新宿のサクラ電器に来ていたが、この店の常連客でもあるのだろうか。

「知っているというわけではないがね。まあ、がんばりなさい。この店はいい店だからね。働きがいがあると思いますよ」

老人は、テレビの説明をするように沙織に促した。

「なにがいい店だよ。客に高く売りつけているのは問題だ。安売りこそサービスだ。お客さん、そのテレビはうちじゃ九万円ですよ」

竜三は老人に言った。

「竜三さん、今、ご説明をしているところです。邪魔をしないでくださいますか」

沙織が眉根を寄せた。

「俺はね、このお客様のためを思って言っているんだ。こんな高いテレビを買うことはない。騙されるなって言っているのさ。こんな電器屋は老人に高い健康グッズを売りつける業者と同じだよ」

竜三はむきになって沙織に抵抗した。竜三は、どこか拗《す》ねた様子を見せている。

「君ね」老人は竜三を正面から見つめた。「サービスする心とはどんな心かね」

突然、老人から質問を投げかけられ竜三はたじろいだ様子を見せながら、「安売りすることです」と答えた。

老人は、優しく微笑んだ。「与え、与えられる、贈与の関係で世の中はできています。多く贈与を受けたいと思えば、多く与えることです。あなたはどこの会社ですか?」

「オオジマデンキです」

「大型店ですね」

「そうです」

「あなたの会社は安く売るということ、大きな割引を与えることで大きな売り上げを得ればいいのです。何をお客様に与えるかは、それぞれ違っていいのです。頭のいい人は頭、力のある人は力……」老人は有無を言わせぬ説得力のある口調だ。竜三から目を離さない。「心のある人は心。優しさのある人は優しさ。それぞれが持てるものを精一杯与えて、相手はそれに応える。それがサービスをする心というものです」

老人は、分かりましたかとでも言いたげに笑みを浮かべた。

竜三は、視線を落とした。「お客様と議論しても始まらないですから、帰ります。

サービスをする心なんかより、私は、値段が安いほうがいいと思いますけどね」竜三は、恨めしそうに老人を睨みつけると、踵《きびす》を返した。そして「安売り戦争を仕掛けるからな。覚悟しろ」と俺に言い放った。

「サービスが行き届いた社会は、誰もが他人と多くを与え合う社会です。だから身も心も豊かになるのです。戦争で勝っても豊かになりません」

老人は竜三の背中に向かって呟いた。

誰、この老人？　俺は、老人の横顔をしげしげと見つめながら、只者《ただもの》ではないという印象を強く受けていた。

第五章　安売り戦争

1

「とうとうやってきたわね」

母ちゃんの表情が暗い。新聞の折り込み広告を見ている。

「オオジマデンキの安売りのチラシだね」俺は、パンをコーヒーで流し込んだ。「竜三がこの前、店に来て、新生活キャンペーンを徹底してやるって言っていたから」

「オオジマらしいね」母ちゃんは「これを見てごらん」とチラシを俺に見せた。

「新生活、徹底応援！　オオジマデンキの激安セール」という派手な色遣いの文字が飛び込んできた。

「すごいなあ」

俺は呟いた。

大手メーカー製液晶テレビ四十インチが六万円を切る五万五千円。同じく三十二インチが二万八千円だ。

めちゃくちゃに安い。でんかのトドロキでは四十インチは十万円以上、三十二インチも五万円を切ることはない。

「冷蔵庫も安いよ」

俺の言葉に母ちゃんはじろっと俺を睨み、湯呑みのお茶をごくりと飲んだ。

やはり大手メーカー製冷蔵庫の写真が大きく掲載されている。三百五十リットル、スリードアだ。独身生活には充分すぎる大きさだ。これが五万円を切る四万八千円だ。

「ネットで価格を調べる客層も意識した価格付けだろうね」

「ネットは価格の比較ができるのと、店員から余計なセールスをされない点も人気なんだ」

「店に来て、店員といろいろと話すのも買い物の楽しみだと思うけど、今の人は他人とのコミュニケーションを取りたくないのかねえ」

母ちゃんは渋面をつくった。二〇一四年の家電販売総額は約八兆円。そのうちネット販売が十%を超えたという。ネット販売の伸びはすごい。これからもどんどん伸びて行くのだろうか。

「この注意書きを見てよ、母ちゃん」

「どれどれ」

母ちゃんはチラシを覗き込むように見た。

チラシの一番下段には「もしインターネット通信販売店より高ければ、その場で値下げします」と書かれていた。

「本気だね」

母ちゃんは湯呑みを置いた。

「うちはどうするの？」

俺は聞いた。そろそろ朝礼の時間だ。社長の母ちゃんがここにいる間は大丈夫だろう。

「さあ、どうするかね」

母ちゃんが腰を上げ、食器をキッチンに運んだ。俺も自分の食器をかたづける。

「うちは大丈夫なのかなぁ。竜三の奴、沙織と結婚するにはうちを叩きつぶさないといけないと思っているみたいだったよ」

俺は竜三の激しい顔を思い出した。竜三は沙織がでんかのトドロキで働いていることが許せないようだ。でんかのトドロキさえなくなれば沙織が自分のところに来るかのように思っているのだ。

皿を洗っていた母ちゃんが急に手を止めた。くるっと振り向いたかと思うと、さっと右手が上がり、俺の頬をめがけて振りおろされた。パシッという音とともに水しぶきが散った。

「いてぇ。なにするんだよ」

俺は、叩かれた左頬を手で押さえて、後ろに一歩下がった。

「なんて情けない男なんだ、お前は！　大丈夫なのかなぁじゃないだろう。大丈夫にするのがお前の仕事、お前の責任だろう。大型量販店は外国人観光客の爆買いに対応して業績を伸ばしているところもあるけど、うちのような街の電器屋はまだまだ消費不況が続いて業績が悪化している。赤字になる寸前だ。このままではいずれ近いうちににっちもさっちも行かなくなるだろう。他にはない戦略を打ち出さないといけないと思っている。お前やみんなに『高売り』というテーマを出したのもそのせいだ。安穏としていられる状態ではないんだ。それともうひとつ。沙織ちゃんを守れなくてどうするんだい。それでも男かい！　お前！」母ちゃんは俺の股間にすばやく手を伸ばした。

「うっ」

俺は目を剝き、息が詰まった。母ちゃんの手が俺の大事な部分を思い切り握ったのだ。

「男のシンボル、ついてんだろ！　しっかりおしよ。竜三なんかに負けたら承知しないよ」

「わ、分かったから放してよ。死んじゃうよ」

俺はぴょんぴょんと飛びあがった。

母ちゃんが手を放した。ホッと息を吐いた。

「勘弁してよね」

俺は泣き顔で言った。

「分かったかい。お前は、ウチの社員であり、私の息子なんだ。他の人よりがんばらなければならないし、弱気を出してはいけない。もし社員としてダメなら、母ちゃんは社長として遠慮なく追い出すからね。覚悟しておくんだ」

母ちゃんは社長の顔になっている。

「分かったから」

まだ股間がひりひりする。大事なものが潰れたかもしれないって心配になる。

「分かったじゃない。分かりました、だ」

「分かりました！」

俺は声を張りあげた。

「さっさと仕事に行きなさい。朝礼が始まるよ」

2

旧市街のメイン通りをゆっくりと流すように配達用の営業車を運転する。

通りに人は少ない。歩いているのはたいていが年配の人だ。若者はほとんどいない。シャッターを下ろしている店もある。シャッター通りというほどではないが、それでも寂しい雰囲気が漂う。

「シマ君、人通りが少ないね」

助手席に乗っているシマ君に話しかけた。

今日は、シマ君と一緒に営業に出ている。車の荷台には洗濯機が積んである。お客様に届けるのだ。

「そうなんです」

助手席に座っているシマ君が、スマートフォンを操作しながら言った。

「若い人はいないのかな。昔はこの通りも賑《にぎ》やかだった記憶があるけど。しばらく見ないうちに寂しくなったね」

俺は、オオジマデンキの新生活応援セールのことを考えていた。この通りを見る限りは、新生活を始めようという若者が多いとは思えない。そうなれば少ない若者の争奪戦になる。

「若い人はいますよ」シマ君はスマートフォンをポケットにしまい、俺を振り向いた。

「いるの?」

俺は驚いた。

「雷太さんもご存じの通り、この街は、東京の千葉として大きくなりましたよね」

一面に田畑が広がっていた稲穂市は、昭和四十年代の高度成長時、多くの団地が建ち、人口が爆発的に増えた。ほとんどが東京へ通うサラリーマン世帯だった。

「ああ、そうだね」

「だから赤羽や十条などにある古い商店街が無いんですよ。人口増加に合わせてこの通りに店が増えただけなんです」

「じゃあ、シャッターを下ろしている店が目立つというのは人口が減っているってことだ。少子高齢化の波が押し寄せているんだね」

「ノー、ノー」

シマ君は顔をしかめ、人差し指を左右に振った。学校の先生を気取っているかのようだ。

「もちろん少子高齢化の影響もありますが、それよりも人の流れが変わったんです」

「人の流れ？」

「そうなんです。もう昔みたいに団地がどんどん建設されているわけじゃありません。今は民間のマンションが新しくできた私鉄の駅近くに増えていますし、高速道路のインターチェンジの近くには、車で買いに来るショッピングモールもできています。その新市街地には若い人も多いんです。オオジマデンキもモールの近くにあるでしょう？　一方で、ここは旧市街と言われています。旧とはいえ、都心の歴史ある商店街のように地元の人たちに愛着がある場所ってわけでもないので、結局、人は便利な新市街に行ってしまうんです」

シマ君の説明だと、高度成長期に雨後のタケノコのように建設された団地群、多くは公団住宅なのだが、そこは高齢者の割合が増大している。こうした団地を限界団地と言うらしい。みんな若いころに購入し、居心地がいいから会社を引退したあともずっと住み続けているだけだ。この人たちはこの通りの先にあるＪＲの稲穂駅を利用している。これが旧市街。

一方、新市街というのはＪＲに併走している私鉄の新稲穂駅の周辺を言う。そこには新興のマンションが多く建ち、住民の多くはやはり高度成長期と同じように東京へ通勤するサラリーマンがほとんどだ。そこにはショッピングモールもあり、休日になると若い人で溢れている。だれもが車で買い物に来る。

「シマ君も新市街に住んでいるの？」

「いいえ」シマ君は俺の問いを即座に否定して「私は旧市街にアパートを借りています。両親が団地に住んでいますからね。兄たちは新市街に住んで、東京に通うサラリーマンですが、私はここに愛着があるんです。新市街に住んでいる連中は、この稲穂市を仮住まいみたいに思っています。当然ですけどね。東京への通勤が便利でマンションも手ごろな価格だったから住んでいるだけですからね。兄たちも稲穂市に住みながら、身も心も東京に捧《ささ》げているって感じです。でも私は違います。ここが故郷っす」

シマ君は勢いよく手を振りあげ、敬礼をした。俺はシマ君の「ここが故郷っす」という言葉にちょっと痺《しび》れた。

「いいねぇ、ここが故郷か。いい言葉だね。シマ君は千葉県への愛を語っていたけど、故郷への愛着が強いんだね」

俺の歓迎会でシマ君が熱烈に千葉県愛を語っていたのを思い出した。

「千葉県は大好きですが、もっと好きなのは稲穂市です。なかでも旧市街が一番好きっすね。私はこの旧市街を三十年後も愛される町にしたいんですね」

「いいなぁ。そういう姿勢いいなぁ。俺だって旧市街育ちだからね。まあ俺の場合は東京に行ってしまった出戻りだけど」

俺の言葉にシマ君は笑みを浮かべた。「オレ」と急にシマ君の口調が変化した。

「すみません。言いなおします。私に」

「いいよ、オレで」

俺は笑った。

「雷太さん、一緒にやりませんか」

シマ君が運転している俺に顔を近づけてきた。

「なにを一緒にやるの？」

「祭りですよ」

シマ君が興奮して言った。

「祭り？」

俺はシマ君を振り向いた。

「さっきの旧市街を見たでしょう。寂しいですよね。でもあの通り、結構長いんです。一キロもあるんですよ。真っ直ぐな道なんです。オレ、あの道の真ん中に立ってずっと先を眺めるの、好きなんです」

旧市街の道路は、昔、畑だった。だから道を作るとき、直線の長い道を作ることができたという。

「俺も同じさ。あそこの真ん中に立ってずっと続く道を見ていると、なんか気持ちがすっきりするんだ」

「そうでしょう。だから、オレ、仲間たち、ああ、地元民ばかりですけどね」

「地元民って幼馴染かい?」

「ええ、みんな幼稚園から高校までずっと一緒なんっすよ。大工や左官やっている奴や、オオジマデンキの奴も一人いますね。そいつらとなんとかあの旧市街を使って祭りをやって地元を盛りあげられないかって考えているんす」

「それはおもしろいね」

俺はシマ君に答えながら、ふっと寂しくなった。

俺もシマ君と同じ旧市街地元民であることは間違いない。しかしシマ君のように地元に愛着があり、ずっとここから離れずに暮らしていたわけじゃない。

幼馴染には沙織や竜三などがいるけれど、大学に入るために東京に行ってからは地元との結びつきが希薄になってしまった。

これは意識の問題だと思う。俺はシマ君と違って、地元から離れることに価値を見《み》出《いだ》していた。地元から離れて東京人になることに希望を持っていたと言ってもよい。

今、夢破れて地元に戻ってきて、いかに自分が地元との関係が希薄だったか、希薄にしようとしていたのか、思い知らされている。

シマ君のことが羨ましくなった。シマ君は大学に行かなかった。ずっとこの稲穂市にいて、稲穂市から出ようとしない。青年よ、大志をいだけ、地球は広いぞ、丸いぞと彼らに言っても意味はない。地元で楽しく暮らして何が悪いんですか、と言い返されるのがオチだ。

「シマ君、手伝わせてくれないかなぁ」

俺は言った。

「いいっすよ。雷太さんが参加してくれるなら嬉しいな。祭りは八月の十五日、十六日の土日です」

「終戦記念日だね」

「はいっ、お盆ですからね。このあたりは昔から旧暦でお盆をやっていたんです。多分、地方から移り住んできた人が多いからでしょうね。祭りもあったようですが、いつの間にか無くなってしまったんです。それを復活させるんです」

「オオジマデンキなどの新市街の会社も参加させるの？」

新市街の方にはショッピングモールに多くの会社が入居している。彼らを仲間に入れたほうが協賛金も増えるだろう。

「それも考えてはいるんですが、新市街の会社は、本社が東京にあるでしょう？オオジマデンキも同じです。だから地元愛が弱いんっすよね。でも新市街の住民の人たちにも喜んでもらえるものにはしたいっす」

「ぜひ成功させよう」

俺は、あの一キロの真っ直ぐな通りを練り歩く神輿を思い浮かべた。

母ちゃんから跡継ぎなんだからしっかりしろと言われた。跡継ぎなら地元に根ざした存在にならないといけない。

「雷太さん、ここです」

シマ君が言った。

目の前にコンクリートが黒みを帯びてくすんだような色に変わってしまった団地の建物が現れた。洗濯機は、あの団地の五階に住む客に届けるのだ。

「急ごうか。お客様が待っているから」

3

「あれ、なにやってんですかね」

シマ君がフロントガラスに身体を近づけた。

「揉めているみたいだね」

俺は、アクセルを踏んだ。

洗濯機の設置を終えて帰ってきたのだが、店の入り口で沙織が男性と言い争っているようだ。男性は二人いる。

「あれ、竜三じゃないか」

男性の一人は竜三だ。

「そうですね。もう一人は、オオジマデンキの営業マンですよ。見たことがありますから」

シマ君が言った。

「何をやっているんだろう？」

俺は急いで車を店の駐車場に向かわせた。

車を降り、シマ君と一緒に店の入り口に向かった。

「どうしたの？」

俺は沙織に近づいた。

「雷太さん、オオジマデンキさんが営業妨害をするんです」

振り向いた沙織は眉根を寄せ、厳しい表情だ。

「人聞きの悪いことを言わないでくれますか。正当な営業活動です」

竜三はにやにやしながら言った。両手に朝刊に入れられていたオオジマデンキの新生活キャンペーンのチラシを大量に抱えていた。

「オオジマデンキさんがうちの店に入ろうとするお客様にチラシを渡して強引にセー

ルスするんです」

沙織が訴えた。

竜三と一緒に来ているオオジマデンキの営業マンがでんかのトドロキに来店する客にチラシを配っている。

「今、新生活キャンペーンをやっています。断然、低価格ですよ。ぜひオオジマデンキにご来店ください」

営業マンが客に話しかけている。

シマ君が営業マンのところに駆け寄って「すみませんが、うちの店の前なんでやめてくれませんか」と丁寧に言った。しかし、顔は怒っている。

「竜三、どういうことだ」

俺は沙織を後ろに下げた。

「どういうこともこういうこともないさ。客のためを思って情報提供しているだけさ」

竜三は、チラシの束を持ちあげた。口角をわずかに引きあげて嫌らしい笑みを浮かべている。

「でもここはうちの店の前だよ。営業妨害だろう？」

「何を言っているんだ。弁護士でも何でも呼んでこいよ。ここは天下の往来だぜ。俺たちは一歩たりともお前らの店の敷地《しきち》には踏み込んでいない」

「そんなのは屁理屈《へりくつ》だ。営業妨害になるさ。そんなキャッチセールスみたいなことをやるな」

俺は手を伸ばし、竜三が握っていたチラシの束を奪い取ろうとした。

「おい、おい、何するんだ。窃盗で訴えるぞ」

竜三は慌ててチラシの束を抱きかかえた。

「おい、マジで、やめないか」

シマ君が営業マン相手に声を荒らげている。

営業マンは、無視したままだ。チラシ配りをやめない。

年配の女性客がチラシを見て「あら、安いわね」と言っているのが聞こえてくる。

竜三が女性客の声を聞き取って、そばに駆け寄った。

「そうですよ。でんかのトドロキは同じテレビが十二万円ですよ。うちなら七万円以下で買えるんです。利益はお客様に還元するのがオオジマデンキの精神ですから。トドロキさんは、高いですよね。暴利をむさぼっているんです」

皮肉な笑みを浮かべて説明している。

「雷太さん、あんなことを言っていますよ」

沙織が俺の後ろで悔しそうに言った。

俺は、女性客と話している竜三のところに行き、「オオジマデンキさん、悪いけどやめてくれませんか？　お客様にご迷惑ですから」と顔はしかめていても丁寧な口調で言った。

「トドロキさん、お客様にご迷惑というのは違うんじゃありませんか。こちらのお客様は、もっと安い家電製品があるという情報を得ておられないんですよ。お客様のためになる情報を提供するのがどうして迷惑なのですか？」

竜三も負けじと普段と違う言葉遣いで喋ってくる。

女性客が目をきょろきょろさせている。戸惑っているのだ。これはまずい。オオジマデンキと顧客不在で喧嘩をしている場合じゃない。

「お客様、今日はどのようなご用件でしょうか」

俺は聞いた。女性客は、明らかに迷っていた。このままだと強引にオオジマデンキに連れ去られてしまう。

「液晶テレビを買いたいと思ったのよ。孫が就職したのでね」

「それはおめでとうございます」竜三が割り込んできた。「いいテレビがございます。どこよりお安くいたします」

「うちにもテレビは各種そろっております」

俺も負けないように売り込んだ。

「でんかのトドロキはどこよりも高いですよ。いえ、値段ばかりで決められないとは思いますが、それでもやっぱり安いほうがいいですよねえ。お客様」

竜三は媚《こ》びた笑顔を浮かべつつ、強引そのものだ。

「そうねぇ。年金で買うんだから安いほうがいいわねぇ」

女性客は竜三をちらりと見て、薄く笑った。

「おい」竜三は営業マンに向かって呼びかけた。「お客様をオオジマデンキにご案内差し上げて」

俺はガクッとした。客を取られてしまった。

「悪いわね」

女性客は肩を落としている俺を慰めるように言った。

「いいえ、何事もお決めになるのはお客様ですから」

俺は悔しさを押し殺して言った。

女性客は営業マンに連れられてオオジマデンキに向かった。

「客の気持ちが分かっただろう。やっぱり価格なんだよ。安いほうに魅《ひ》かれるのさ」

竜三は、また次の客に向かってチラシを配布し始めた。

俺は止める気力を失っていた。

「いいんですか？　あんな勝手な真似《まね》をさせて」

シマ君が怒って俺のもとにやってきた。

「このままだとお客様がどんどん取られちゃう！」沙織が青い顔で言った。「私が悪いのかしら？　竜三を怒らせたから」

「なにバカなことを言ってんのさ。そんなことは関係ない。商売は商売さ」

俺は強く奥歯を噛みしめていた。何とかしなければいけない。

目の前で一人、また一人とオオジマデンキに流れて行く。俺は無力だ。客に選ばれなければどうしようもない。客に選ばれない店は存在価値は無い。

「このままでは潰されてしまう」

俺は呟いた。

沙織が、俺の呟きを耳にしたのか、不安そうに表情をひきつらせていた。

4

「社長」俺は母ちゃんに言った。「このままではヤバいよ」

俺の後ろにはシマ君と沙織、チエちゃんがいた。母ちゃんの後ろには角さん。

営業が終了した後、俺は急遽《きゅうきょ》、営業会議を開くように母ちゃんに提案した。議題はもちろん、オオジマデンキの新生活キャンペーンと銘打った安売り戦争だ。

「なにがそんなにヤバいんだい」

母ちゃんは焦っている様子はない。

「母ちゃん、もとい、社長は『高売り』なんて言っているけど、オオジマデンキは圧倒的に安いんだ。同じテレビの値段がうちより三万円から五万円も安い。これじゃあ勝てっこない」

「絶対に勝てないのかい？」

「勝てない。ここにいる沙織やシマ君も危機感は同じだよ。このままだとオオジマデンキにやられてしまう。なあ、シマ君」

俺はシマ君にも意見を言うように促した。

「危機感があるのかい」

母ちゃんがシマ君に問いかけた。

「はい」シマ君は意を決したように言い、唇を引き締めた。

「話してみなさい」

「悔しくて堪らないっす。店の目の前でオオジマデンキの営業マンが客を奪っていくんっすよ。社長！」

「うちのお客様だったのかい？」

「はい。なんどかお見えになったことがあるお客様もいらっしゃいました」

「どうりで今日は、客が少ないと思ったよ。ねえ、角さん」

母ちゃんは角さんに笑顔を向けた。そんなのんきなことを言っている場合じゃないだろう。

「ええ、普段よりぐっと少なく感じましたね」

「私のせいです」沙織が母ちゃんを見つめた。

「なぜそんなことを思うんだい？」

母ちゃんが聞いた。

「竜三さんは、まだ私のことを諦めていないみたいなんです。私がここで働いていることを知って、意地悪を仕掛けているんだと思います」

「もしそうなら竜三という男はたいした男じゃないね。個人の問題と会社の問題をごっちゃにしているんだよ。そんな男に負けるのは情けないね」

「社長、竜三に負けているんじゃないです。オオジマデンキという巨大な量販店に負けているんです。あの安売りになんとか対抗しなければ、うちは潰されます」

俺は身を乗り出すようにして言った。

「じゃあどうするんだ？　私は安売りに対抗する意味もあって高売りを提案したんだよ。だからアイデアを皆に募ってる最中だ。安売りの対抗策として『高売り』を進めるためのいいアイデアは出たのかい」

母ちゃんは不思議に堂々としている。こんな事態になっても動揺しないのか。

「そうじゃない」俺は強く言った。「高売りをやめて、うちも安売りをしなければならないって提案だよ。ねえ、そうだろう」

俺はシマ君、沙織、チエちゃんに同意を求めた。三人は硬い表情で「はい」と頷いた。

「おやおや」母ちゃんは呆《あき》れ顔で言った。

「社長がご提案されている高売りは、やらないおつもりですか」

角さんが困惑したように聞いた。

「でんかのトドロキもオオジマデンキに対抗して安売りを始めたいと思います」

俺はひりひりした気持ちで言い切った。たとえ母ちゃんでもここでは社長だ。社長の案に反対するのはやっぱりきつい。

母ちゃんの顔から笑顔が消えた。

「このまま座して死を待つより、うちも安売りで対抗してオオジマデンキの客を奪いたいんです」

俺は母ちゃんを睨みつけるようにして言った。

「お前は量販店で修業したからすぐにそうした発想になるんだね。それじゃ戦争を仕掛けられて、敵と同じように武器を持って応戦するのとおんなじだよ。でもこっちの武器は火縄銃、向こうの武器はマシンガンかミサイルだというのに。それこそ勝てっこないじゃないか」

「でも悔しいじゃないですか？　このままじゃ客は皆、オオジマデンキに取られてしまいます。全部、安くするわけにはいかないけれど、せめてテレビとか冷蔵庫とか、目玉を決めてやるべきだと思います」

「うちは、今、毎日十五万円以上は儲けている。売上高一億八千万円、粗利益四千五百万円。年間営業日数三百日とすると、そうなるだろう？　今の粗利益率は二十五％だ。しかし売り上げは徐々に減っている。オオジマデンキなど量販店の安売りの影響もあるだろうね。だから私はこの粗利益率を三十五％に引きあげようと考えている。売り上げではなく利益を上げればいいんだと気づいたんだ。その結果の高売りだよ。私たちみたいな街の電器屋はオオジマデンキとおなじようにやっていては生き残れないんだ。売り上げを競うんじゃない。利益を考えるんだよ。お前、父ちゃんのノート見ただろう」

母ちゃんが怒りの目で俺を睨んだ。

「そこの売り上げの項目に何が書いてあった？」

母ちゃんの問いかけに俺は必死で思い出した。「売り上げばかり気にするなって書いてあった」

「父ちゃんも悩んだんだ。安くしないと客が逃げてしまうことがあったからね。だけど……。角さん、あんたの口から話してやってよ」

母ちゃんが角さんに振り向いた。

「はい。先代社長のお考えを申しあげます」角さんは姿勢を正した。「売り上げが落ちてきたとき非常にお悩みでした。それで他店の安売りに対抗されました。しかし相手はもっと安売りをしてきます。もう無理だ。店をたたもうかというところまで追い詰められたことがありました」

父ちゃんも悩んだのだ。

「そのとき、アドバイスをしてくださる方がありました。先代の真面目な仕事振りを評価してくださっていた方です。その方が『商人は売り上げよりも利益だ。適正な利益を上げることが大事なんだ。商人は利益を上げることで社会に貢献できる。売り上げじゃない』とおっしゃいました。先代が『ならばどうすればいいのですか』と問われますと『客と駆け引きをして値引きするのではなく、最初から充分に勉強した適正な価格をつけて、値切られてもまけない、お客様に納得してもらって買っていただく、あの店は値引き以上の価値あるサービスをしてくれる、そんな評判をいただくような商売をしなさい』とおっしゃったのです。この方のアドバイスのおかげで今日まででんかのトドロキは続けることができたのです」

角さんはしっかりとした口調で言った。

母ちゃんは俺を見つめて「今回の私の高売り宣言は、今までは先代のやり方を引き継ぐ形でなんとなくやってきたのをもっと体系的に、もっと本格的にうちの経営方針にしようとするものだよ」と言った。

「でも今のようにデフレが続いていたらやっぱり安売りがいいということになる。外国人の爆買いで潤っている都心の量販店じゃないんだから、うちは……」

父ちゃんは悩んでいろいろな人にアドバイスを求めていたのだろう。俺は父ちゃんが悩む姿を想像して心が動かされたが、それでも安売りをすべきだと言った。価格こそが、客には強烈な魅力となるのは真実だ。

母ちゃんはシマ君、沙織、チエちゃんをぐっと睨んだ。

「シマ君、沙織さん、チエさん、あなた方も同じ意見なの？」

「オレ、とにかく悔しいんですよ。オオジマデンキにひと泡吹かせたいんです」

シマ君は、ついに「オレ」口調になった。

沙織とチエちゃんは黙っていた。

「分かったわ」母ちゃんは俺に向き直り「安売りをやってみなさい」と言った。

「社長、いいんですか？」

角さんが慌てた。

「いいんですよ。やらせてみましょう。自分でやってみないと痛さも分かりませんからね」母ちゃんは俺を見つめたままだ。「その代わり、毎日十五万円以上の粗利益は確保するのよ。粗利益率は現状の二十五％を死守してね。できればこれから目標としている三十五％に少しでも近づくといいわね。ただし期間は、四月、五月の二ヵ月間だけ。その間に成果が上がらなければ私の方針に従いなさいね」

母ちゃんは、優しく言い、笑みを浮かべた。

「それは無理です」

俺は即座に言った。粗利益率を下げないで安売りを実行するのは不可能だ。

「無理だと言うなら、今までどおり私の言うことを聞きなさい。それが嫌なら男が自分で言い出したのだから、徹底的にやりなさい。経営者は一度方針を決めたら、貫かねばならないのよ。それは辛く苦しいこと。しかし徹底的に貫くことで成果が現れてくるの。迷わず貫くことで見えることもある。あなたも経営の一角を担いたいなら自分で言い出した方針をまずはやってみなさい。街の電器屋の苦労を本気で味わってみなさい。これで解散します。二ヵ月間は好きにやりなさい。角さんは黙って見ていてください。彼らのやりたいようにやらせてみましょう」

母ちゃんは険しい表情で言うと、さっさと事務所の方に消えてしまった。

「どうしますか？　社長、怒ったんじゃないっすかね」

シマ君が不安そうな顔で言った。

「あんな怖い顔の社長、初めて見ました」

沙織まで心配そうだ。

「こわーい！」チエちゃんが首をすくめた。

「やろうよ」俺は三人に言った。ここで引き下がっては母ちゃんに言われたように男じゃない。「社長は二ヵ月間、でんかのトドロキを俺たちに任せてくれたんだ。こんなおもしろいことはないじゃないか。実力を見せてやろうよ」

「そんなことを言っても安売りでオオジマデンキに対抗するのは構わないが、毎日十五万円以上の粗利益は確保して、赤字にするなってことでしょう。これって粗利益率二十五％で毎日六十万円売り上げるってことっすよ。利益を削ってならなんとかなるかもしれませんけど、利益を確保してこれをやるのは……」

シマ君は弱気だ。母ちゃんが怒ったことが影響しているのだろう。

「シマ君、やってみようよ。あの竜三にひと泡吹かせたくはないのかい」

「そりゃあオオジマデンキの奴ら、いつもオレたちをバカにしていますからね。旧市街で祭りをやろうというのも本音では新市街の奴らにこっちの意地を見せつけてやりたいって気持ちからですから」

「沙織やチエちゃんはどうなのさ。竜三にこのままやられっぱなしでいいの？」

俺は沙織を強く見つめた。

「分かった。覚悟した。雷太さん、一緒に竜三をやっつけましょうよ。子どものころは、あいつ、実はとっても泣き虫だったんだから。サッカーで失敗して叱られると、いつも最後は『パパにいいつけてやる』だったから。今だって父親の威を借りているだけでしょう」

沙織の表情が明るく輝いた。目が生き生きしている。

「やりまっしょい！　でんかのトドロキをバカにするなって！」チエちゃんがガッツポーズをきめた。

「これで決まった。オオジマデンキとの安売り戦争の開始だ」

俺は力を込めて言った。

「雷太さん、作戦は？」

シマ君が言った。

「作戦？　ない」

俺は言った。

「えっ、ないんっすか？」

シマ君が目を丸くして驚いた。

「まずは行動ありきだよ。それから一日ごとに反省を繰り返して作戦を練っていこうよ。ここにオオジマデンキの新生活キャンペーンのチラシがある」俺はチラシを手に持った。「ここにある商品より安くする」

「そんなことをしたら赤字になるっすよ」

シマ君が言った。

「安売りには安売りしかない。赤字になったときにみんなで考えよう。とにかくやるしかない」

シマ君が呆れた顔で俺を見ている。

「そうね。雷太さんの言う通り、とにかく動いてみましょう。反省は後でたっぷりしましょうか」

沙織がハイタッチを求めてきた。沙織がシュートを決めると、メンバーにハイタッチを求めてきたのを思い出した。俺も手を出して、沙織の手をパンと打った。

「オレも！」「私も！」

シマ君もチエちゃんも手を出した。パン、パン、パンと弾ける音がした。

「さあ、竜三、見てろよ」

5

オオジマデンキの店舗は、千坪の土地に二階建てだ。駐車場は二百台以上も停めることができる。ゆったりとしている。

一階は、コンピュータやタブレット端末、テレビなど情報系の最先端機器類とそれらに付随する小物など。二階は生活家電などの白物中心だ。

客は主に車でやってくる。

「おい、いったいここで何をやっているんだ」

竜三が怒鳴ってきた。

オオジマデンキの駐車場入り口近くの歩道で俺とシマ君はチラシを配布していた。チラシは、オオジマデンキに対抗しての安売りチラシだ。

悔しいけれどオオジマデンキほど品ぞろえがあるわけではないのでテレビ、冷蔵庫、掃除機、デジカメだけで、期間は三日間限定だ。どれだけやれるか分からないし、母ちゃんからは二ヵ月という期間しか与えられていない。どんなセールスが効果的なのかは手探りだから安売り期間を短くするのも已《や》むを得《え》ない。だけどがんばってオオジマデンキの価格より十％から十五％は安くした。

「なにしているかって、セールスのチラシを配っているんだ」

店舗には駐車場から直接入ることができる。たいていの人は駐車場から、そのまま店舗に入る。それでも俺たちを見つけて「チラシ、ちょうだい」と持っていく人もいる。また車をわざわざ停めて、窓を開け「ちょうだい」と持っていく人もいる。

最初、こんな場所でチラシを配ろうとは考えていなかった。俺とシマ君の二人ででんかのトドロキの商圏を中心に一軒、一軒、ポスティングをしていた。

「雷太さん、いっちょうやってやりましょうか」

シマ君が言った。

「何を？」

俺は聞いた。

「この間のリベンジですよ。オレたちもオオジマデンキの近くでチラシを配ってやりましょうよ。敷地外ならいいでしょう」

早速、オオジマデンキの提案にいちもにもなく賛成した。

俺はシマ君の店舗に行った。露骨に入り口でチラシを配るわけにはいかないので駐車場の入り口近くで実行することにしたのだ。

「営業妨害だぞ」

竜三が目を吊りあげている。

「ここは敷地外だよ」

俺はニヤリとした。

「くそっ」

竜三は吐き捨てるように言い、憎々しげな顔をした。

「お客様、でんかのトドロキも負けずに安売りをしていますから」

俺は、竜三を無視してチラシを受け取ってくれた客に言った。

「あらそうなの？　掃除機はいくらなの？」

「シャーパン製のが三万三千円です」

「あら安いわね。オオジマデンキは三万九千円とチラシに書いてあるわよ」

「ぜひご検討ください」

「じゃあこっちを見たあとで寄るわね」

客が店内に入ろうとしたとき、竜三が割り込んできた。

「お客様、当店では同じ製品を三万二千円でご提供します。特別割引です」

「あらあら安売り合戦とは消費者には嬉しいわね。よく検討しますからね」

客はチラシを振りながらオオジマデンキの中に入っていった。

「おい、俺たち量販店に安売りで勝てると思うなよ。お前らが安くした価格以上にこっちは安くするからな」

竜三は、俺を指差し、挑戦的に言った。

「ああ、上等だ。こっちはもっと安くしてやる」

売り言葉に買い言葉だ。

「とにかくここでのチラシ配りをやめないと警備員を呼んで叩き出すからな」

「それじゃこっちも言わせてもらう。うちの店の前でのチラシ配りもやめるか」

俺は言い込んだ。

竜三は顔をしかめ「わかった。お前の店の近くでのチラシ配りはやめてやる。しかし、オオジマデンキはでんかのトドロキを叩きつぶすまで徹底的に安売りを続けるぞ。客の一人たりともお前の店には行かせない」と強い口調で言い、でんかのトドロキのチラシを破り捨てた。

「こっちも受けて立ってやる」

こうなると意地しかない。

「たった三日間しかセールスできる能力が無いなんて、象に蟻《あり》が嚙みついたようなものだ。一瞬のうちに踏みつぶしてやる」

竜三は言い放ち、店へと戻っていった。

「すごい剣幕ですね」

シマ君が竜三の後ろ姿を見送りながら言った。

「ああ、負けられないぞ」

「雷太さん、相当、憎まれていますね。幼馴染じゃないんですか？　俺なんか幼馴染とは誰とも仲がいいですよ。沙織さんのせいっすか」

「小さいときから竜三は俺をライバル視していたんだ。こっちはそんなこと思っていなくてもね。俺が沙織と仲が良かったり、サッカーでレギュラーの座をあいつから奪ったりしたからかもしれない。稲穂市から目障りな俺がいなくなったと思ったら、また戻ってきたのが許せないのかな。いずれにしても売られた喧嘩は買わないといけないからな」

俺は闘志を燃やすべくこぶしを強く握りしめた。

6

チラシの効果もあって店には客が普段より多く来店した。

安売り初日の売り上げは、三百万円近くにもなった。普段は六十万円から百万円程度だから安売りの効果はあったことになる。

「赤字も赤字、真っ赤っ赤です。粗利益はマイナス二十万円です。このままではいけないと思います」

沙織が苦しそうな表情で言った。

「利益を上げなきゃ社長に叱られますね。粗利益率がこんなに下がるとは思いませんでした。もともと利益率が低いデジカメをオオジマデンキ対抗の目玉商品だと言って安くしすぎましたね。売れば売るほど赤字になってしまいました」

シマ君も悔しそうに眉根を寄せた。チエちゃんも口もとをゆがめている。

目玉商品として利益を度外視した価格設定をしたら、それが予想以上に売れてしまったのだ。なにせオオジマデンキでさえ十万円で販売しているソニンの最新デジカメを八万円台で販売したのだから。

俺たちは、一日の終わりに必ず反省会を開き、翌日の作戦を立てることにしていた。しかし安売り初日からこんなに意気が上がらない反省会ではどうしようもない。

「どうしたらいいか、考えてみようよ。端から負けるわけにはいかないだろう」

俺は、自分自身を鼓舞するような気持ちで言ったが、何かいい考えがあるわけではなかった。

これでは母ちゃんにも竜三にも敗北してしまう。俺は、売り上げや粗利益を記載した日計表を睨んで奥歯を痛いほど噛みしめていた。

第六章　負けてたまるか

1

俺の顔は、めちゃくちゃに暗くなっているだろう。自分でも分かる。悔しい、悲しい、情けない。

「雷太さん、どうします？」

シマ君がぼそぼそとくぐもった声で言った。

いつもは元気が弾けているのに重く沈んでいる。

「最悪の結果になりそうですね。頭、丸めますか？」

チエちゃんがショートカットの髪の毛を撫でた。勤務中は黒髪だが、勤務外は金髪だ。ウイッグと呼ばれる鬘《かつら》をつけている。

ある日、金髪、サングラスの女性に声をかけられ、驚いたことがある。それがチエちゃんだった。「どうしたのその頭」と金髪を指差すと、「気分転換、気分転換」とチエちゃんは笑った。

「まだ四月が終わるまでには数日あります。なんとかしましょう。ゴールデンウィーク商戦で巻き返せるかもしれないし……。みんなで知恵を出しましょうよ」沙織が言った。「雷太さん、そんな暗い顔をしたらダメです。笑顔が幸せを運んできます」

俺は、沙織を見つめた。沙織の厳しい視線が俺の胸に突き刺さった。無理に口角を引き上げ、笑顔を作る。

「そうだよね。雷太さんはオレたちのリーダーなんだから笑顔じゃないとね」

シマ君が言った。

俺たちが、オオジマデンキの安売りに対抗するために安売りを始めてから二週間が過ぎた。

「赤字は出すな」と厳命された上、母ちゃんや角さんに大見栄を切った手前もある。だけど……。

「思った以上に赤字になったなぁ」

俺は毎日の売り上げと粗利益を記録したデータをちらりと見た。悪い数字は見る気がしない。

安売りを始めたのが四月十日。今日はゴールデンウィーク直前の二十五日。この間定休日返上で働いたから十六日間の営業成績は、売上高約二千四百万円だ。通常は毎日六十万円、多くとも百万円程度だから一・五倍から二・五倍だ。

「売り上げは良かったんですけどね」

　チエちゃんがデータを睨んでいる。

　チエちゃんはギャルで見た目は怖そうな印象があるけれど、料理が得意で数字にも強い。

　俺はチエちゃんにお願いして全体売上、全体粗利益、担当者別売上、担当者別粗利益、商品別売上、商品別粗利益の各データを出してもらうようにした。

　目の前に広げてあるのは、それらのデータだ。

　赤字を出さないようにするためには毎日の売り上げと利益を知らねばならない。そう考えて数字に強いチエちゃんにデータを出してもらった。

　チエちゃんは、ぶつぶつと何やら呟きながらデータを睨んでいる。

「初日二十万円の赤字には衝撃を受けましたよね。その後も毎日、赤字で赤字合計二百八十八万円。平均十八万円です。これはエライことですなぁ」

　ちょっとおどけながらチエちゃんが首を傾げた。

「ほんとだよ。こんなに赤字になるとは思わなかった……」

　俺は言った。チエちゃんの言葉がずしりと重い。

「デジカメ、安くしすぎちゃったからですね」

　シマ君がうなだれた。

「デジカメは目玉だったから仕方がないわ。みんなで相談したことだもの」

沙織が慰める。

「引っ越しなども多い時期だからもっと洗濯機や冷蔵庫なども売りたかったな。売り方の工夫が足りなかったのかな」

暗い顔をするなと沙織に叱られたにもかかわらず、再び、どんよりとした気分になりため息をついた。

閉店後、俺たちはどこにも遊びに行かず近所の喫茶店でコーヒー一杯で対策会議を開いている。時間は過ぎて行くが、問題点ばかり見つかって前向きな対策が出てこない。

「営業時間を延ばしたら」沙織が言った。「えっ!?」シマ君が言い、迷惑そうな表情になった。「今も夜の十時までやってるけど、それをさらに延長するの?」俺は言った。「眠くなっちゃいそう」とチエちゃんも嫌そうだ。

「私たち街の電器屋はいつでもお客様に対応できないといけないと思うの。そうすると二十四時間営業!」沙織がひと際、高い声で言った。

「二十四時間!」俺は悲鳴に近い声で言った。

「二十四時間、店を開けてて客が来ます?」

シマ君が両手を上げて伸びをした。眠いのだろうか。

「確かにコンビニなんかじゃ深夜の客が多いって聞いたことがあるけど」俺は気のりしない口調で言った。「都心じゃそうかもしれませんけど、このあたりは、深夜に出歩いている人は少ないっすよ。うちは量販店より遅くまで開けていますけど、夜の九時を過ぎるとバタッて客が減りますから」シマ君も否定的に言う。

「二十四時間だと光熱費もバカにならないですよね」

チエちゃんの声も弱い。

「ん、もう、皆、弱気なんだから」

沙織が不機嫌そうに言った。

「営業時間の延長の件は、社長に相談してみます。安売りは許可してもらったけど営業時間の延長は一度決めたら安易に変更できないからね」

俺は言って、この議論を引き取った。

「よろしくお願いします」

沙織が念を押した。

「ちょっと待ってください。まだまだ、知恵は絞れます。諦めることはないんじゃないですか」

チエちゃんが必死でデータを見つめている。「これを見てください」

チエちゃんがデータを指差した。全体売上、全体粗利益データだ。

「なにかあるの？」

俺はチエちゃんの指が差すデータを見た。

「ここを見てください」

「見たよ」

「何か気づきませんか？」

チエちゃんが俺を試すように言った。

俺はデータを見て、首を捻《ひね》った。

「この日は辛うじて黒字になっています。またこの日は赤字が少ない……」

興奮したのかチエちゃんの声が弾んでいる。

「チエちゃんの言う通りね。黒字の日もあるんだ。何が売れたんだろう？」

沙織が疑問を口にした。

「私、でんかのトドロキに勤務していて今まで毎日の売り上げと粗利益のデータを見たことはありませんでした。見てみるとおもしろいんです。気づいていなかったことに気づきます……」

チエちゃんの目が輝いている。

「そういやオレだって見たことが無い。毎日のデータを真剣に見ているのは社長と角さんだけ。オレたちはいい加減だったかもね」

シマ君が恥ずかしそうに頭を掻いた。

「沙織はどう？」

俺は聞いた。

沙織は首を横に振った。沙織もじっくりとは見たことがないようだ。

「なぜこれらの日は利益が上がっているんでしょうか」

またチエちゃんが試してきた。ドキドキするじゃないか。俺は沈黙した。

「……どんな商品が売れたか見てみましょうか」

まるでチエちゃんは学校の先生に変わったみたいだ。みんなチエちゃんの指の動きを見つめている。

「インクカートリッジがすごく売れています」

チエちゃんは言った。

「私だわ」

沙織が息せき切って言った。担当者別売上と粗利益のデータを指差した。

「そうです。沙織さんがインクカートリッジを大量に販売されたのです」

「作家の大久保《おおくぼ》さんよ。あの人、ちょくちょく店に来られて、小物をお買いになられるんだけど、あの日はインクカートリッジが切れたと言われてまとめて買っていかれたの」

「インクカートリッジか……。オレは乾電池を結構、売っているよな」

シマ君が自分のデータを見て呟いた。

「そうか」俺は手を叩いた。みんなが俺に視線を集めた。「なぜこんなことをサクラ電器にいた俺が気づかなかったのか」

「安売りしている商品にばかり気をとられていた。インクカートリッジなどの小物は粗利益率が高いんです。七十％を超えるものさえあります」

チエちゃんがみんなを見つめて言った。

「たいていの家電量販店では売り上げのベストファイブにインクや電球、電池なんかが入ってくるんだ。意外にも大物じゃなくて小物を求めて来る人が多いんです。集客には小物の商品の充実が必要なんだ」

俺は強く言った。

「急に必要になってコンビニなんかでつい乾電池を買っちゃいますからね」

シマ君が言った。

「だから営業時間の延長提案は有効なはずよ。深夜に乾電池が必要なときってあるでしょう」

沙織が言った。

「つまり大物と小物の上手なミックス販売が必要なんです。粗利益を上げるためにはね」

チエちゃんが力説した。

「母ちゃん、否、社長が赤字は許さないって言ったから、どうしたら粗利益を把握できるかってチエちゃんに作ってもらったんだけど、このデータは効果的だね」

「これからは社長と角さんだけじゃなくて私たちもみんなこのデータを持って、これを見ながら仕事をしましょう」

チエちゃんは言った。

「いいところに気づいているみたいだね」

突然、背後から声が聞こえた。

俺は驚いて立ちあがって後ろの席を見た。

そこにはあの老人が一人でコーヒーを飲んでいた。

サクラ電器勤務時代からよく見かけた白い口髭と顎鬚を蓄えた細身の品のいい老人だ。先日もでんかのトドロキに現れて竜三に意見をしてくれた。

老人がテーブルの上のレシートを持ってゆっくりと立ちあがった。

「あら」

沙織も立ちあがった。

老人は沙織を見て、にこりと微笑んだ。

「あなたもいらしていたんですね。丁寧な接客でした。私の要望をよく聞いてくださいましたね。特に何も買わないのに老人を相手にあれだけ時間を取ってくださるのは素晴らしい。それにあなたの淹れてくださったコーヒーの美味いこと、美味いこと。失礼だが、この店より美味い」

老人は声を潜め、いたずらっぽく周囲を見渡した。喫茶店の人に聞かれていないかと警戒したのだ。

「ありがとうございます。遠慮なくコーヒーをお召しあがりに来てください」

沙織が照れくさそうにうつむき気味に言った。

「いいところに気づいたっていうのはどういう意味ですか」

俺は老人に聞いた。

彼の正体を知りたいのはやまやまだが、いきなりは失礼だ。それに、竜三へガツンと一発くらわしたときの迫力はただ者じゃなかった。

「ここ、いいですか」

老人は、沙織の隣の席を指差した。

「どうぞ、どうぞ」

沙織がにこやかに言った。

「失礼します」

老人は腰を下ろした。「商売は、それぞれの持ち味を発揮することです」

「持ち味？」

俺は老人の言葉を反芻《はんすう》した。

「大型量販店には大型量販店の持ち味があります。あなた方のでんかのトドロキには地元家電店としての持ち味があります。お互い、持ち味を発揮すればいいのです。どちらがいい、悪いの問題ではありません。たとえば徳川家康《とくがわいえやす》が天下を獲《と》ったからといって他の人が同じようにしたら天下を獲れるかと言えばそんなことはないでしょう。ですから真似てはいけないというのではなく、自分たちの持ち味を見つけ、伸ばし、発揮すればいいのです」

老人の静かな話しぶりに誰もが引き込まれている。

「具体的になにかアドバイスを、ご隠居様」

シマ君が大仰に言った。ついにご隠居様と敬称をつけていた。ヤンキーのシマ君にも老人の持つ独特なオーラが反映したのだろうか。

「先ほど粗利益率の高い小物が利益を向上させるという話をされていましたね。あれはいいポイントです。その通りです。では大型量販店と同じように小物を大量に並べますか？　それとも一歩踏み込んで商品を取捨選択して工夫をしますか？　そこに持ち味を発揮できるかどうかの分かれ道があるんですよ」

老人は俺の顔をじっと見据えた。思わず視線を逸《そ》らした。実は、一歩踏み込むも何も、何も考えていなかったからだ。

「私、ワープロのインクリボンやカセットテープなどの古い家電の備品を置いたらどうかと思います。量販店にはありますが、もう少しそれらにフォーカスしたらどうでしょうか？」

沙織が言った。

老人の目に勢いが宿った。

「いいところに気づきましたね。年配者の中にはワープロをまだ愛用していたり、カセットテープで音楽を聞いたりする人もいますね。そうした流行遅れとなってしまった機器の小物は隅に置かれたり、取り扱わなくなったりします。それにフォーカスするのはいいですね」

「ロボット犬のアイボの修理やワープロの修理もできないかな。もうどこもやってないと思うから、アイボ用の服なんかも売ったりしてさ」

チエちゃんが嬉しそうに言った。

「チエ、アイボなんか持ってんの？」

シマ君がちょっと驚いて目を剝いた。

「じいちゃんが持ってるけど、動かなくなったって泣いてんの」

チエちゃんが言った。

「皆さん、どんどんアイデアが出てくるじゃないですか。お店というのは、お客様が『あったらいいな』と思うものを売ればいいんです。売りたいものを売るんじゃなくてね。そうすればお客様は楽しくなります。変わったものがあってもいいんです。たとえば韓国にあるようなキムチ用冷蔵庫。漬物用に欲しがる人がいるかもしれませんね。ペット用の冷暖房器具。孫の手兼用のテレビリモコン。ペットの服だけを洗う小型洗濯機などなど。こんな商品は売れなくてもいいんです。でもあの店に行けば、何かある、何か変わったものがある、千に、否、万にひとつのニーズを満たしてくれるものがある。楽しい。行ってみたい。美味いコーヒーが飲める。ゆったりとした椅子がある……」

老人の話を聞いているみんなの表情が穏やかな笑顔になって行く。それぞれなにかしらのイメージを触発されているのだ。こんなものがあれば、あんなものがあればと思っているのだ。

「スペースの問題があるんじゃないですか？」

俺の言葉に老人がきりりと睨んだ。

「マイナスから始めてはいけまっせん。問題点から考えてはいけまっせん。百の事を行ってひとつだけ成功したら、これを他人は失敗といいますか」

老人が俺を睨んだ。

「せ、成功です」

俺はビビった。

「多くの人は九十九の失敗に目を向けます。そうすると自信を無くし、新たな試みをしない。リスクをとろうとしない。それは本当の失敗です。でもひとつの成功があれば、それで他人は成功者とほめたたえてくれます。あなたも成功のイメージを強く持ち、勇気と希望を持って渾身《こんしん》の努力をしなさい。そうすれば道は拓かれます」老人は言い終わると、立ちあがった。「みんなでよく考えなさい。ここは減りません」老人は指で頭を差し、笑みを浮かべた。

老人はいなくなった。

「あの人だれだろう？　シマ君知ってる？」

俺の問いにシマ君は「知らないっすね」と首を傾げた。

「なんだか神様みたいね」

沙織がひとりごちた。

神様か……。なるほどね。俺たちには家電の神様がついているんだ。勇気と希望を持って渾身の努力か……。

「あの人、いいこと言うなぁ」

俺の胸の中に沸々と熱いものがたぎり始めた。

2

「できました！」

開店前の静かな店内にシマ君の声が響き渡った。

俺、沙織、チエちゃんがその声に吸い寄せられるようにフロアーのテーブルに集まった。

「こんなのでいいですか？」

作成した張本人のシマ君が緊張している。

「画期的ね。これでお客様が来るか、ドン引きするか、おもしろいわね」

沙織が浮き浮きした調子で言った。

「ドン引きされるかなぁ」

俺は心配して言った。

「雷太さん、なんでもやってみようでしょう？　マイナス思考はダメ、いけまっせん」

チエちゃんが老人の口調を真似た。

「内容はどうですか？　見てくださいよ」

　老人からアドバイスをもらってから、俺たちは、どうしたらオオジマデンキに勝てるかを必死で考えた。

　勝てるかじゃない。負けないか。いや、そうじゃない。老人が言っていたのは持ち味をどう発揮するかどうか、だ。

「本音の手紙を書きましょうか」

　沙織が言った。沙織は営業時間の延長など思いがけない提案をしてくる。ドギマギしてしまう。

「なに、それ？」

　俺は聞いた。

「象のオオジマデンキと蟻のでんかのトドロキが闘っていますが、安売りじゃどうしても勝てません、助けてくださいって正直に本音でお願いするの」

「ギエーッ」

　俺は思わず腹の底から叫んだ。

「何をそんなに驚いているの」

「そりゃ驚くさ。そんな手紙をもらったらどうなると思うのさ」

「どうなるの？」

俺と沙織の論争が始まった。

「でんかのトドロキが危ないっていうことになるさ」

「そうかしら？　でんかのトドロキを助けてやろうっていうお客様がいるはずよ」

沙織は、「チエちゃんとシマ君に同意を求めるかのように二人を見つめた。

「やりましょう。おもしろいじゃないっすか。でんかのトドロキの日ごろのお客様との繋がりが試されるんでしょ」

シマ君が言った。

「私もシマ君に賛成。やってみる価値があると思う。もしこれでダメならでんかのトドロキとお客様との信頼関係をもう一度考え直さないといけないってことでしょ」

チエちゃんも賛成した。

三人が俺を見ている。さあ、決断するのは、でんかのトドロキの後継者たる轟雷太だぞ、って顔だ。

「うーん」俺は唸《うな》った。しばらく考えた。母ちゃんの顔が浮かんだ。怒っているのか、笑っているのか複雑な顔をしている。

「どうするの？　雷太さん」

沙織が決意を促す。

「分かった。やろう」

手紙は文案も含めてシマ君が作成することになった。

「オレ、祭りの案内なんか得意なんっすよ」この一言で決まった。


できたのが目の前の手紙だ。

A4サイズの紙に、

「いつもいつもでんかのトドロキをご贔屓《ひいき》にしていただき本当に本当にありがとうございます。

今日は、お願いがあってお手紙をさせていただきました。

実は、でんかのトドロキは家電量販店のオオジマデンキの安売り攻勢に対抗して安売りを始めました。しかしいかんせん相手は巨人です。私たちは苦戦を強いられています。安売りではオオジマデンキと戦えません。このままでは負けてしまいます。

そこで日頃からご贔屓にしていただいているお客様に助けていただきたいのです。

冷蔵庫、洗濯機を思い切って当店通常価格より全機種三万円引きとさせていただきます。

オオジマデンキより高いものもあると思います。それでも私たちには他店にはないサービスがあります。申し訳ありませんが、ぜひともこの機会にご購入をご検討くださいますようご案内申しあげます。

おいしいコーヒーをご用意してご来店をお待ちしています」

シマ君が声を上げて読んだ。

「いいんじゃない？　シマ君才能あるよ」

俺は言った。

「これで行きましょう」

沙織も賛成した。

「こんなに早くからなにやってるんです？」

角さんが近づいてきた。

「えっ」

チエちゃんが慌てて手紙を隠した。

「今、隠したものを見せてみなさい」

角さんが野太い声で言った。

チエちゃんが俺の顔を不安そうに見つめた。

「見せなさい。よこしなさい」

角さんが手をチエちゃんの背後に回した。

俺はチエちゃんに頷いた。見せてもいいという合図だ。

手紙はチエちゃんの手から角さんに渡った。

角さんがじっと手紙を見ている。俺のこめかみに冷たい汗がつつーっと流れた。

角さんは手紙を読み終え、俺たちを一人一人見渡した。

にっと笑った。

ほっとした。俺もにっと笑った。シマ君もチエちゃんも沙織も硬い表情だけど微笑みを浮かべた。

「お前ら！」角さんが怒鳴った。天井からつりさげられた蛍光灯が細かく揺れた。

「こんな負け犬みたいなことをやるのか。恥を知れ！」

角さんは、怒りに任せて手紙を破ろうとした。

「ちょっと待ってください」

俺は角さんの腕を摑んだ。

「なんで待つ必要があるんだ」

「これは私たちが必死で考えたアイデアです」

「こんな負け犬みたいなことがアイデアと言えるか」

「この手紙、オレが昨日一晩かけて一生懸命に書いたんです。お客様の顔を一人一人思い浮かべながら書いたんです。あの人なら助けてくれるんじゃないか。あの人も大丈夫だって」

シマ君は少し涙ぐんだ。

「お客に助けを求める、その料簡《りょうけん》が気にくわねぇ」

角さんがベランメエ調になった。まさに角さんは手紙を両手で目の前に掲げ、真っ二つに引き裂こうとしている。

「待ってください」

沙織とチエちゃんが角さんの腕を摑んだ。

「待てねぇ」

角さんの腕に力瘤《ちからこぶ》が現れた。俺たちが止めるのを振り切って手紙を破るつもりだ。

「何を朝っぱらから騒いでいるの」母ちゃんの声だ。「松の廊下かい」

『忠臣蔵』なら、俺たちは浅野《あさの》内匠頭《たくみのかみ》なのかそれとも吉良《きら》上野介《こうずけのすけ》なのか……。

「ああ、社長」角さんは後ろを振り向いて母ちゃんを見た。「これ、読んでください」

「どれどれ」

母ちゃんは角さんから手紙を受け取ると読み始めた。

また俺のこめかみにつつーっと冷たい汗が一筋流れた。

母ちゃんが手紙から目を離した。ごくっと唾を飲み込む音が聞こえた。シマ君が喉を鳴らしたのだ。

「やってみたらいいじゃないの。あなた方に四月、五月のキャンペーンは任せたんだからね」

母ちゃんが手紙を俺に渡した。

「社長、本当にいいんですか」

角さんが表情を曇らせた。

「任せましょう。これでお客様が来店してくだされば、でんかのトドロキとお客様の絆が強いという証明にもなるじゃないのさ」

「仕方ないですね。まあ、社長がいいとおっしゃるなら……」

角さんはまだ納得がいかないようだ。

「ありがとうございます」

俺はおもいっきり頭を下げた。さすが母ちゃんだ。俺たちの意欲に水を差すことはしない。だから余計に責任感で身体も心も引き締まる思いだ。

3

「いらっしゃいませ」

俺は、次々に来店してくる客の応対におわれた。

俺だけじゃない。沙織もチエちゃんもシマ君もだ。

角さんも嬉しそうに客の相手をしている。

沙織が淹れるコーヒーをゆっくり飲んでいる人もいる。

店に並んだ冷蔵庫、洗濯機に次々と売約済みのシールが貼られて行く。

「本音の手紙」を、でんかのトドロキで五年以内に一度でも買い物をしてくださった客、約五千名に出した。

すぐに反応があった。

「困ってんだって？」

中年の男性客が笑いながら入ってくる。

「はい、負けが込んでます」

俺は苦笑しながら言う。

「だいたいさ、こんなちっぽけな店がオオジマデンキと喧嘩しようっていうのが無謀なんだな。でもその心意気は良しとするぜ」

客はきびきびとした口調で言った。

「畏れ入ります」

俺は頭を下げる。

「姪《めい》っ子が結婚するんだよ。だから冷蔵庫と洗濯機を買わせてもらうぜ」

「ありがとうございます。どうぞこちらへ」

俺は売り場に案内する。

「太田さん、いらっしゃいませ」

沙織が笑顔で出迎える。

ロボット掃除機を買ってくれてからも何度か角さんと様子を見に行っている。

「いつも助けてもらっているから、今度は助けてあげなきゃと思ってね」

太田さんは杖をつきながら店内をゆっくりと歩き、冷蔵庫の前に止まった。

「ねえ、沙織さん。孫の就職祝いには冷蔵庫がいいですか？　それとも洗濯機かしらね」

「お孫さんは男の方でいらっしゃいますか？」

「ええ、男性よ。やっと大学院を卒業して就職したのよ。今度はあなたのような素敵なお嬢さんをお嫁さんにもらってくれないかと期待しているのよ」

「それはありがとうございます。ちょっと買いかぶりすぎですけど」沙織が照れた。

「洗濯機のほうがいいんじゃないでしょうか。でも、もしお料理をなさるんであれば」

「料理なんかしないわよ」

「それなら洗濯機ですね。洗濯機は男性にも必須ですから」

沙織は太田さんに洗濯機を薦めている。

冷蔵庫、洗濯機が次々に売れて行く。今回は値下げ幅を大きくしたわけではないので利益は確保できている。しかし、粗利益率の目標である二十五％以上ではない。母ちゃんが目指せと言った三十五％なんてとんでもない。

洗濯機や冷蔵庫は買えないけどと、炊飯器を買っていく人もいる。あまり値引きはしないが、「いいわよ。オオジマデンキに負けないでね」と言われてしまった。ありがたくって涙がこぼれ落ちそうになった。インクや電球、コピー用紙などの小物も多く売れた。でんかのトドロキを助けるために、せめて小物を買っていこうという人がいるのだ。

「嬉しいですね、社長。まさか客があの手紙に反応するとは思いませんでしたね。怒ったりして、私が間違ってましたかね」

角さんが照れながら母ちゃんと話している。

「これは普段から角さんが中心になってお客様との絆を第一に考えた営業をしているからよ。カレーを作ったりね」

母ちゃんは笑みを浮かべた。

「こんなにでんかのトドロキのファンがいるってことは励みになりますね」

角さんは嬉しそうに言った。

「そうね。案外、雷太たちもやるわね」母ちゃんは言った。

「おい、雷太いるか」

俺は、他の客を売り場に案内するところだった。突然俺の名前が呼ばれたので振り向くと店の入り口に竜三が血相を変えて立っていた。目を血走らせるとは、今の竜三の姿を言うのだろう。

「すみません。ちょっと失礼します。シマ君、こちらのお客様をお願いします」

俺は、客をシマ君に任せて竜三に近づいた。

竜三は俺を見つけると、大股で歩いてきた。今にも摑みかからんばかりの勢いだ。

「おい、雷太、いい加減なことをして客を集めるな。喧嘩売っているのか」

「落ち着けよ。お客様が驚いているじゃないか」

俺は無理やり笑顔を作った。

「これに落ち着いてなんかいられるか」

竜三は客に出した手紙を俺の目の前に振りかざした。

「それが何か問題があるのか」

俺は竜三を店の入り口から引き離した。入店する客の邪魔になるからだ。

「問題があるかだと？　大ありだ」

竜三の鼻の穴が広がったり、すぼまったりしている。その穴から勢いよく飛び出す息に俺は押されそうになる。「この手紙を見て、オオジマデンキの公式ツイッターに苦情がわんさと来てるんだ」

「苦情？」

「ああ、弱い者苛めをするな。中小企業を苛めるな。大きければいいってもんじゃない。もうお前のところでは何も買わない。ツイッターだけじゃない。電話、ＦＡＸ、メールなどでもわんさと来ている。中には英語の苦情メールもあるから外国からも来ているんじゃないか」

英語で苦情？　国際的な広がりになったのか。

「その手紙が原因だというのか？」

「これが原因でなくて何が原因だと言うんだ。誰かがこの手紙をツイッターにあげたらしい。ここにオオジマデンキに負けてしまうなんて書いてあるからだ」

竜三の唾が顔にかかりそうだ。汚いので顔をそむける。

「でも事実じゃないか。お前はでんかのトドロキを潰すって宣言して安売りを仕掛けてきた。俺たちはなんとかそれに対抗しようとしてきた。しかし所詮、蟷螂《とうろう》の斧《おの》だった。オオジマデンキという巨人に歯向かえば歯向かうほど赤字がかさむんだ。それで知恵を絞って、窮余の一策で、その手紙をコアな客に出したってわけだ。おかげで助けてやろうという客がこうして押しかけてくれている。ありがたいことだ」

「お前はありがたいかもしれないが、こっちは大迷惑だ。名誉棄損だ。訴えてやる」

竜三は摑みかからんばかりだ。

「大人げないか、竜三。俺とお前は幼馴染だ。本来なら協力して街を盛りあげなくてはならない立場だ。それがどうしていがみ合わなくてはならないんだ。沙織のせいか？　なぜこんな小さな電器屋の存在が許せないんだ」

俺は激高を抑えた。

「こんな街に電器屋はひとつでいいんだ。オオジマデンキがあればいい。お前みたいに東京の企業に就職して出戻ってきた奴にとやかく言われたくない。みんな潰してやる」

竜三の怒りは収まらない。

「竜三」俺は、あくまで冷静に言った。「確かに俺は出戻りだ。しかしこの街のことが好きだ。ここで暮らして行こうと思ってる。オオジマデンキはこの街の電器屋をいくつか潰してきた。本当にこの街で電器屋は、オオジマデンキひとつでいいのか？　大きなスーパーがいいと思っている人もいれば、小さな商店がいいと思っている人もいるはずだ。それぞれが持ち味を発揮してこそ街が盛りあがるんじゃないのか」

「く、くそ」竜三は顔を歪めて言葉を探している。俺が喧嘩腰にならないので苛立《いらだ》っているのだ。「とにかくこんな手紙はもう二度と出すんじゃないぞ」

「ああ、しない。もうやらない。だってやる必要はないからな」

「なぜだ？」

「見てみろよ。この客の数。これだけの客がでんかのトドロキが潰れたら大変だって来てくれるんだ。オオジマデンキに負けるなってね。冷蔵庫も洗濯機もお前の店よりずっと高い。だけど買ってくださるんだ。助けたいってね。そう言ってくださるんだ。俺もサクラ電器っていう量販店に勤務していた。あそこに来る客は、そこでなくてはならないという客ではない。オオジマデンキでもサクラ電器でも安く買えればいいと思っている。でもでんかのトドロキは違う。俺は本当に今日ほど嬉しかったことはない。ここに来てくださっているお客様は、でんかのトドロキを愛してくださっているんだ。この店じゃないと、と思ってくださっているんだ。家電商品が売れているんじゃない。でんかのトドロキが売れているんだ。分かるか、竜三」

俺は一歩踏み込んだ。竜三が後ろに下がった。

「客は価格だ、価格次第で動くんだ」

竜三は憎々しげに俺を睨んだ。

「違う。少なくともでんかのトドロキの客は違う。ここだ。ハートだ」

俺は左胸を叩いた。

「ほざけ。俺は安売りを仕掛けるぞ。お前のところの客が根こそぎオオジマデンキに来るまでな。分かったか」

竜三は踵を返した。新たな宣戦布告だ。

「受けて立つよ。安売りじゃない方法でね」俺は言った。そのとき、ひらめくものがあった。「竜三、ちょっといいか、話がある」

「もう俺は帰る。忙しいんだ。テレビを買ってくれたら冷蔵庫をつけるくらいの衝撃的セールスを考えるから。お前の焦る顔が見たいものだ。覚悟してろよ」

竜三は振り向きざまに悪態をついた。

「祭りやらないか。一緒に夏祭りだよ」

「祭り？　なんだそれ？」

「旧市街の住人で夏祭りを考えているんだ。新市街のお前たちと合同でやれば、この街が大いに盛りあがるんじゃないかと思ってね」

「ふん、勝手にやれよ。興味はないね」

竜三は言い放って出口に向かっていく。

「考えておいてくれよな」

俺は竜三の背中に向かって言った。

「竜三は帰ったのかい」

母ちゃんがそばに来た。

「ああ、相当、怒っていた。絶対にうちを潰すって。客は価格で動くんだって言っていたよ。竜三ってあんな奴だったかな」

「お前が戻ってきたからだよ」

「どういうこと?」

「竜三の父親の竜之介にとってこの土地は因縁があるからね。竜三も親の仇と思ってるんだろう」

「それ、どういうこと?」

母ちゃんは竜三が出ていった方向を見つめている。

「それ、ほんと?」

驚いて聞きかえした。

「竜三の父親、権藤竜之介は地主で権藤不動産を経営している。オオジマデンキも権藤不動産の土地を借りているのは知ってるね。権藤にとっては土地の上に何が建とうが関係ない。地代を払ってくれる会社であればね。父ちゃんが亡くなったとき、竜之介はこの土地を売れって言ってきたんだよ。大型スーパーを建てたいって。ここにスーパーを建てれば、権藤不動産は新市街、旧市街の両方を押さえられることになるからね。でも私は断った。その話を竜三は父親から聞いているんだろう。だからムキになってでんかのトドロキを潰そうとするんだ」

権藤不動産が土地を買い占めているのは事実だ。近くに目立つようになった空き地には権藤不動産の看板が立っている。

「社長……」

竜三が父親の仇討ちとばかりに、でんかのトドロキを潰すことだけに情熱を燃やしているとしたら、それは絶対に許せない。

「母ちゃんでいいよ」

「客は価格では動かないって言ってやったんだ、竜三に。今日、こんなにお客様がやってきてくれた。本音の手紙ひとつでね。それは父ちゃんや母ちゃん、そして角さんの苦労の積み重ねだと思うと、なんだか嬉しくてジンときたんだ」

俺は母ちゃんを見つめた。

「私も改めてでんかのトドロキが愛されているんだということが分かって嬉しいよ。お前のおかげだ。価格には『心プラス価格』というものがあるって父ちゃんがよく言っていたのを思い出すよ」

「心プラス価格？」

「たとえば他の店で一万円の商品を一万千円で売るとする。お客がなぜ他店より高いのかって聞くだろう」母ちゃんが俺に言った。俺は小さく頷いた。

「そのとき、こう答えるんだって父ちゃんが教えてくれたのは、『同じ製品ですが、私の店ではあるものをプラスしております』だ。そうしたらお客様は当然『何を添えてくれるのか』って聞くだろう。『私どもの心をプラスしているんです。この価格は心をプラスにした価格なのです』と答えるのさ。お店の心をプラスした価格を提供することが商売には大切だってことさ」

母ちゃんは微笑んだ。

「心プラス価格……。俺たちはでんかのトドロキの心を売っているのか」

俺の目の前で父ちゃんが笑っている。負けるもんか。俺は呟いた。父ちゃんの心を売らねばならないんだから。

客が入ってきた。

「雷太、お客様だよ。心を込めてお迎えしようじゃないか」

母ちゃんが言った。

「いらっしゃいませ」

俺は客のそばに小走りで近づいた。頭髪を短く刈り込んだ精力的な印象の男性だ。手に何かを持っている。タオルで巻き、紐《ひも》できつく縛っている長いものだ。

「包丁を研いでくれるんだってね」

客が聞いた。

「は、はい」

俺はどうしようかと慌てた。包丁を研ぐ？　そんなサービスしてたっけ。どうしよう。

「あっちだね」

客が勝手に歩き出した。

「えっ」

俺は客の歩いて行く方向を見た。そこには「包丁研ぎます。無料です」と書かれたパネルが立っていた。そこには角さんが座っている。

俺は客の後ろから角さんのいる場所に行った。まるで客に案内されているみたいだ。

「この包丁を磨いてくれないかなあ。ものはいいんだが少し使わないでいると錆《さ》びちゃってね」

客は手に持ったものの紐を解き、タオルを外した。赤錆びた包丁が現れた。

「はい、ありがとうございます。十分ほどで出来あがりますから、それまでお店の中でも見ていてください」

角さんがにこやかに言う。

「商売、上手いね。それで電球の一個でも買わせようと思っているんだね」

客が楽しそうに言った。

「いえいえそんなことは考えておりませんよ」

角さんが軽くいなす。

「じゃあ、電球の一個でも買おうかな」

客は楽しそうに店内を見に行った。

「角さん、びっくりさせないでくださいよ」

俺は言った。

「すみません。実は勝手に包丁研ぎのチラシをポスティングしたんです。雷太さんたちに負けないように私も何かしないといけないと思いましてね」

角さんは電動包丁研ぎ器に包丁を差しいれた。ウイーンという音がしてモーターが動き出した。

「包丁研ぎとは意表をつきましたね」

「もともと常連のお客様から包丁研ぎの要望があるんで器械を買って、研いで差し上げていたんですよ。とても喜ばれるんです。じゃあそれを店頭でやったらいいんじゃないかと思いましてね」

角さんが手を動かすたびに包丁の錆びが落ち、光り始める。

「これも心プラス価格ですね」

俺は言った。自然と笑みがこぼれる。

「心プラス価格ですか。雷太さん、おもしろいことをおっしゃいますね」

「角さん、気づきましたよ。安売りだけが商売じゃないって」

「そうですか。気づかれましたか。少しだけ回り道でしたけど、良かったです。勝負はこれからですよ」

角さんは包丁から目を離さない。

「ああ、絶対に負けないから」

包丁研ぎ器のモーター音が、なんとも言えない心地よい響きで俺の心と共鳴するのを感じていた。

第七章　トラブルは続く、いつまでも

1

　今朝も仕事に取りかかる前、父ちゃんのノートを読んだ。最近、これが習慣になった。父ちゃんは、ノートに何度も売り上げにこだわるなと書いている。売り上げにこだわりすぎると客のことを忘れ、押し売り的になってしまうことを諫《いさ》めているのだ。俺たちがオオジマデンキに対抗して安売りを始めたのも実は売り上げにこだわったからだ。売り上げが減ることは客が減ること、売り上げを減らさないためには安売りしかないと思い込んだ。客は価格によって店を選ぶという竜三の考えに、気づかないうちに屈したのも同然だった。

　しかし「本音の手紙」で目が覚めた。客は価格だけで店を選んでいるのではない。父ちゃんが言うところの心プラス価格で店を選んでいる客もいるのだ。どれだけ心を込められるかが勝負だ。それが心底理解できたとき、俺は過剰な安売りをやめ、母ちゃんの高売りに賛成した。安売りは、五月二十五日で中止。結局四月十日から五月二十五日までで売り上げは約三千二百万円、粗利益は十%の三百二十万円だった。売り上げは普段より増えたが、粗利益率は母ちゃんが確保を命じた二十五%には及ばない。もちろん目指せと言われた三十五%なんか遥か遠くに霞《かす》んでいる。赤字にならなかっただけ幸いだった。痛い勉強になったが、街の電器屋には魂の価格での「高売り」しか生きる道はないと覚《さと》ったことだけは成果だった。

シマ君が二人組で入店してきた客のそばに走り寄った。

「いらっしゃいませ」

にこやかな笑みを浮かべて、元気よく声をかける。

一人の男は、大柄で一メートル八十センチは優にあるだろう。グレーの生地に青のストライプというド派手で、絶対に普通の人が着ないスーツ姿だ。

もう一人は反対に痩せて、顎が尖り、陰気な印象だ。黒の紳士帽をかぶり、長い髪で耳が隠れている。薄笑いを浮かべていて、薄情そうな薄い唇が開くと、そこから黄色い不潔な歯が覗いている。

俺は、ビビりそうになった。見るからにでんかのトドロキにいつも来る客とは空気を異質にしている。

――ヤクザ?

その言葉が浮かんだ途端に足が動かなくなった。しかしさすがにシマ君だ。どんな客であろうと、さっと動く。特にこの二人のように「ややこしい客です」という看板をぶら下げているような人物が現れたときはなおさらだ。

俺も一歩、遅れたが、「いらっしゃいませ」と言って近づいた。幸い店内には客は少ない。他の客は沙織が相手にしている。チエちゃんは、今日は外回りだ。

二人組の男は、シマ君を無視して店内を歩く。

乾電池などを置いてある棚の前で大柄男が手を伸ばし、乾電池のパックをいくつか手に取った。ちらりと見ていたが、棚に戻すことなく床に落とした。そして「ちっ」と唾を吐いた。

「あっ」シマ君が床に散乱したパックを拾う。

「お客様、失礼ですが……」

俺も大柄男の背後から声をかけた。自分でも情けないが、声が震えていた。

大柄男が振り返り、無言でジロッと睨んだ。

「なんでしょうか」

痩せ男は、電球を持っている。

「あのぅ、乾電池パックを御覧になられたら、棚に戻していただけないでしょうか」

俺は勇気を振り絞って言った。大柄男がじりじりと近づいてきて、俺に覆いかぶさりそうな気配がする。

シマ君が乾電池パックを元通りに棚に並べ、俺のそばに並んだ。一人より二人。心強い。

「それじゃ、これはどうですか」

瘦せ男は、電球を持っていた手を振りあげると、勢いよく下ろした。

ボンッ。

電球が割れた。幸い紙容器に入っていたので破片はあまり飛び散らなかった。

「なにするんですか！」

俺とシマ君が同時に叫んだ。

「もうひとつ、どうだ」

瘦せ男が、棚に手を伸ばした。新しい電球を取ろうとしている。

「やめてください」

俺はその腕にしがみついた。シマ君は、瘦せ男の手が伸びている電球の棚の前で両手を広げた。

「やめろだと」瘦せ男が顔を歪めた。「手を放せ」

大柄男が俺の身体を摑んで、「お前ら、客に暴力を振るうんか」と声を荒らげる。

「暴力じゃありませんよ。売り物を壊したのはあなた方じゃないですか」

俺は必死で言った。

「警察を呼びますよ」

シマ君も両腕を広げたまま言った。

「呼ぶなら、呼んだらどうですか？　私は、このでんかのトドロキで不当な価格で掃除機を買わされた被害者なんですから」

痩せ男がやっと腕を下ろした。足元には粉々になった電球がある。「シマ君、掃除、掃除」

俺はシマ君に言う。シマ君は急いでチリトリと箒《ほうき》を取りに走った。

「どういうことでしょうか？」

俺は、大柄男の手を振り払って、痩せ男を見つめた。

「これを見ろよ」

痩せ男の言葉が急に乱暴になった。レシートを取り出した。金額が二万八千七百円と記載してある。ビッグロード電器製のキャニスター型十三リットル掃除機を購入した際のものだ。

「当店の伝票ですが、なにかご不明な点がありましたでしょうか」

大柄男と痩せ男の強面《こわもて》の二人だが、クレーム客だと分かると、客商売の習性で、動揺がいくらか収まる。クレームに対処するのは重要な仕事だ。

俺は、自分の目つきが険しくなっていないか、気にかけた。相手の態度が悪いからといって、こちらから攻撃してはならない。問題がこじれるだけだ。毅然《きぜん》としつつ、腰は低く。これが原則だ。

「聞こえなかったのか」

瘦せ男が話すところを見れば、この男がリーダーだ。大柄男はボディガードか。

「と、おっしゃいますと……」

「こんな高い価格で買わされて、俺は詐欺にあったようなものだ。だから電球の一個くらい壊したって構やしないってことだ」

瘦せ男は、口角を引きあげ、黄色い歯を見せた。

「それは当店のレシートで間違いございませんが、不当な価格でお売りした事実はございません。まぎれもなく当店の正規の価格でございます」

俺はきっぱりと言った。こんなクレームは初めてだ。客は、店頭に表示してある価格に納得して買っていく。それが不当だと思うなら買わなければいい。もちろん、買っていただいた製品に不備がある場合は、別の問題だ。

シマ君がチリトリと箒で電球の破片を掃きとった。ゴミ袋にそれを入れると、そのまま俺の隣に立った。心強い。

「なに言ってやがるんだ。オオジマデンキじゃ同じものが一万八千円だぞ。一万円も違えば、不当じゃないのか。許せねぇよ。ここで買って、オオジマデンキに行ったら、同じものが一万円も安いんだ。チキショーって思うのは当然だろう」

「お客様に対しては、私どもが適正だと考えます価格をお示ししております。それをご納得……」

「うるせぇ。納得できないから、こうやって来ているんじゃねえか」

痩せ男は、また手を伸ばして電球を摑んだ。

「おやめください。本当に警察を呼びます」

「呼べばいいだろう。お前の店は客が高いと言ったら、いちいち警察を呼ぶという評判を立ててやるからな」

「私どもに何をせよとおっしゃるのですか」

痩せ男は、電球を棚に戻し、「さあ、それを考えるのがお前らの仕事だろう」とまたにんまりとし、そのたびに黄色い歯が見えた。

「差額を賠償しろとおっしゃるのですか。あるいは商品を引き取れとか」

「どうするかはお前らで考えろよ。あえて言うならこんな高い掃除機は金輪際、売らないってことを約束しろってことかな」

痩せ男が笑った。つられて大柄男も笑った。

「失礼ですが、ご要望にはお応えしかねます。私どもは適正な価格でお売りしている自信がございます」

「てめぇ、生意気言うんじゃねぇ」

大柄男が、腕を振りまわすと、パンフレットを置いてあるラックが大きな音を立てて倒れた。

「やめろよ」

シマ君が大柄男の腰にしがみついた。大柄男が、シマ君の襟首を摑んで持ちあげた。シマ君の身体が床から離れた。足をバタバタさせている。

「シマ君」俺は言い、シマ君のズボンのベルトを摑んだ。このままだとシマ君が振り飛ばされてしまう。

「よせ」

痩せ男が命じた。大柄男は、シマ君から手を放した。シマ君は、そのまま床に落ち、膝を床に打ち付け、「うっ」と唸った。

「大丈夫か」

俺は、膝を折り、シマ君を抱えた。

「大丈夫です。自分で立てますから」

シマ君は顔を歪めて、ゆっくりと立ちあがった。

「お帰りいただけますか。他のお客様にご迷惑ですから」

俺は毅然と言った。

家電を並べた棚に身を隠して、成り行きを見ているのは高齢の女性客と沙織だ。

「帰れと言うのか。どうしてこんなに高いのか説明しろよ。納得すりゃ帰ってやるさ。おかしいだろう。一万円だぞ」

「私たちは一万円高い分だけオオジマデンキにはないサービスを提供しております。私どもは安売りをする店ではございません。どうしてもご納得いただけないのなら、商品を引きとらせていただきますが、今はどういう状態でしょうか。ご使用になったでしょうか」

「使ったに決まっているだろう。掃除機を買って使わない奴がいるか。なめてんのか」

「それでは引きとりは難しい……」

「うるせぇ。とにかく高いってことだ。もう電器屋やめろ。ろくでもない商品を高く売りつけるような詐欺電器屋なんか」

詐欺とは、なんだ！　俺はめちゃくちゃ腹が立ったが、ぐっと堪えた。

「お前ら、客じゃない。もう来るな」

シマ君が顔を真っ赤にして声を荒らげた。

「なんだと」痩せ男が睨んだ。「客に向かって客じゃないとはどういうことだ。謝れ」

「客じゃないから客じゃないと言ったんだ。お前らこそ、店を荒らしたことを謝るんだ」

シマ君が収まらない。大柄男がぐっと近づいてきたが、まったく引き下がらない。

このままじゃ本気の喧嘩になる。俺は、床に跪《ひざまず》いた。

「すみません。失礼なことを申しあげました。今日のところはお引き取りください。お願いします」

床に両手を付き、頭を下げた。

「雷太さん……」

シマ君が啞然《あぜん》とした様子で俺を見ている。

「今日はお帰りください」

「雷太さん、土下座なんか必要ないっすよ。この人たちは客じゃない。本当は掃除機なんか買っちゃいないんだから。オレは客は全部覚えてますから」

シマ君は収まらない。

「シマ君、もういいから。とにかくここは一度お引き取り願うんだ」

俺はシマ君にも土下座するように促した。

「てめぇ、俺たちが掃除機を買っちゃいねぇって言うのか。ただのいちゃもんつけだと言うのか」

大柄男が、床を鳴らしてシマ君に迫った。

「シマ君、とにかく謝るんだ。ここに座れ」

俺は叫んで、シマ君の服を引っ張った。

シマ君は、大柄男に今にもぶつかって行きそうだったが、悔しそうに奥歯を嚙みしめながら、俺の隣に座った。

「大変、申し訳ございませんが、とりあえず今日のところはお引き取り願えませんでしょうか。後日、改めてどうしたらいいか検討させていただきます」

俺は、シマ君の頭を押さえながら、土下座をした。

「俺たちは、間違いなくここで掃除機を買った。今日のところはひきあげるが、また来るからな」

瘦せ男の声が頭上から聞こえた。目の前にひらひらと紙が落ちてきた。掃除機のレシートだ。

「連絡を待っているぞ。ちゃんとした詫《わ》びをいれなくちゃ困ったことになるぞ」

「失礼ですが、ご連絡先をお教えください」

俺の頭の上に何かが置かれた。手で探ると、名刺だった。目の前に持ってきた。

「大星大二郎《おおぼしだいじろう》」と大きな字で書かれている。住所は、稲穂市の旧市街だった。

「おい帰るぞ」

痩せ男が大柄男に言った。「へい」と大柄男が返事をした。二人組は帰って行った。

「雷太さん、オレ、見損ないました」

シマ君が、立ちあがりながらうんざりしたように言った。

「なにが見損なっただよ」

俺も立ちあがった。少し怒った口調で言った。

「あんな野郎に土下座するなんて悔しくないんすか」

シマ君が口を尖らす。

「だけど帰ったじゃないか。あのまま怒らせたらどんなことになっていたか分からないぞ」

「絶対、また来ます。弱気を見せたから、つけあがって何度でも嫌がらせします、きっと。あの手の輩《やから》は、最初の一撃が大事なんすよ」

シマ君の怒りが収まらない。

「いやいや見事な対応だった」

目の前に角さんが立っていた。笑顔で俺を見ている。

「角さん、土下座がどうして見事な対応なんすか。屈辱じゃないっすか」

シマ君が角さんに喰ってかかった。

「あれだよ」角さんが天井の方を指差した。俺もシマ君もその方向を見た。監視カメラのレンズがこちらを見ていた。

2

「無理やり土下座させて仕事を妨害したり、金銭を要求したりすれば、威力業務妨害罪や脅迫罪です。あの監視カメラには土下座の様子がばっちり写っていますね」

角さんは言った。

「さすが角さん、よく気づいてくれました。だから一番、監視カメラがよく写してくれるこの場所で土下座をしたんです。シマ君、電球の破片などを詰めた袋を大事にしておいてくれよ。証拠になるからね」

「じゃあ、わざわざ脅されている様子を映像に撮らせるために土下座したんですか」

シマ君は、あっけにとられたような顔をしていた。

「どういう解決があるかは分からないけど、一方的に加害者を写すだけではなく、こちらも被害者である証拠を残しておかないと、クレーマーに対処するのは困難な場合があるからね」俺はちょっと得意げにシマ君に言い、「サクラ電器の売り場でもこんなトラブルがありました。その都度、先輩たちにアドバイスを受けて切りぬけてきました」と角さんに向けて微笑んだ。

「彼らがまた来る前に監視カメラのテープを確認して警察に相談しておいたほうがいいですね」

角さんがアドバイスした。

「そうします。でもどうしてあんなことを言い出してきたんでしょうか。オオジマデンキより値段が高いのがおかしいなんて、文句にもならないでしょう。たとえばラーメンの値段が、店によって違うのは当たり前じゃないですか。食べてしまった後にあっちの店より高かったから金を寄こせって言っても理屈にもならない」

俺は、今頃になって怒りが込みあげてきた。

「ラーメンと電器製品を同じに扱うのは、やや問題かもしれませんが、でもその通りです。どんな理由をつけてもいいから金をせびりたかったのでしょうな」

角さんは厳しい表情で言った。

「絶対、あんな奴、客じゃありません。でんかのトドロキのお客様はみんな覚えていますから」

シマ君が言った。

「私もシマ君と同意見です」いつの間にか沙織が来ていた。「雷太さん、あの男が置いていったレシートと名刺を見せてください」

「これだよ」俺は沙織にレシートと名刺を渡した。大星大二郎というやや大ぶりの名刺はいかにも威圧的だ。

「この日に大星大二郎という人が掃除機を購入したか、調べてみます」

沙織がレシートを持って事務所の方へ行った。

「でもレシートと名刺を置いていったくらいだから、本当に客である可能性が高い気もしてきましたね」

角さんが心配そうな表情でシマ君を見つめた。シマ君は、彼らに客じゃないと言い放ってしまった。

「あの二人が買わなくても、彼らと関係する、だれか別の人が買ったのかもしれない……」俺もちょっと言いすぎたかと心配になった。

「客って、結局は安いのがいいんですかね」とシマ君が暗い顔になった。

「どうしたんだよ、シマ君」俺は言った。「オオジマデンキに対抗して安売りをしてもそれは俺たちの戦い方じゃないって納得したんじゃなかったのか」

「納得はしました。でもあんな奴が来ると、ぐらっと揺らぐんです」シマ君が泣き顔になった。

「シマ君の言うことも分かる気もする。結局、五月の二十五日以降は社長の言う通り高売りをしているんですけど、迷いがまったくないと言えば嘘になる。よく考えてみると、さっきの二人組の言う通りの面もあるんです」

俺は情けない顔で角さんを見つめた。

「二人組の言う通りなんて、ちょっとどういう意味なんですか？」

「彼ら、一万円高いって怒っていましたね。その理由を説明しろって。社長はでんかのトドロキの心をプラスした価格だっておっしゃいますが、実はその心がどんなものか、まだ見えない、自信がないんです。本当に一万円分、お客様に満足してもらえるサービスをしているのだろうか。その迷いから実は、さっき彼らに一万円高い理由を説明できませんでした。だから咄嗟《とっさ》に土下座を選択してしまったのかな……と。シマ君の悩み、よく分かります」

俺は、肩を落とした。二人組をなんとか退散させたときの高揚感はすっかり消え失せた。

「自信って自分を信じることですよ。『本音の手紙』を書いたのはシマ君だし、実行に移したのは雷太さんじゃないですか。高売りを続けて行く中でいろいろ考えましょう。お客様が魂を教えてくださいますよ」

角さんは優しく言った。

「そうであればいいんですが」

俺はすがるように角さんを見つめた。

「雷太さん、考えすぎはやめましょうか。オレたちはオレたちのサービスをすればいいいんですよ」

シマ君が強く言う。もう考えを切り替えたのか。俺は驚き気味に、シマ君を見ると、言葉とは裏腹に唇を噛んでいる。やはり悩んでいるのだろう。

「私もシマ君の言う通りだと思います。でんかのトドロキは、でんかのトドロキなりのサービスをやればいいんです。オオジマデンキに対抗する必要はありません。むしろ小回りがきくから、オオジマデンキにない良さを発揮できると思います。今、量販店にも、価格だけで勝負していいのかって反省の気運があるんだと聞いておりますよ」

角さんが言った。

「量販店が安売りを見直すんですか」

俺は驚いた。オオジマデンキを見ていたら、そんなこと想像もできない。

「最近、安売りだけでは客が反応しなくなっているといいます」

角さんが考え込むような表情をした。

「それでどんなことをしようとしているんでしょうか」

俺は勢い込んで聞いた。

「それが……まだまだ暗中模索というところのようです」

「なんだ、ヒントくらいあるかと思ったけど」

俺はがっかりした。

「あっ、いらっしゃいませ」

シマ君が入り口を見て、大きな声を出した。見ると、あの謎の老人だ。

「また来ましたよ」

老人はにこにこしながら歩いてきた。

「うわぁ」

角さんが叫んだ。途端に角さんが、老人に向かって深く頭を下げた。

「角さん、どうしたの？　怖い人じゃないよ。この人、サクラ電器のときからのお客さんですよ。と言っても何も買ってくれなかったけどね」

俺は笑って角さんの身体を起こそうとした。

「あわあわあわ」

角さんは何か言いたいようだが、慌てていて言葉にならない。俺と老人の間で忙しく顔を動かしている。

老人が角さんを見つめて、人差し指を口に当てた。黙っていなさいというサインだ。

「ははぁ」

角さんは、もう土下座に近いレベルに腰を折った。俺は唖然とした。角さんは、この老人になにか大きな迷惑をかけたことがあるのだろうか。

「なにを話していたのかな、みんなで」

老人が聞いた。

「はい、店の心を価格に反映して商品を量販店より高く販売しても、お客様に満足していただけるにはどうしたらいいのかって」

俺は言った。

「お客様、お言葉を、お言葉をいただきたいと存じます」

角さんがすり足で、老人に近づいて行く。まるで侍従のように頭を決して上げない。

老人は小さく頷き「お客の心を摑むためには、お客の望むことを何でもやりなさい。このようなことかな」とぼそぼそと言った。

当たり前すぎる言葉だ。お客の心を摑むためには、お客の望むことを何でもやりなさい。お客の望むことが分からないから苦労しているんだと、半畳をいれたくなった。

「ありがたき幸せでございます」

角さんは大げさに言うと、「失礼いたします」と脱兎《だつと》のごとく店から飛び出していった。

俺は、あっけにとられて、角さんの後ろ姿を見ていた。

「変わった方ですな」

老人が声を出して笑った。

俺とシマ君は顔を見合わせた。ますますこの老人は何者なのかと気になった。

ふと俺は思いつき「ちょっと失礼します」と言い、事務所に駆け込んだ。俺の机に父ちゃんのノートが置いてある。その真ん中あたりのページを繰った。「あっ」と声に出した。

「神様に言われた。『お客の望むことを何でもやりなさい。お客の声に全身全霊で耳を傾けるのです。そうすれば必ず聞こえてきます』」

と父ちゃんが書いている。あの老人の言っていることだ。あの老人とこの神様は同一人物？　まさか……。

3

六月に入って雨が多い。天気予報によると、深夜から明朝にかけて今夜は暴風雨になるらしい。

「心配だわ」

沙織が雨が激しくなり始めた外を見て呟いた。

「稲穂川が溢れなければいいね。あの川は時々暴れるから」

夜十時、営業が終了したため、俺はシャッターを下ろした。

営業時間の延長は、母ちゃんの反対で実現していない。社員が長時間労働で疲労したら充分な接客ができないという理屈だ。もっと多くの社員を採用できたら考えようということになった。

旧市街の外れに稲穂川が流れている。大きな川の支流で人工的にコンクリートの堤防が造られている。それでも人口密集地を流れていて、溢れて低い土地にある公団アパートや住居が床下浸水や時には床上浸水になることがある。

最近の台風やゲリラ豪雨は想像を絶する大量の雨を降らすことがある。

「山本《やまもと》のおばあちゃん、一人暮らしだから心細いでしょうね」

チエちゃんが不安な表情になる。山本のおばあちゃんは、チエちゃんの担当で、彼女を孫のように可愛がってくれる。九十歳になるが、一軒家に一人で住んでいる。子どもたちは皆、独立して家を出ていった。先日も孫にプレゼントするんだと言ってデジカメを購入してくれた。

「あの家、古いからね。雨音がうるさいだろうな」

シマ君が言った。

シマ君はひとつだけ気にしていることがある。一週間前にクレームをつけにきた二人組の男にシマ君は「客じゃない」と言ったのだが、実は客だったのだ。正確には客であった可能性が高い。

彼らが持ってきたレシートを調べたら、その日、女性が掃除機を購入していたのだ。それも名前が大星小百合《さゆり》。初めての客だった。あの男も大星という姓。無関係ではあり得ない。

担当したのはチエちゃんだが、あの現場にいなかったので、外回りから帰ってきたチエちゃんに聞くと、中年の女性だと記憶していると言った。

あのクレーマーの妻かもしれない。マズイなぁ、客だったんじゃないか……。

あの二人組が電球を割ったり、ラックを乱したりした行為は許せないが、客であるにもかかわらず興奮して「客じゃない」と言いきってしまったシマ君も大いに反省しなければならない。

謝りに行こうかと考えたのだが、そのまま何もせずに一週間が過ぎた。彼らからは何も言ってこない。この静けさが不気味だ。

「おい、みんな社長から話がある。集まってくれ」

角さんがやってきた。後ろに母ちゃんがいる。

「皆さん、ご苦労さま。今日はこれから雨脚がさらに強まります。ここは高台だから大丈夫でしょうが、不測の事態があるかもしれません。土のうも準備してありますから。そこでシマ君は雷太と一緒に今夜は店に泊まってください。夕食は、私が作りますからね、安心しなさい。泊まってもらうのはお客様から救援の連絡が入らないとも限らないからです。それから高売りサービスの一環として明日から美容サービスを始めます。生活家電の良さをお客様に体感してもらいます。詳細は沙織さん、チエちゃんに検討してもらいましたのでよろしくお願いします。以上、今日もお疲れさまでした。沙織さんとチエちゃんは、角さんが家まで送りますので、車に乗って帰るように」

母ちゃんは、いつものようにむすっとしたまま言った。めったに笑みは浮かべない。

「ラッキー。送ってもらえるんだ」

チエちゃんが嬉しそうに言った。

雨音は、シャッターを下ろした店内にも響いてくる。

「かなりひどい雨になりそうだな」

俺は隣にいるシマ君に囁いた。

「雷太さん、久しぶりですね。一緒に泊まるなんて。今日は、社長の手料理をゴチになれるんでしょう」

すっかりキャンプ気分になっている。

なにもなければいいが……。

シマ君の興奮気味の様子が余計に俺を不安にさせた。

4

「雷太さん、ビール飲みます？」

自宅で母ちゃんが用意してくれた夕食を食べている時、シマ君が聞いた。夕食は、とんかつと海老《えび》フライとたっぷりの野菜サラダだった。そのとき、ビールを飲みたいと思ったが、母ちゃんが許さなかった。危機管理のために泊まっているのに酒なんぞ飲んではダメだと釘を刺された。

「今日は、やめとこう。何かあれば車を出す必要があるからね。店の周りは土のうを積んだから大丈夫だと思うけど、今日は寝ずの番だ」

俺はNHKの天気予報をつけた。雨が一晩中降り続き、何十年振りかの大雨になる予想だ。稲穂市周辺には大雨洪水警報が発令された。

「オレ、反省しているんすよ」

シマ君が缶入り茶を飲みながら言った。

「まだあの客のことを気にしているの」

　俺は聞いた。

「ええ、オレ、生意気だったと思います。『本音の手紙』を出して、客の反応が良かったでしょう。あれで妙に自信をもったんすね。それで客と客でない人を選別するようになってしまったんです。ですからあの二人組を見たとき、端から客じゃないと思い込んでしまって……。本当は客だったらどうするとか、どんな人でも客になる可能性がある、なんてことは思いもしなかった。だからあんな『客じゃない』って言葉がでちゃったんです。すみません」

「そんなに力を落とすなよ。俺だって反省しているんだ。いきなり監視カメラを考えただろう。あれは客に対する態度じゃないよね。でもさ、あの二人、電球を壊したり、店の中のものを乱暴に扱ったり、明らかにやりすぎさ。角さんは警察に相談しろと言ったけど、まだしてない。今度彼らが来たときが勝負だよ。警察に相談する事態になるか、客として遇することができるかのね。シマ君は間違っていないから」

「いえ、やっぱりちょっと鼻が高くなっていましたね。『本音の手紙』を自分で書いたものだから、余計にそうなったんでしょう。反省です」

　シマ君は缶入り茶を音を立てながら飲んだ。

「ところでさ、話は変わるけど、客が望むことをなんでもやりなさいって言ったあの老人、何者なんだろう？」

俺は缶入り茶のプルタブを開けた。父ちゃんのノートに書いてあった「神様」という言葉が浮かんだ。

「そうですね。何者なんっすかね。角さんも妙にビビってましたからね」

シマ君のスマートフォンが鳴った。

「チエちゃんからです。なんだろうな」

シマ君はスマートフォンを耳に当てた。

「もしもし……」

シマ君の顔つきが真剣になった。「ふんふん、分かった、行ってみるよ」などと話している。

「どうしたの」

俺は聞いた。

「チエちゃんが山本のおばあちゃんが心配だから家に行ってくれないかって言うんです。心配になって電話したら、おばあちゃんが雨の音が怖いって言うんですって。何とかしてほしいって言うから、オレ、行くっていいましたけど、一緒に行きます？」

シマ君が俺を見た。

「当たり前じゃないか。山本のおばあちゃんは大切なお客様だからな。行こうぜ」

俺は立ちあがった。

「バンに土のうやライトなど必要なものは積んでありますから」

シマ君は、壁に掛けてあった雨合羽を俺に投げた。

俺はそれを受け取ると、さっそうと腕を通し「さあ、山本のおばあちゃんのためにひと働きだ」と拳を上げた。

なにかもやもやしていたものが、少し吹っ切れる気がした。

5

「すげぇ」

叩きつけるような雨だ。前がまったく見えない。ハンドルを握るシマ君がフロントガラスに前のめりになっている。ワイパーがちぎれるほどの勢いで左右に振れる。

「気をつけような」

俺も前のめりになった。

山本のおばあちゃんの家はもうすぐだ。バンが道路の水を弾く音が、閉め切った窓からも聞こえてくる。時々、すれ違う車があるが、どの車ものろのろ運転だ。早く目的地に着きたいのだが、前が見えないようではスピードを出せない。

「もうすぐ着きます」

「見てみろ、川が溢れているぞ」

山本のおばあちゃんの家に行くには、川にかかる橋を渡らねばならない。しかし、バンのヘッドライトに照らされた橋は暴れる川の水に浸され、時折、コンクリートの地面が水の中に消えてしまう。

「大丈夫か、シマ君」

「任せてください。欄干は見えますから、その間を走ります」

「慎重に頼むぜ」

シマ君は瞬《まばた》きもせず、正面を睨むと、バンのスピードを上げた。一気に渡りきるつもりだ。

俺はごくりと唾を飲んだ。渡っている最中に、津波のように川の水が押し寄せてきたら、欄干ごと流されてしまう。

濁流にぷかぷかと浮いたり沈んだりしながら流されて行くバンのイメージが浮かんだので、頭を叩いてそれを追い出した。怖がっていてはいけない。客が困っているんだ。助けるのが、俺たちの仕事だろう。

バンが橋にかかった。シマ君がアクセルを踏むのが分かった。濁流が、橋にぶつかり、弾けて、水しぶきになって行く手を遮る。ハンドル操作を誤ったら最後だ。欄干に追突し、濁流に一直線だ。

「ヒャッホー」

シマ君が叫んだ。バンの頭が持ちあがった。すっ飛んで走る。左右の窓ガラスから水しぶきが、波のように上がった。

「行け！」

俺も叫んだ。

なんとかバンは橋を渡り切った。おばあちゃんの家はすぐ近くだ。川から溢れ出た水で道路が冠水している。早く行かないとおばあちゃんの家が浸水してしまう。

「着きました」

おばあちゃんの家の前にバンを停める。ドアを開け、外に出る。

「おっとっと」

強い突風で足が取られそうになる。雨合羽が風に煽《あお》られ、不気味な音を立て、飛ばされそうになる。顔に雨が突き刺さって痛い。

「山本さん！」

大声で叫びながら門を開ける。雨の音で声が消されてしまう。

門の鍵はかかっていない。玄関まで飛び石が続いているが、すっかり水に浸《つ》かっている。ライトで照らすと、庭の木々はまるで湖に浮かんでいるようだ。

「浸水してますね」

シマ君が言う。

「急ごう。心細いだろう、おばあちゃん」

俺の足が速くなる。飛び石の上を飛んでいく。

家の中が真っ暗だ。眠っているのかと思ったが、玄関灯もついていないし、インターフォンを押しても反応がない。停電しているようだ。

「山本さん、山本さん、おばあちゃん。でんかのトドロキです。チエちゃんに言われてきました。開けてください」

俺は叫んだ。しかし反応がない。

「シマ君、ドアを叩いてくれ。俺はとりあえず土のうを積むから。玄関から浸水しそうだから」

俺は急いでバンに向かった。

「分かりました」

シマ君の返事が雨と風にかき消される。

バンの後部ドアを開け、土のうを玄関に運ぶ。雨が顔に当たって痛い。何度も繰り返す。

「俺も土のうを運びます。おばあちゃんから反応がないんです」

　そのとき、土のうを積んでいる俺たちを強烈なライトが照らした。

「お前たち、そこで何をしているんだ！」

　怒声だ。

　俺は、土のうをその場に置いて真っ直ぐに立った。

　巡回中のパトカーから警官が二人下りてきた。パトカーのヘッドライトが俺たちを照らしている。横殴りの雨が、光の束のように輝いている。

「お巡りさん！　でんかのトドロキです」

　俺は雨に負けないように大声で言った。

「おお、でんかのトドロキの轟さんじゃないか。その隣にいるのは、島谷君。何をしているんだ」

　警察官のライトが俺の顔に当たって眩《まぶ》しい。

「山本さんの家の浸水を防ごうと土のうを積んでいます」

　俺は、足元の土のうを指差した。

「山本さんから反応がないんです。お巡りさん、中に呼びかけてもらえますか」

「了解！」

　警察官の一人が玄関のドアを叩き、ドアの隙間から「山本さん！　警察です」と呼びかけた。

「本官も一緒に土のうを積みましょう」

もう一人の警察官は俺と一緒に土のうを積み始めた。

「カチャ」

玄関の鍵が外れる音がした。少しだけドアが開いた。

「警察です。山本さん、大丈夫ですか」

「ああ、お巡りさん、なにやら玄関先が騒がしくて怖かったんです」

山本のおばあちゃんが言った。

「でんかのトドロキさんですよ。浸水を防ごうと土のうを積んでおられたんです」

警察官が言った。

「山本さん」俺とシマ君が同時に言った。

「轟さんにシマさん、あなた方だったの？」

「ええ、チエちゃんに『心細い』って電話で話されたでしょう？　それで駆けつけました。そしたら今にも浸水しそうだったので土のうを積んでました。もう大丈夫です」

「そうだったのか。本当に来てくれたんだね。ありがとう、ありがとう」

山本のおばあちゃんは、玄関を半開きにしたまま、頭を下げた。

そのとき、真っ暗だった家の中に明るさが戻った。

「停電が回復したようですね。これで安心ですね」

俺は山本のおばあちゃんに言った。

「ありがとう、ありがとう、でんかのトドロキさんが来てくれたおかげで電気が来たよ。本当にありがとう」

山本のおばあちゃんは泣いていた。真っ暗な中で余程、不安だったのだろう。

「本官たちはまた別の方面を巡回してまいります。まだまだ雨が激しいですから気をつけてください。それにしてもでんかのトドロキさん、よくやられますな。感心です」

警察官が二人、同時に敬礼をして、パトカーに戻った。

「ねえ、お二人さん、雨がやむまでうちでお茶でも飲んでいてくれないかね」

山本のおばあちゃんが弱々しげな声で言った。

「いいんですか、お邪魔して。ご迷惑になりませんか」

俺は言った。

「ご迷惑だなんて。本当に心細いからね。二人がいてくれると安心だよ」

「どうするシマ君？」

「この天候じゃ山本さんも不安でしょうし、もう一度あの橋を渡るのも怖いから休ませてもらいましょう」

シマ君が真面目な顔で言った。

「そうだね。店で何かあれば携帯を鳴らすよう社長には連絡しておこう」

俺は微笑んだ。

「さあ、中に入っておくれ」

山本のおばあちゃんが、ドアを大きく開けた。

6

雨が上がり、真っ青な空が広がった。

でんかのトドロキは、開店時間から年配の客でいっぱいになった。

山本のおばあちゃんもいた。

「気持ち、いいねぇ」

チエちゃんにスチームを当てられて、気持ち良さそうに山本のおばあちゃんが目を細めている。

「この後は、本格的にエステティシャンに美顔マッサージをしてもらいますからね」

チエちゃんが言う。

「嬉しいね。この年でエステをしてもらうとはね。天国だよ」

山本のおばあちゃんがさらに目を細めた。

「山本さん、洗濯物、ここにたたんで置いておきますからね」

シマ君が大量の洗濯物をたたんでソファに置いた。

「ありがとう、ありがとう」

山本のおばあちゃんの頬にはスチーマーのせいなのか、涙なのか分からない滴が光っている。

「洗濯をしてあげたんですか」

別の女性の頬に美顔器でマッサージサービスをしていた沙織が驚いた。

「昨日さ、山本のおばあちゃんの家に泊めてもらったんだ。洗濯をしようとしたときに停電になったので、今朝、うちの業務用洗濯機で洗って、乾燥機で乾かしてたのさ」

「徹底してますね」

俺は得意げに言った。

沙織が笑みを浮かべた。

「少しだけ、でんかのトドロキの心を価格にプラスするってことが分かってきたよ。サービスの押しつけじゃなくて、それぞれのお客様に相応しい心のサービスを提供することだってね」

俺も微笑み返した。

「昨日ね、若い男性が二人も泊まってくれてね。一緒に一晩、過ごしたんだよ。そしたら若がえっちゃったよ。エステもいいけど、若い男はもっといいね」

山本のおばあちゃんが大きな声でチエちゃんに話している。

笑い声が店内に広がった。

「いらっしゃいませ……」

シマ君が入り口を見て、そのまま凍りついたようになっている。

あの二人組の男だ。

「シマ君、下がっていろ。俺が相手するから」

俺はシマ君の前に立った。

痩せ男が大柄男を従えて俺に向かって歩いてくる。

俺は緊張して、ごくりと唾を飲んだ。

痩せ男が俺の前に立った。

「一万円高い理由が分かったぜ。ありがとうよ。世話になったな」

痩せ男が笑った。黄色い歯が見えた。

「大二郎、洗濯物はそこにある。持って帰っておくれ。すまないね」

スチーマーから山本のおばあちゃんが顔を上げた。

俺は心臓が止まるかと思った。シマ君も目を丸くしている。目の玉が飛び出さんばかりだ。

「えっ、なに、なんなのさ」

思わず、俺はタメロになった。

「おい」

痩せ男が、顎で指示すると、大柄男がソファに置かれた山本のおばあちゃんの洗濯物を抱えた。

「な、なにするんですか」

俺は大柄男に手を伸ばした。

「轟さん、大二郎は、私の娘婿なんだよ。ちょっと人相が悪いけど、すまないね」

「ひぇっ」

俺は思わず引きつった声を上げた。俺の背後でシマ君が、へなへなと崩れるように床に座り込んだ。

「と、いうわけだ。昨夜はおバアが世話になったようで。お前の店が高い理由が分かった気がした。あの雨の中、おバアの様子を見に行くなんて俺もできねえ。あの掃除機は、俺の嫁、すなわちおバアの娘が、おバアのために買ったものなんだ。いずれにしても掃除機の件は、もういい。俺が悪かったな。これを取っておいてくれ」

痩せ男が封筒を出した。

「な、なんでしょうか」

俺は冷や汗が出た。事態をまだ充分に理解できていない。

「この間の電球の代金だ。脅してすまなかった。あのことはおバアには内緒にしておいてくれ。叱られると怖いからな」痩せ男はにんまり笑うと、大柄男に「さあ、帰るぞ」と言った。

「大二郎、後で迎えに来ておくれよ」

山本のおばあちゃんが大きな声で言った。

「了解だ。おバア、きれいになってるぞ」

「そりゃ、若い男の人に一緒に寝てもらったからね。はははは」山本のおばあちゃんは大きな口を開けて笑った。「おっと入れ歯がはずれるよ」

また店内に笑い声が響いた。

俺もシマ君の隣にへなへなと崩れ落ち、したたかに尻もちをついてしまった。

「はははは……」

シマ君が気が抜けたような笑いを洩らした。

第八章　祭りの準備

1

でんかのトドロキは稲穂駅から一キロほど離れた国道沿いにある。稲穂駅前の旧市街商店街へ行くには少し歩かねばならない。今、夜の八時。六月の終わりでずいぶんと日が長くなったとはいえ、この時間だと暗い。

今日は臨時に午後七時に閉店した。俺やシマ君たち若手社員が参加する集まりがあるからだ。母ちゃんに「地元で祭りを実行する相談をしないといけないんだ」と営業時間の短縮を願い出ると「そりゃあいいことだ。地元あっての店だからね」と快くオーケーしてくれた。これが商店の良《い》いところだ。母ちゃんは、「でんかのトドロキも全面支援するから」と励ましてくれた。

街灯《がいとう》に照らされた通りを歩く。商店街の店はすでにシャッターが下り、人は歩いていない。

以前、勤務していた新宿ならこの時間あたりから人が増え始め、深夜まで賑やかだ。

しかし稲穂市はそういうわけにはいかない。千葉県という東京近郊にありながら、少子高齢化が進み、街は夜の闇の中で静かに眠ってしまう。老人の生活サイクルと同じだ。

少子高齢化が日本の大きな課題になっている。人口が減って、年寄りだけが増えるってことだが、なにが悪いんだろうか?

今、日本は人口が約一億三千万人。第二次世界大戦が始まるころは七千万人くらいの人口だった。これで世界と戦争したんだ。そう思うとスゴイ。

戦後はどんどん人口が増え始めた。多くの若い人が戦争で亡くなったけれど、生き残って戻ってきた人が結婚して子どもをたくさん作ったからだ。第一次ベビーブームと言われた。その後、人口は一億人を突破した。結果、一九六〇~七〇年代の日本は若者中心国家になった。

若い人が増えれば活気が生まれる。こうして日本は一億人以上の人が飢えずになんとか楽しく暮らせる国になった。社会の仕組みも地方や都会の暮らしも一億人のスケールになった。それも若い人仕様だ。

ところが今度はその反動で若い人が当然のことながら老人になった。労働力が減るから景気は悪くなるし、消費も落ち込む。人口の偏りも問題になった。昔は、地方と都会でバランスよく住んでいたのが、いつの間にか東京や大阪など大都市にばかり人が集まるようになり、地方は空き家、空き地だらけになり始めた。

今の日本の課題は、一億三千万人仕様になっていた国を一億人未満仕様に小さくするか、移民を受け入れ、産めよ増やせよと大合唱して一億三千万人仕様のまま維持するかの二択だ。

俺なんかいい加減だから、人が少なくなったら少なくなったでいいじゃないかと思う。国って会社みたいにいつでも成長していないといけないのか。スペインやポルトガルや七つの海を征服したイギリスだって、世界の覇者から退いたではないか。日本もそうなる運命なんじゃないかな。

でも若い人がいなくなると、この夜みたいに静かで、夜の暗さが身に沁《し》みる。今の季節は、夏に向かっているから寒くないはずなのに寒い気さえする。やっぱり街には活気があったほうがいい。

若い人がいなくなったのは、なにも都会から遠く離れた地方だけの話ではない。千葉県稲穂市という比較的東京に近い街でも同じことが起きている。

かつて若い夫婦の笑い声、子どもの泣き声で溢れかえり、生のエネルギーでむんむんしていた団地群は、高齢化が進み、もはや聞こえるのは老人のため息だけ。

団地の建物のそこかしこにはヒビが入り、そこに住む老人たちの顔には深い皺。

買い物にも一人では出られず、比較的元気な老人がマイカーを運転し、近所の人たちを乗せて買い物に出ていく。

話題は若かったころの話だけ。あとは、健康のことと自分のお墓……。

これじゃまずいだろう。稲穂市にも未来を担う若い人が住んでいるんだぞってところを見せなきゃならない。老、壮、青の三位一体《さんみいったい》の街にしようと、地元生まれ地元育ちのシマ君たちが立ちあがったのだ。

一応、俺も地元生まれ地元育ちの一人だ。しかし大学進学をきっかけに地元を離れ、東京へと行ってしまった。

しかし東京暮らしに、はっきり言ってしまうと負けてしまったのだ。リストラによる人員削減という不幸な事態に遭遇したことは事実だが、東京にしがみついてがんばるという気力は俺にはなかった。

リストラをきっかけに失意のうちに稲穂市に戻ってきてしまった。

しかし今では稲穂市で生きるということの意味を考えるようになってきている。

でんかのトドロキは創業三十一年にもなるけど決して盤石ではない。地元に愛され、地元の変化にちゃんとついていかなければ、すぐに経営悪化してしまう。

父ちゃんは「商人は変化を怖れるな」とノートに書いている。

この言葉は本当だ。変化、それは消費者のニーズってことだろうけど、それに対応して、可能ならばほんの少し先に商人のほうから変化しておく。あまり先に行きすぎてもだめだ。ほんの少し先で良い。それで消費者の心をがっちりと掴むことができる。

商売が上手く行っているからと傲慢になり、時の流れを無視して、昔のやり方のままやっていれば間違いなく経営悪化する。

財閥と言われた三井、三菱、住友が形を変えて今も残っているのは、時代の変化を怖れずに挑戦したからだろう。それ以外の財閥は、時代の波に飲み込まれていってしまった。

でんかのトドロキは財閥でも大企業でもない。いわゆる中小企業、吹けば飛ぶような会社だ。でも三十一年間も続いているということは時代の変化に対応してきたからだ。

これからは母ちゃんに代わって俺が時代の変化を読み、対応しなくてはならない。だけど大企業みたいに日本がダメなら海外で儲けるなんてことはできない。中小企業は地元で生きるしかない。地元に根差して、どんな強風や嵐になろうとも倒れないようにしないといけない。

だから根を張らねばならない地元である稲穂市が廃れて行くのを黙って見ているわけにはいかない。

稲穂市を元気に！の問題意識は、俺なんかよりシマ君のほうが強い。シマ君は、マイルドヤンキーだけど不良じゃない。地元を強烈に愛している。どこにいたって地元の自慢をする。チエちゃんもそうだ。やっぱりギャルの部類だけど、すこぶる地元愛に燃えている。俺が一度新宿のおもしろさの話をしたら、いきなり怒った。

「新宿にあるものは全部稲穂市にもあります。映画館も喫茶店も……。無いのは伊勢《いせ》丹《たん》だけです」

考えたら沙織も同じだ。みんな地元愛の塊みたいな連中ばかりだ。

俺だけがたった数年、東京に行ったというだけで地元と東京の間をふらついているコウモリみたいな人間になっている。帰ってきてまだ三ヵ月余り、連中の地元愛には到底及ばない。本気で地元愛を持たなければ、でんかのトドロキの経営にも影響してくるだろう。地元のことが分からなければ、その変化に対応できない。変化に対応できなければ、恐竜だって死滅してしまうんだ。

——あれだ。

暗い商店街が一ヵ所だけ、煌々《こうこう》と明るい。焼き鳥屋の提灯《ちょうちん》が見える。あそこが今夜の会合の場所だ。地元愛に燃えるマイルドヤンキーたちのたまり場だ。

俺は足の動きを速めた。

2

「雷太さん、待ってましたよ」

店の戸を開けると、カウンターの端に座っていたシマ君が振り向き、手を上げた。顔が赤い。満面の笑みだ。

「ゴメンね。遅れて」

俺は、戸を閉め、店の中に入った。それほど広くない。十人ほど座れるカウンターと鰻《うなぎ》の寝床のように奥に続く店内にテーブルが二つ。

カウンターもテーブルも満席だ。

「こっちこっち、雷太さん」

チエちゃんが手を上げた。その向かいには沙織が座っている。沙織の隣が一席だけ空いている。

俺は誘導されるままにその席に座った。チエちゃんがグラスにビールを注いでくれた。

「じゃあ、皆さん、だいぶ酒が回っていますが、雷太さんも来られたので再度、乾杯をしたいと思います」

シマ君がカウンターから離れ、店の中央に立った。右手に持ったグラスはビールで満たされている。

店の中には十数人の若い男女がいる。彼らは地元愛に溢れる若者たちだ。シマ君の友達だ。

金髪、赤毛など髪の毛を染めている者、耳にピアスをぶら下げている者、夜なのにサングラスをかけている者など多種多様。

でんかのトドロキ社員以外に知っている者はいない。年齢は、皆、俺より若くシマ君と同じくらいだ。

「グラスにビール、いいですか?」

シマ君がグラスを高く上げる。

調理場で焼き鳥を焼いている二人もグラスを上げた。年配の男性が主人で、若い人が従業員なのだろう。店の奥にレジカウンターがあり、そこに年配の女性が座っている。女将さんなのだろうか。彼女もビールで満たされたグラスを持っている。客も店の関係者も一緒に酒を飲む。皆が同志というわけだ。俺は愉快な気持ちになった。

「では、稲穂稲荷神社《いなりじんじゃ》のお祭りの八月十五日、十六日が迫ってきました。今まで準備をしてきましたが、なにせ十五年振りの復活です。皆さん、これから残り一ヵ月半、気を入れてやって行きましょう。酒を飲みながらではありますが、忌憚《きたん》ない意見を交わしましょう」シマ君は落ち着いた様子で挨拶をした。しっかりしているなと見直した。

「それではお祭りの成功を願って」シマ君はビールグラスを思い切り高く掲げ「乾杯」と言った。

皆が「乾杯」と唱和した。

俺も柄にもなく大きな声で乾杯と言い、ビールを一気に流し込んだ。美味いと思った。

——雷太さんに地元の仲間を紹介しますから。

シマ君は、いつか俺にそう言った。その顔には、そろそろ仲間に入れてもいいんじゃないか、と書いてあるのが見えた。

シマ君の乾杯が終わると、俺のテーブルにもつまみが配られてきた。バケツみたいな器にキャベツが山盛り。これは食べ放題のようだ。俺はキャベツをちぎり、塩を振って食べた。

あちこちで話が弾んでいる。みんな顔なじみなのだろう。早く仲間にならなくてはという焦りの気持ちが沸々と湧いてくる。

みんな気のいい奴ばかりですから、とシマ君は言った。しかし疎外感はある。でんかのトドロキで一緒に働くシマ君、チエちゃん、そして沙織以外は初対面なのだから、当然だ。

「雷太さん、焼き鳥が来ましたよ」

沙織が皿に盛られた焼き鳥をテーブルに置いた。鶏の切り身が大きい。なかなかの迫力だ。

「この店、結構おいしいんです。切り身が大きいから、お腹いっぱいになるんですよ」

沙織が笑みを浮かべた。

「いただきまーす」チエちゃんが早速、手を伸ばした。塩味のささみの串を取った。

「あっ、それ」

俺が狙っていた串だ。

「大丈夫。すぐに来ますから」

チエちゃんは、ためらうことなく大きな口を開けた。

「オレ、大工やっています。ツダユウトって言います。シマと同級生っす」

金髪の大柄な男性が立ちあがって話し始めた。

今日初めて参加した人の自己紹介のようだ。

「雷太さんも挨拶しないといけないのよ」

沙織がウーロンハイを飲んだ。

「えっ、そうなの。心配だな」

「なにが心配なの」

「俺、あんまりおもしろいこと言えないからさ」

沙織が思わず吹き出した。

「何かおかしい？」

「だっておもしろいことを言おうとしてるんだもの。そんなこと考えなくていいのよ。素直に自己紹介すればいいだけじゃない」

沙織は、笑った後、真面目な顔で言った。

「オレは、木造家屋が大好きです。それを大事にしています。日本の家は、紙と木でできているからすぐに壊れるって批判されます。でも法隆寺見てください。木造で千年以上、もっているんっすよ。マジすごくないっすか」

あの大工の金髪のツダ君、なんかすごい話をしている。

俺は聞き入った。

「最近の住宅メーカーが作った木造の家はすぐ壊れるようにできているらしいんすよ。すぐに壊れて建て直したほうが、住宅メーカーもローンを提供する銀行もみんな儲けることができるからっす。汚ねえなって思います」

ツダ君は、ぐいっとビールをあおった。

「ツダ君、おもしろい話をする人だね」

俺は沙織に話しかけた。

「あの人は、三代目なのよ。木造建築に命をかけてるの」

「そうなのか」

俺はツダ君を見つめながら焼き鳥の皮を噛んだ。甘い脂が口中に広がる。

「オレは絶対に百年大丈夫な住宅を造ろうと考えています。そのために空気の流れを研究しています。夏は涼しく冬は温かい住宅を造るには空気の流れをコントロールする必要があります。それを機械でやるんじゃなくて、形状記憶合金かなにかを使って自然な形でできればと思っています。とにかくこの稲穂市で世界に認められる木造建築を造ります。ヨロシクッ」

拍手が響く。真面目な奴だなぁと俺は感心する。本当に木造建築に命をかけている。

「次、トオル」

シマ君が赤い顔で言う。

「祭り、成功させようぜ」トオルが拳を突きあげる。サングラスをかけている。

「トオル、グラサンとれよ」

誰かが言う。

「見られたもんじゃないぜ」

誰かが笑う。

「しゃあねぇなぁ」

トオルがグラサンをとる。右目の周りが青黒い。

「ココちゃんに殴られたんだな」

シマ君が手を叩く。トオルの隣に座る小柄な女性が肩をすぼめた。

「あの子がココちゃん？」

俺は沙織に聞いた。

沙織は小さく頷き「ココロちゃんというの。ハートの心。トオル君の恋人。昨日喧嘩したらしいの。もうすぐ結婚するのよ」とちょっと羨ましそうに言った。

「あんな可愛い子に殴られて、あの青アザ！」

トオルはサングラスをかけて隠さないといけないほどの青アザだ。

「ココちゃん、けっこうやるじゃないの」

沙織がボクシングの真似をして笑った。

「オレは、八百屋をやっています。できるだけ地元で採れる野菜を売るように努力しています。稲穂市は東京に近い割に農業が盛んで小松菜、ホウレンソウ、キャベツなど葉物や大根、人参、ごぼうなどの根菜、めずらしいところじゃウドもあります。

この間、稲穂小学校の先生がおもしろいことを言っていました。学校の給食に地元のものをあまり使っていないって言うんです。ニュースにはならなかったのですが、給食の鯖《さば》の味噌《みそ》煮に蛙《かえる》が入っていたんだそうです」

トオルがにっこりする。青アザに囲まれた目が細くなった。

「ぎょえ、蛙」

誰かが驚きの声を上げた。

「みんな口にチャックをしましたのでテレビのニュースにはならなかったのですが、大変だったそうです。それでその鯖の味噌煮がどこで作られたのかを調べたら、なんとC県だったんです」

トオルは、なぜだか人差し指を立てて、強調した。

「そんなところで作られているんだ」

誰かが呆れたように言った。

「そうなんです。子どもたちが毎日食べる給食のパン、牛乳はもとより米、魚、野菜など何もかもが稲穂市からずっと遠く離れた場所で収穫、あるいは製造されたものばかりなんです。これでは地元愛は生まれません。オレは今、市議会議員に働きかけて、なんとかして給食に地元食材をふんだんに使うように運動しています。地元愛は食事からです」

トオルは拳を振りあげた。まるで選挙に立候補するみたいだ。

「トオル、市議会選挙に出ろ！　応援すっからよ」

誰かが、酔っぱらったように叫んだ。

「よろしくお願いします」

トオルが腰を折った。ココちゃんが拍手した。

「地元愛は食事と祭りだぜ」

シマ君が声を上げた。

「そうだ！　祭りと酒だ！」

誰かが呼応した。

「次は、雷太さん、どうぞ」

シマ君が俺を見た。

俺は、ものすごく緊張した。でんかのトドロキの朝礼で一言挨拶するより、ずっとプレッシャーが強い。

「がんばってね」

沙織が拍手した。

「適当でいいっすからね」

チエちゃんが酔った目で言った。

俺は立ちあがった。息を吸って吐いた。気持ちが落ち着いて、みんなの視線を受け止める余裕ができた。俺は、何から話そうかとちょっと目を閉じた。

3

「私は、稲穂市が嫌いでした。狭くて小さくて。東京にこそ活躍の場がある、東京に行かなくてはダメだと思っていました」

俺は、目を閉じ、思いを込めて話し始めた。

「嫌い」という言葉を使うことは、ここにいる地元愛の連中から反発されることは覚悟の上だった。

それでもちゃんと俺の立場を説明しておかねばならない。お世辞やべんちゃらを言っても始まらない。

「でんかのトドロキの一人息子として生まれ、母が必死で働いて店を守る姿を見ていました。でも俺、いや私は人口十九万人の稲穂市に自分の人生を埋もれさせてなるものかと思っていました。だからあまり地元と付き合いもせず東京の大学に進学し、そのまま就職しました」

皆のざわつきが消えた。俺の話に耳を傾けてくれている。なぜ、俺の思い出話なんかを聞いてくれるのだろうか。聞く価値があるのだろうか。いや俺のほうこそ話す価値があるのだろうか。

「就職したのはビッグロード電器って会社です」

「おお、一流じゃん」

誰かが言った。

「いや、この間、大規模リストラを実行したぜ」

別の誰かが言った。

俺は即座に反応した。

「その通りです。現在までに二万五千人規模のリストラを実施しました。私は、電器屋の息子です。電器製品は好きです。ですから大手電器メーカーに入社して世界で活躍しようと思っていました。しかし、会社に入って与えられたのは新宿の量販店の売り場だけでした」

俺は少ししんみりした調子になった。

「どうして戻ってきたんですか？」

誰かが聞いた。

ドキッとした。カッと身体が熱くなった。俺がそのことを話す覚悟をする前に、尋ねられたからだ。この質問には「リストラされたから戻ってきた」と答えようと思っていた。でもそれは本当の答えになっていない。「どうして」という問いの答えじゃない。単なる事実に過ぎない。リストラされても稲穂市に戻る必然性はない。

俺は、リストラされたとき、それに抵抗すべく、本気でもがいただろうか？　技術者の品川はもがいてもがいてその結果、独立を選択したではないか。どうして東京でまた別の会社に挑戦するのではなく、稲穂市に帰ろうと思ったのか。あるいは「どうしても」帰ろうと思ったのか。真剣に悩んだのか。人事部の片桐からイ・ラ・ナ・イと言われ、悔しかった。だったら見かえしてやろうとは思ったんじゃないか。

東京をスタート台にして世界に旅立つという最初の決意はどうしたんだ。どこに無くしたんだ。なんの熱意もなくただ漫然と母ちゃんのもとに帰ってきただけではないのか。世界で活躍するという志はどうしたのだ。何も考えずに……。だから今でも母ちゃんの言う高売りの意味さえ本当には摑みきれていない。

――ああ、情けない。

俺は、頭を抱えて叫びたくなった。

「どうしたの？　急に黙ったりして」

沙織が心配した顔で俺を見あげた。

「ゴメン、ちょっと……」俺は、額に滲《し》み出した汗を手で拭った。

「俺、いや、私、何も考えてなかった……。ただ母が電器屋をやっていたから、別に戻ってこいとも言われなかったのに……ただ帰ってきただけだった」

——ちきしょう、なんだか悔しくて泣いてしまいそうだ。

「なにも考えずに、逃げ出したはずの電器屋に戻ればなんとかカッコつくかなと思って戻ってきたんです。どうして戻ったのかと聞かれても、そんな明確な意思なんてない。ただこの稲穂市で生まれたし、でんかのトドロキがあったから。なんにも考えずに戻ってきました。すみません……」

俺の声はだんだんと小さくなって行く。

「おい、元気出せって。オレだって何も考えずに戻ってきたんですから」

ツダが金髪をかき分けて叫んだ。

俺は、はっとしてツダを見た。ツダは思い切り笑顔だった。焼酎のグラスを高々と掲げると、「オレもさ。大学の建築科を出て、東京のゼネコンに入ったんだ。でもどうしても合わなくて、飛び出したはずの稲穂市に戻ってきたんだ。父ちゃんが工務店やってたからな。それだけの理由さ。ここにずっと住んでいるから地元愛に目覚めるわけじゃない。なんども飛び出したり、挫折したり……。それでも稲穂市がオレを受け入れてくれたから、だから戻ってこられたんだ。地元愛なんて住み始めてから生まれるものなんだ」

ツダがグラスを一気に空けた。

「その通りだ！」

誰かが言った。

「稲穂市が好きなのは、ここが生まれ故郷だからさ。それ以上でも以下でもない。考えたら東京に近い、なんの変哲もない街だけど、好きなんだ。故郷という理由だけでいいじゃんか」

別の誰かが言った。

鼻の奥がツンとした。嬉しくって、嬉しくって。漫然と戻ってきたのは俺だけじゃない。故郷だから戻ってきたんだ。それでいいじゃないか。そこに特別な理由なんていらない。

「飲んでください」

トオルがビールで満たされたグラスを持って近づいてきた。青アザが痛々しい。

「ありがとうございます」

俺は、グラスを受け取って、それを一気に空にした。

「実は、オレも出戻りなんすよ。ここにいる連中、結構、出戻り多いんです。積極的に出戻ってきたり、仕方なく出戻ったり、です。気にすることないっす。みんな仲間ですから」

トオルが青アザの目を閉じ、ウインクした。

「いただきます」

俺は空になったグラスを差し出した。

トオルは、ビール瓶を抱えてグラスに注いだ。泡が溢れた。

「皆さん、よろしくお願いします」

俺は、グラスを高く掲げた。

「おう、よろしく！」

カウンターやテーブルの連中もグラスを高く上げた。

「稲穂市のためにみんながんばろうぜ！　おう！」

シマ君が叫んだ。

「おう！」

俺も叫んで沙織を見た。沙織は指で輪を作り、オーケーサインをし、「ヨカッタ」と声に出さず唇だけを動かした。

ここにいる連中に仲間として認めてもらうためには、何事も本音で行くしかないのだ。

俺は、また一気にグラスを空にした。

「さて、皆さん、盛りあがったところで」シマ君が立ちあがって皆を見渡した。「祭りの話をしましょう」

いよいよ今日の主題だ。

「ではチエちゃんのほうから祭り準備の進捗状況を説明します」

シマ君から指名され、チエちゃんがファイルを抱えて立ちあがった。チエちゃんが中心人物なのに少し驚いた。

「ええ、えへん」チエちゃんが咳払《せきばら》いをした。なんだかもったいぶっている。

「お祭りは、稲穂稲荷神社の祭礼として行われます。皆さんも覚えておられると思いますが、十五年前まで行われていたのですが、幹事役をやる人がいなくなっていつしか無くなってしまいました」

「小さいとき、あの狭い境内で金魚すくいをしたのを覚えているよなぁ」

誰かがしんみりとした口調で言った。

「私も覚えています。金魚をすくって、家に持って帰り、育てました。ずいぶん、長く生きていました。お祭りが無くなった原因は、バブル崩壊で景気が悪くなったことが大きいでしょうが、若い人が稲穂市への愛着を無くしてしまったことが最大の原因だと思います。稲穂市は東京に近すぎて、誰もかも東京に吸い取られてしまったからです。それで地元で就職している私たちが集まった際、稲穂稲荷神社の祭りの話になったのです。あの神社、小さい神社だったけど、地元の守り神じゃないか、祭り復活しようってことになって、今まで準備をしてきました。予算も無くたいした祭りにならないかもしれませんが、初めの一歩だと思います」

チエちゃんが考え考え話す。

「いいぞ」

誰かが声をかける。

「それで今のところ模擬店は焼きそば、スーパーボールすくい、金魚すくい、焼き鳥、酒、ビール、流しソーメン、カステラ焼き、綿あめ、お好み焼き、イカ焼きが決まっています」

「イカ焼き担当はオレだ！」

八百屋のトオルが言う。

「いいぞ、八百屋がイカ焼きだ！」

誰かが囃《はや》したてる。

「花火をやろうと思いましたが、境内が狭く、許可がおりませんでした。納涼歌合戦、まあ、カラオケ大会をやります。参加者は市広報で募集しています。個別にカラオケ教室などに声をかけますから集まると思います」

「オレはマジックやるぞ」

金髪の工務店、ツダが言った。

「彼、マジックが上手いのよ」

沙織が耳打ちしてくれた。

「へぇ」俺は感心して頷いた。

「神輿はないのですか？」

俺は聞いた。

チエちゃんが途端に暗い顔をした。

「残念ですが、神輿はありません。お金がなくて作れませんでした。古いのがあるのですが、一から修理しても一千万円以上かかるので、今回の祭りが成功したら募金を呼びかけようということになっています」

祭りには神輿がつきものと思っていたが、大変な費用がかかるのだ。チエちゃんの暗い顔の意味が分かった。

「オレが修理できればいいんだけど。神輿は特別だからなあ」

ツダが悔しそうに言った。

「神輿担げたら最高っすよね」

シマ君が声を張りあげた。実は神輿を担ぐために遠くの街まで出かけることがあるシマ君にとって、祭り＝神輿なのだ。それが無いのはなんとも悲しい。「目玉がないんだなぁ。せっかく十五年振りに復活するのに、神輿もねぇ、花火もねぇじゃどうにも締まらないって気がするんだ」

シマ君の悔しそうな言葉に、参加者の何人もが大きく頷く。

「もうひとつ問題があるぞ」

ツダが声を上げた。

「おお、新市街のことだな」

トオルが応じた。

「その通り」ツダが人差し指を立て「新市街の連中があんまり参加しないんだ。オオジマデンキが祭りに参加しないからだ。オオジマデンキと権藤不動産に遠慮して、新市街の商店の参加が少ないんだ。稲穂稲荷神社は旧市街の神様だろうって言いやがるんだ。なんとかならないのか。寄付金も多ければ多いほどいいんだけどなぁ」

新市街には大型のショッピングモールがある。そこには衣料品店、ドラッグストアー、ラーメン店、レストラン、生花店等多くの店がある。しかしどれもこれもチェーン店が多く、東京の本社の許可がなければ動けない。このことも祭りへの参加を妨げているのだろう。

稲穂稲荷神社は、確かに旧市街にあるが、稲穂市全体の守り神だ。十五年前までの祭りには旧市街も新市街もなく、市民みんなが参加していたではないか。

「まさかオオジマデンキが邪魔しているってことはないよね」

俺は沙織に聞いた。

「実はその通りなの。その日に合わせて大々的に夏のセールをやるっていうのよ。大安売りね。それに新市街の商店街も参加しろって。権藤不動産が呼びかけてるらしいの」

沙織の表情が憂鬱だ。

俺は憤慨した。

「祭りの客を奪おうっていうのか」

「祭りなんかやってなにになる、夏は電器製品の売れるシーズンじゃないか、それを祭りごときに奪われてなるものかってケンモホロロなの。竜三のお父さんが経営する権藤不動産は、あの辺の地主でしょう？　彼の言うことに新市街の商店の人たちは逆らえないみたいなのね」

沙織の顔がますます曇る。

「ひどいなぁ。竜三ってそんなにひどい奴だったっけなぁ」怒りが込みあげてきた。

「沙織に振られたからかなぁ」俺は沙織を見た。

「雷太さん、それは言わないで。私の気持ちが滅入《めい》ってくるじゃない」

沙織が睨んだ。

「ゴメン、沙織を責めるつもりはないんだ」

俺は慌てて謝った。しかし謝ったものの沙織が竜三を嫌い、でんかのトドロキに入社し、俺たちの仲間になったことが、竜三の反抗的な態度に影響を与えていることは確かだろう。

「今話題に出ましたから、新市街の参加について議論をしたいと思います」チエちゃんが言った。「今回の祭りは、稲穂市全体で盛りあげないといけないと思っています。そのためにはオオジマデンキの参加が不可欠です。寄付金においても最も期待できるのはオオジマデンキです。たとえ祭りが実行できてもオオジマデンキの参加が無ければ、画竜点睛《がりようてんせい》を欠くことになります。皆さん、どうしたらいいか考えてください」

画竜点睛を欠くという難しい言葉をチエちゃんが使ったのでちょっと見直した。その言葉を発するとき、チエちゃんは少し得意げに胸を反らした。

「竜三さんを説得して、祭りに参加させるしかない」

誰かが言った。

「あいつの親父は怖いからなぁ」

別の誰かが言った。

「オオジマデンキもそうだが、権藤不動産に睨まれたら稲穂市では商売できないぞ」

また別の誰かが言った。

竜三も厄介な存在だが、彼が稲穂市やオオジマデンキで権力を振るえるのは、すべて父親の権藤竜之介の存在による。そのことを誰もが分かっている。

「ねぇ雷太さん」シマ君が俺に声をかけた。

「なに？」

「雷太さんは竜三さんと同級生でしょう。今は難しくなっちゃってるけど昔は仲が良かったんでしょう」

「ああ、まあ……」

竜三と仲が良かったといえば、そんな時代もあった。沙織と一緒に三人でサッカーボールを蹴っていたころだ。

「だったら、ねえ、みんな」シマ君が、両手を広げて、皆に声をかけた。なにを言い出すのだろうと、俺もシマ君に注目した。「雷太さんに竜三さんを説得してもらいましょう。祭りに参加してくれって！　稲穂市の賑わいのために。皆さん、どうっすか」

「おいおい、シマ君、そりゃ無理だよ」

俺は立ちあがって否定するように手を振った。

「それがいい。同級生だもんな。頼むぜ」

金髪のツダが言った。

「無理です。今、竜三とは仲が悪いんです」

俺は、困惑の極みのような顔でツダを見つめた。

「だからいいんじゃないか。これをきっかけに和解すればいい。これぞ一石二鳥ってもんじゃゃねぇ?」

なにが一石二鳥だ。画竜点睛を欠くなどヤンキーの間では、四字熟語が流行りなのか。それなら「無理難題」だ。

「やりなさいよ。雷太さん。みんなに認めてもらうチャンスよ。私も応援するから」

沙織が勢い込んで言った。俺は口をつぐんで眉根を寄せた。

「それじゃあ皆さん、祭りの成否がかかっているオオジマデンキ、竜三さんの説得を雷太さんに担っていただきます。よろしいですね」

チエちゃんが笑みを浮かべて、俺の方に手を向けた。どうぞお願いしますという態度だ。

沙織が拍手をした。それにつられて皆が拍手をした。

「ええ、そんなぁ……無理だよ」

俺は思いがけない展開に「周章狼狽《しゅうしょうろうばい》」しつつ、泣きごとを洩らしてしまった。

4

朝食の席についた。母ちゃんは、社長だからものすごく忙しい。しかしちゃんと社員である俺の朝食を作ってくれる。自宅にいるときは出来の悪い息子の母親、会社ではやはり出来の悪い社員の社長を演じ分けている。会社では絶対に甘い顔は見せない。

「どうした？　いつものように味噌汁をお代わりしないのかい」

浮かない顔でご飯を口に運んでいる俺を気づかっているのがありありと分かる。

「昨日さ、地元の若い連中で稲穂稲荷神社の祭り復活にむけての集まりがあっただろう」

俺は母ちゃんの様子を窺《うかが》いながら話した。

「ああ、そうだったね。店を早じまいさせて、皆を参加させたけど、上手く話し合いは進んだかい」

「いろいろ準備が進んでいるんだけどね、問題があるんだ。新市街の協力を得られないんだってさ。オオジマデンキが邪魔するんだ。なんでも祭りの当日に夏のセール、大安売りをしかける計画まであるんだってさ。どこまで意地悪をすりゃ気が済むのか分からないけどさ」

「それでどうするんだい」

母ちゃんが味噌汁の椀を口に当てながら、聞いた。

「やっぱり新市街の商店の人たちの参加も必要だってことになった。それで……」

俺は言いよどんだ。

「それで？」

母ちゃんは上目遣いで俺を見つめた。なぜだか仕事に失敗した社員から理由を問いただす社長の目になっている。

「俺がオオジマデンキを説得することになったんだ。新市街の商店が不参加なのはオオジマデンキに遠慮しているからなんだってさ。俺に白羽の矢が立ったのは、竜三と同級生だからという理由さ。憂鬱なんだよね。あの竜三が俺の話を聞くわけないよ」

俺は箸を置いた。

「よかったじゃないか」

母ちゃんがあっさりと言った。

「えっ、なぜさ」

「なぜって、稲穂稲荷にお礼ができるじゃないか。稲穂稲荷神社は小さな神社だけど歴史があってね。私も小さいときからお参りしたものさ。お前をこのお腹に宿したときもね」母ちゃんは、今は脂肪で膨れているお腹を指差した。「お百度参りをしたものさ。何度も何度も石段を上り下りしてね。無事にいい子が生まれますようにって」

「ふーん……」

母ちゃんが俺が生まれるときにお百度を踏んだなんて知らなかった。感動するけど、あえて顔には出さない。安っぽく思われるのが嫌だから。

「お前が竜三の説得役ってのはいいと思う。お前と竜三は仲が良かったんだ。一緒に熱心にサッカーの練習をやっていたのを覚えている。だけどお前は案外器用になんでもこなすけど、竜三は不器用で失敗が多かった。だからライバル心を抱いていたんだろうね。それが歪んだ形で出たのは、竜三の父親、竜之介のせいさ。あの男は欲張りで、どんどん土地を買い占めて、出ていかない人は脅してまで追い出してさ、それで今のような不動産持ちに成りあがった。あの男の口癖は、『負けるな、負けるくらいなら死ね』だよ。父ちゃんともよく争っていたさ。金を持ってない者は負け犬だとか言ってね。儲からない電器屋なんかとっとと辞めろって。父親のそんな態度が竜三に影響して、いつしかあの子の自慢は父親が金持ちだってことしかなくなったんだ。可哀そうな子だよ。この際、祭りをきっかけにもう一度、お前と竜三が仲良くなればいいと思う。それに地元のみんながお前に役割を与えてくれたのは、仲間入りを認めてくれたってことじゃないか。嬉しいね」

「でも説得は難しいよね。竜三は今では俺のことを目の敵にしているから。沙織のこともあるしね」

俺は母ちゃんの反応を見た。

「沙織ちゃんは竜三に言い寄られて大変だった。竜三はとにかく負けることは絶対に許されないと厳しく育てられたから、沙織ちゃんにスポーツも勉強も負けたことが未《いま》だに悔しいのさ。だからしつこいんだ。なんとしても沙織ちゃんを屈服させたいんだね」

「沙織も大変だな。あんな奴に魅入られてさ」

「でも沙織ちゃんは竜三のこと、嫌いじゃないみたいだよ。金持ち自慢をやめさえすればね」

母ちゃんは意味深に微笑んだ。

「えっ」

俺は絶句した。沙織が竜三のことを嫌いじゃない！　そんなことあるかよ。俺のことを好きなんじゃないのか。

「あまりに強引に迫ってくるから沙織ちゃんは竜三のことを避けているんだけど、優しいところもあるって言っていたよ。おもしろいね、女心は」

母ちゃんは楽しそうに笑った。

ショックだ。今年最大のショックだ。俺は沙織を竜三の攻撃から守る騎士のつもりでいたのに、もし沙織が竜三のことを嫌っていなければ、道化じゃないか。

「あり得ない。沙織は竜三のことは、絶対に嫌いだよ」

俺は不機嫌に頬を膨らませた。

「お前がそんなにむきになることはないじゃないか。強引な竜三のアプローチに怖れをなした沙織ちゃんから助けを求められて、焼き肉屋を辞めさせてうちに引きとったのは事実だけど、お前のことが好きでうちにきたわけじゃないから」

ああ、母ちゃんってなんて残酷なんだ。そんな言い草は無いだろう。沙織は、幼いときは、俺のことを好きだったはずだ。でんかのトドロキに来たのだって運命だと思っている。それなのに……。

「私は、この際、お前ががんばって昔のように三人が仲良くなればいいと思っているのさ」

母ちゃんがお茶を飲んだ。

「分かったよ。努力してみるけどさ、竜三の背後には親父の竜之介がいるだろう。権藤不動産さ。あの親父は手ごわいぜ。俺が竜三と和解しても親父が許さないかもしれない」

俺は、真顔で言った。

竜三は、俺が頭を下げて、祭りへの協力を頼んだら、ひょっとしたら受け入れてくれるかもしれない。俺だけでダメなら沙織と一緒に頼んでもいいかもしれない。母ちゃんが言うように沙織が竜三の優しさを認めているなら、俺と沙織の連合軍の前に竜三は屈服するだろう。しかし、問題は親父の竜之介だ。祭りへの協力拒否もその日に夏のセールを実行するのも父親、竜之介の指示ではないだろうか。

母ちゃんは、湯呑みを手で包むように持ったまま、黙っている。

「あの親父も竜三と同じようにこのでんかのトドロキの土地を狙って母ちゃんにずいぶん、意地悪したんだろう？」

俺は聞いた。

母ちゃんは曖昧に頷く。

「嫌な奴だね。竜三の親父って」

俺は呟くように言った。

「でもね、私と父ちゃん、竜之介はみんな幼馴染なんだよ。同じ小学校、中学校なのさ」

母ちゃんが真顔で言った。

「えっ」

俺は絶句した。今日、二度目の衝撃だ。

「私と父ちゃんと竜之介の三人は、ちょうどお前と沙織ちゃんと竜三と同じような関係なのさ。竜之介にも優しいところがあった。それがまだ残っていたら、なんとかなるかもしれないね」母ちゃんは、湯呑みの茶を飲み干した。「さあ、仕事だよ。でんかのトドロキも祭りにはちゃんと寄付をするから。高額をね」

母ちゃんはにんまりと笑い、勢いよく立ちあがった。俺は、まだ衝撃の余韻が残り、呆然《ぼうぜん》として母ちゃんを見あげた。俺と竜三と沙織の関係と、母ちゃんと父ちゃんと竜三の親父との関係が同じ……。それってどういうこと?

「ああ、そうそう、お祭りの目玉がないってシマ君が嘆いていたけど、神輿が出ないんだってね」

母ちゃんが振り向きざまに言った。

俺は、急に我に返った。

「高いんだってさ。一千万円以上もするんだって。予算がないんだ」

「その予算をオオジマデンキからぶんどってくるくらい強気の交渉をする気構えでやりなさい。それとさ、お前も電器屋なんだから電器屋らしい祭りの目玉を考えたらどうなんだい」

「たとえば?」

俺の質問に母ちゃんはちょっと考えるように顔を傾け「たとえばイルミネーション

とかさ」と言った。

「イルミネーションか。それいいねぇ。みんなに相談してみる。今、流行りだもんね」

俺は急に衝撃から立ち直ったように晴れ晴れとした気分になった。稲穂稲荷神社の境内が、色鮮やかなイルミネーションで飾られている景色が目に浮かんだのだ。その光の海の中に俺と沙織が見えた気がした。沙織とは幼馴染以上の関係にはなっていないが、竜三には取られたくないという思いが強い。母ちゃんの話が本当なら、うかうかしてられない。

「お前は本当に考えが早いというか、浅いね。ここに戻ってくるときも軽い気持ちで戻ってくるし……。父ちゃんに似てしまったのかねぇ。父ちゃんも何事もそんなに深刻に考える人じゃなかったからねぇ。まあ、だからこそ独立できたってところもあるから、それが一概に悪いってことはないけどね」

母ちゃんはひとり言のように言った。

「楽天的って言ってよ」

俺はしかめ面をした。

「父ちゃんは良い意味で楽天的だったけど、お前は単に考えが浅いだけなのさ」

母ちゃんが厳しい口調で言った。

「なぜ？　イルミネーションに簡単に賛成したから？」

「イルミネーションって夜だろ？　それに大人の楽しみだよ。祭りって主役は子どもじゃないのかい？　子どもが楽しめるイベントがなくてどうするんだ？　神輿も大人のが無理なら子ども神輿だけでも出すとかさ。子どもは昼も祭りを楽しみたいんだ。夜店だけじゃない。お前も商売人になろうと思うなら、いったい誰に喜んでもらいたいかってことを考えるのが、一番大事だろう。母ちゃんが高売りを提唱して実行しようとしているのも同じことだ。お客さんは、喜んでくれた数だけ感謝を商品の価格に上乗せしてくれるんじゃないのかい。祭りで一番喜んでくれるのは、それが思い出になる子どもたちだよ。子どもたちが喜んでくれれば大人も喜ぶ。ああ、お祭りが復活してよかったなぁってことになる。そうなればお前たちもやりがいがあるってものだろう」母ちゃんは、一気に話した。「こんなものが来ていたから参考にしたら。ロボットだってさ」

母ちゃんはテーブルの上に葉書を置いた。

俺はそれを手に取った。品川雄二からだった。俺と同じようにビッグロード電器をリストラになった技術者だ。優秀で数々の特許を取った人だ。葉書には、ITとロボットについてのささやかな展示をするので事務所を訪ねてほしいと書いてあった。

「同じ会社で働いていた人だろう？」

「ああ、そうだよ。同じころに辞めたんだ」

「ロボットには興味があるんだよ。私が訪ねたいくらいだ。お前、ぜひとも行ってくれないかね。これからの電器屋はいろんなロボットを扱えないと商売にならないと思うんだ。それにね、もし、ロボットがお祭りに来てくれたらどれだけ楽しいだろうね。子どもはもちろん、大人もね」

母ちゃんの表情が輝いた。

「母ちゃん……」俺は葉書を握りしめて母ちゃんの顔をまじまじと見た。そして改めて母ちゃんの考えの深さを実感した。俺は、すぐにでも品川を訪ねようと思った。俺の目の前でロボットが法被を着て、祭り囃子《ばやし》で踊っていた。

第九章　高売り本格始動

1

「お客様を選別し、絞ります。お客様を減らすのです」

母ちゃんが俺たちに宣言した。きっぱりとなんの迷いもない口調だ。

俺は、驚いて口をあんぐりと開けた。俺たちはお客様を増やそうと毎日努力してきた。それを減らすなんて、意味分からん！

「社長！」俺は声を上げた。

「雷太君、何か意見があるのですか」

母ちゃんは先ほど俺に朝ご飯を出して相談に乗ってくれていた優しい顔とうって変わった厳しい経営者顔だ。

「意見も何も、私たちは、一人でもでんかのトドロキの客を増やそうと努力してきました。それなのに客を減らすなんて理解できません」

「分からんかね」母ちゃんは渋い表情だ。「角さん、説明してあげてください」

母ちゃんは、隣に立っている角さんを見た。

「うふぉん」角さんは咳払いをひとつ。真面目な表情だ。この客を絞り込む戦略はかなり考え抜かれた様子だ。

「お客様を増やそうとがんばってこられた皆さんには、ちょっと信じられない提案だと思います」

「信じられないどころじゃないですよ。ショックです」

俺はシマ君に同意を求めた。

シマ君も「驚き、桃の木、でんかのトドロキ、以上です」と答えた。おい、ふざけている場合じゃないぞ。俺はシマ君を睨みつけた。

「私は、社長と一緒に知恵を絞りました。私たちが目指す高売りとはなんぞやと。その答えはシンプルでした。量販店より高く売るということです。ではどうすれば高く売ることができるのか」角さんはここで言葉を切って、俺たちを、一人一人見つめた。

「皆さんはオオジマデンキに対抗して安売りをしましたね。でも結局、オオジマデンキには勝てませんでした。そうなれば私たち街の電器屋は、高売りしか戦略は残されていないのであります」

失敗を指摘されて、俺たちはうつむくしかなかった。

「背水の陣で高売りを選択する。これに敗れれば、私たちは廃業せざるを得ません。

まずもって皆さんにはこの危機感を共有してもらいたいのであります」角さんはまるで全共闘の生き残りみたいに拳を振りあげた。

「角さん、早く本題に入ってちょうだい」

母ちゃんが苦言を呈した。

「は、はい」角さんが顔を赤くして母ちゃんにぺこりと頭を下げた。

「でんかのトドロキには一万人ほどの顧客がいます。今までの積み重ねです。しかしこのお客様リスト中には数年前に電球一個を買われただけの方もおられます。こうしたお客様まですべてケアし、無償サービスを提供していたら、シマ君、チエちゃん、沙織さん、雷太さん、そして私という少ないスタッフでは充分にご満足いただけません。それでシンプルに考えました。お客様を減らせば、一人のお客様にサービスできる時間がおのずと増えるではないか。今まで月一回しか訪問できなかったお客様を二回お訪ねできます。こうなればもっと丁寧で充実したお客様に寄りそったサービスができるではないか。経営の神髄は何事もシンプルに考えることです。これは中小企業も大企業も同じです。複雑に考えるから、間違いを起こすのです。シンプル・イズ・ザ・ベスト。これこそ経営の神髄であります！」

角さんがまた拳を振りあげたので、母ちゃんは、渋い顔で「うっふぉん」と咳払いをした。早く本題に入れということだろう。いつまでも朝礼をやっている時間は無い。開店時間が迫っている。

「申し訳ありません。我が社の一大転機の方針発表でいささか緊張してしまいました。そこで思い切って今の三分の一に顧客を絞り込みます」

「えっ、三分の一！」

俺とシマ君が同時に叫んだ。

三分の一だと三千件強だ。そんなことをしたら潰れてしまうのではないか。

「選別の基準は五年以内に一度でも我が社で買い物をしていただいた方を顧客と認定し、毎年三月・九月に見直しします。年二回、顧客を入れ替えるのです。また値引きを強要される方、クレームの多い方はたとえ五年以内に買い物をしていただいていても顧客から除きます。その上で顧客を分類します」

角さんは自分の背後から白い厚紙を取り出した。そこには何やらA、B、Cなどの記号が記されている。

角さんは記号を指差し、「Aの客は一年以内にご購入いただき、これまでの購入累計額が百万円以上、Bは同じく三十万円以上百万円未満、Cは同じく三十万円未満。以下D、E、Fは一年以上三年未満にご購入いただいた方での購入累計額、G、H、Iは三年以上五年未満にご購入いただいた方です。当然ながら皆さんに最も大事にしていただきたいのはAのお客様。続いてB、Cです。しかしD、E、F、G、H、I

のお客様をそれぞれランクアップさせることも皆さんの重要な役割です。我が社からのDM、イベントの招待などもこのランクに基づいて行います。それともうひとつ、商圏も絞ります。すぐご近所をファーストエリア、車で五十分以内をセカンドエリア、それ以上をサードエリアとします。サードエリアのお客様はこちらからはご訪問いたしません。来店ベースで対応することを徹底してください。我が社の顧客の八十五%がファーストとセカンドエリア内にお住まいです。私たちは、より地域密着を徹底します。いいですね。この購入金額とエリアを組み合わせて皆さんの担当するお客様を決め、別途リストをお配りします。何か質問は」と一気に話し終え、俺たちを見渡した。

「あのぉ、昔、すごく高額商品を買ってもらったお客様でも五年間は何も買ってくださっていないと、お客様のリストから削除するんですか?」

沙織がおずおずと聞いた。当然の質問だ。自宅を新築して、家電製品をみんなでんかのトドロキで揃えてくださったとしようか。そのときは数百万円も使ってくれたかもしれない。しかし、何年も新規購入がなくても、買い替えの可能性がある限りは訪問を続けている、そんな客もいる。

「ええ、その方はお客様リストから外します。こちらから訪問はしません。来店を促してください」

角さんはにべもなく答えた。

「えーっ、そんなの大事なお客様を無くしちゃいますよ」

チエちゃんが悲鳴を上げた。

「みんな角さんの説明で分かったわね。何事もやってみることが大事。やってみてから修正すべきは修正しましょう。では本日の朝礼は終わります。あとでお客様リストを配るから、すべてのお客様をAランクのお客様に昇格させられるようにみんなで力をあわせるのよ。さあ、もう開店だから朝礼を終わります」

母ちゃんは、チエちゃんの悲鳴を無視して言葉を挟んだ。

まだ俺には自分の担当客だと言えるほどの固定客はいないが、シマ君やチエちゃんの困惑は深いだろうと思う。

「さあ、今日もがんばりましょう」

角さんがひときわ大きな声で言った。

2

シマ君が電話口で謝っている。何か苦情を言われているのだろうか。

お客様リストが配られて自分の担当先が決まった。俺もたくさんの客を担当することになった。初めて知る客も多い。今日からこの客を一軒ずつ訪問する。Aランクの客は必ず訪問しないといけない。後のランクの客は、それぞれランクアップするようにしなければならない。あの謎めいた老人が言った「お客の心を摑むためには、お客の望むことを何でもやりなさい」という言葉を反芻した。Aランクの客には、とにかく喜ばれることはなんでもしようと思う。それにしても角さんは、あの老人に深く低頭をしていたけど、いったい何者なのだろうか。一度角さんに聞いてみないといけない。

「雷太さん、どうしたらいいんですか」

電話を終えたシマ君が青い顔をしている。

「トラブル?」

「こんなときにどうしてこんな客から電話がかかってくるんでしょうか」

シマ君らしくもない弱々しげな口ぶりだ。

「どうしたのさ」

俺は心配になって聞いた。

「以前この近所に住んでおられて、八年前にここから車で一時間二十分くらいのところに引っ越しされた客なんですけどね。テレビを買い替えたいから、ビッグロード電器製の液晶テレビを、銘柄までご指定で持ってこいって言うんですよ」

「なぜうちに注文してきたの？」

「今使っているテレビをこの近くに住んでいるとき、うちで買ったんです。それで買い替えるならうちでと思ったんですね」

「それって……」

俺はシマ君の顔を覗き込むように見た。

「そうっすよ。リストから外された客です。五年以上何も買わず遠くに住んでいる客ですから」

「それでうちの店に来てくださいって言ったんです。そうしたらどうしても持ってきてくれって。歳取《とし》っているから行くのが面倒だ、量販店より高いのは分かっている、お宅は親切だからねとこう言うんですよ」

シマ君は表情を歪めた。

「辛いね。テレビだろう。高額だしね」

「ええ、うちの売値は二十万円ですよ。それでもいいかって言ったら、いいって言うんです」

「断ったの？」

「断れませんよ。そんなの」

シマ君は、パソコンを操作してデータベース化されている顧客台帳を呼び出した。

そこにはお客様ランク別に客が購入した製品、メーカー、型番、購入日、金額などが詳細に記載されている他、家族構成、職業、趣味、誕生日など営業担当者が入手した情報もある。これで製品の買い替え時期などを管理したり、誕生日祝いをしたり、客に応じた適切なセールスを行うことができる。そのランク外の客のリストにシマ君に連絡してきた客の名前があった。

「まさに沙織が角さんに質問したような事例だね。で、どうするの？」

「どうするのって、だから相談しているんですよ。行くべきか、行かざるべきか、それが問題だ」

シマ君は、シェークスピア劇ばりの大げさな動作をして、悩みを身体で表現した。

「ちょっと待って」俺は手帳をポケットから取り出した。

「それはなんっすか」シマ君が聞いた。

「父が書き残した言葉があってね。それの一部をここに書き写したんだ。俺のバイブルかな」

俺は頁《ページ》を繰った。

「あったよ」俺は笑みを浮かべシマ君を見た。

「いい解決策が見つかりましたか」

「これじゃないかな。『私たちは有限の存在。あれもこれもと同時にはできない。あれもこれもと思うから忙しくなる。とにかく全身全霊で事に当たれ。目の前の客に最大限の集中をするのだ』だからシマ君、その客にテレビを持っていったらいいよ。集中しよう」

俺ははっきりと言った。

「そのノート、いいこと書いてありますね。目の前の客に最大限集中しろ。その通りだと思います。だけど、社長や角さんに叱られませんか。今日の今日ですから」

シマ君は不安そうだ。

「いいよ。そんなときは俺が味方になるからさ」

俺は胸をたたいた。シマ君は、憑《つ》き物《もの》がとれたようなすっきりした顔になって「さすが、雷太さん。相談してよかったっす。すぐに持っていきます」と言い、倉庫に走っていった。テレビを車に積み込んで客のところに向かうのだ。

俺はシマ君の後ろ姿を見ながら、手帳をポケットにしまった。父ちゃんも客が増えすぎたときに悩んだのだろう。

「さて俺も出かけるかな」

店頭には沙織とチエちゃんが出ている。午後には二人と交替して俺が店に出ねばならない。

社長は事務所の方にいる。角さんはたいてい外に出て、客のところを訪問している。残りは俺とシマ君とチエちゃんと沙織だ。この人数で客を管理している。また管理するだけじゃなくて自宅などを訪問し、営業活動をしている。たしかに客が多ければ多いほど良いということではない。多ければ客へのサービスの内容が薄くなる。

——犬の散歩お願い、旅行中の花の水やり頼んでいいかしら、今日、子どもを保育園に迎えに行ってくれませんか——などなど、電器屋に対するものとは思えない依頼事項がある。お客様のためにと極力、それらの依頼に対応している。それを裏サービスと呼んでいるが、母ちゃんも角さんもこの裏サービスこそが街の電器屋の生きる道だと考えている。それは間違いないと思う。大型量販店にはこんな真似はできない。この母ちゃんの裏サービスを徹底してやりぬくためにお客様を絞り込んで減らしたのだ。この母ちゃんの戦略は正しい。しかし、今、シマ君に連絡があった客のような例もある。

——あなたは五年以上うちで何も買っていません、遠くにお住まいです、だからうちの客ではありません——

と言ったら、いったいどの程度の怒りとなって返ってくるか想像もつかない。それに顧客台帳を見たら、冷蔵庫や電子レンジ、掃除機などそれぞれ購入から五年以上過ぎている。いずれ一気に買い替えの時期が来るだろう。そのときは非常に良い客になるに違いない。

——俺の判断は間違いない。

「お客様のところに行ってきます」

俺は、店内で客の相談に乗っている沙織に言い、店を出た。

俺は営業車に乗って、いの一番にAランク筆頭の客を訪ねた。

今まで角さんが担当していたから俺は一度も会ったことが無い客だ。大道光之進《みつのしん》……。いったいどんな客だろう。

でんかのトドロキで数百万円の購入累計額がある。データによると創業以来の客のようだ。

角さんも俺にだいぶ重要な客を割り当ててくれたものだが、この客も含めて客の引き継ぎは一切ない。自分の目で見て、自分で考えて取引を深めてくださいと、ぽんとリストを渡されただけだ。不安な面もあるが、可愛い子には旅をさせよの諺《ことわざ》通り、あまりあれこれ面倒を見ないほうがいいという考え方なのだろう。

「大道光之進……。どこかで聞いたような名前だな」

ちょっと頭の隅にひっかかりを覚えた。リストには職業は何も書かれていなかった。ただかなりのお年寄りであることは間違いがない。誕生日を見ると昭和九年生まれだから、今年八十一歳のはずだ。

車は特に渋滞もせずに大道の家の前に着いた。高級マンションだ。

「でかいなぁ」

このマンションには別の客を訪ねたことがある。このマンションは、高級マンションだけあってずらりとでんかのトドロキの客が住んでいる。母ちゃんと角さんがファーストエリアの客を優遇するという戦略を立てたことが何となく理解できる。一度、ここに入り込めば、一気に何軒も訪問することができる。非常に効率がいい。ということはより客との接点が増えるということだ。

地下の駐車場に車を停車させる。マンションに入るためには、住民にセキュリティを解除してもらうのが大変だ。飛び込みセールスの営業マンなどは、絶対にこのようなセキュリティが厳重なマンションには入れない。余計なことだけど新聞の購読者が減ったのは、こうしたマンションが増えたからだという。セールスもできないし、新聞をそれぞれの住まいに投げ入れることもできないからだ。こうしたマンションの住民は、ネットで新聞を読んでいるのかもしれない。

インターフォンで部屋番号を押す。

「すみません。毎度、ご贔屓に預かっております。でんかのトドロキです。御用を伺いに参りました」

しばらくして「どうぞお入りください」とインターフォンから女性の声が聞こえた。

目の前のガラス製のドアが開いた。そこには警備員が立っていた。客にドアを開けてもらってもまだ検問があるのだ。

「失礼ですが、どちらにお訪ねですか？」

「大道様のところに伺います。でんかのトドロキと申します」

「身分証の提示をお願いします」

警備員が無表情に命じる。俺はポケットから免許証を取り出して見せた。

「どうぞ、お入りください」

ようやく許可が出た。悪いことなどしていないのに緊張する。

大道の部屋の前に着いた。インターフォンで到着を告げると、ドアの鍵が開き、中から地味な着物姿の上品な女性が現れた。髪の毛は、見事な白髪だ。

「いつもお世話になっています。でんかのトドロキです。なにか御用がないかと伺いました」

「まあ、お入りになってください。今日は残念ながら主人は留守にしていますが、ちょうど頼み事もございますのでね」

女性は大道夫人のようだ。笑みを絶やさない優しそうな女性だ。

「それでは遠慮なく上がらせていただきます」

俺は、やや緊張しつつ、部屋に上がり、リビングに通された。

広い。二十畳以上はありそうだ。ベージュ色の壁には大きな風景画が飾られている。ヨーロッパの港町の景色のようだ。もちろん、行ったことがないので分からないが……。

「コーヒーでいいかしら」

大道夫人はコーヒーとクッキーを運んできた。

「恐縮です。いただきます」

俺はちょっと躊躇したが、遠慮なくコーヒーを口に運んだ。馥郁《ふくいく》とした香りが鼻をくすぐる。

「あなたがでんかのトドロキの跡継ぎさんね。お父さんにそっくりね」

目の前に座った大道夫人がにこやかな笑みを浮かべた。

「えっ、父をご存じですか」

俺は口に出してから馬鹿なことを言ったと赤面しそうになった。大道家は創業以来の客だ。父も母もよく知っているに決まっているではないか。

「知っているもなにも」大道夫人は、すっと立ちあがると、部屋の中のサイドボードの上に飾られていた写真立てを持ってきた。

「これを御覧なさい」

大道夫人が差し出した写真立てを手に取った。

「あっ」

そこにはスーツ姿の細身の男性と並んで、父ちゃんと母ちゃんが写っていた。その背後に「でんかのトドロキ」という看板が見える。

「これは……」

俺は言葉にならない。一九八四年七月一日と写真には日付が記されている。でんかのトドロキの創業の日だ。父ちゃんも母ちゃんも若い。弾けるような笑顔だ。その隣に立っている細身の男性にはなんとなく見覚えがある。

「あっ」と声を上げた。あの謎の老人ではないか。

今は髪の毛は白くなり、すっかり枯れた印象だが、この写真の中の男性は壮年で髪の毛も黒々とし、逞《たくま》しさに溢れている。

「これが主人、こちらがあなたのご両親よ。開店の日に撮った写真なの。みんな若かったわね」

大道夫人が懐かしそうに目を細めた。

「父は早く亡くなりましたし、母からは創業当時のことはあまり聞いていませんので」

「あら、そうなの？　あなたのお父様は、あなたがお生まれになった時、跡継ぎが出来たってそれはそれは大喜びだったのよ。あなたの父さんは大道電器の優秀なエンジニアでセールスマンだったわ。だから一大決心してでんかのトドロキを創業なさったけど、営業担当の役員をしていた主人はあなたのお父さんを非常に可愛がっていたから。頼りにもしていたみたい。会社を辞めて独立するって聞いたとき、とても残念がっていました。でもがんばれって」

大道夫人は、俺を見つめて言った。

「私もビッグロード電器に勤務していました」

俺は、息せききって言った。

「ええ、存じていますよ。主人が喜んで、『轟の息子がビッグロード電器に入社したぞ』って話してましたから。お母さんがご報告に来られて冗談っぽく『息子は辞めずに勤務させます』って。だから創業時のことなどをあまりお話しにならなかったのね」

父ちゃんが大道電器に勤務していたことは知っていたが、詳しく話を聞く前に死んでしまった。母ちゃんは、俺に「会社っていうのは、相応しい人が引き継げばいいというのが父ちゃんの持論だった。血縁だからと言って当然に引き継ぐわけではないということ。だからお前はお前の道を切り開きなさい」とよく話していた。この言葉は、ちゃんと父ちゃんのノートにも書いてあった。相応しい人が引き継ぐというのは母ちゃんの持論ではなく父ちゃんの持論だったのだろう。それなのにビッグロード電器では道を切り開くことはできずでんかのトドロキに戻ってきてしまった。俺が、戻っていいかと聞いた際、母ちゃんは「好きにしなさい」と答えたのを記憶している。母ちゃんは、俺がビッグロード電器で偉くなってくれることを望んでいたかもしれない。それは父ちゃんの望みでもあったのかも……。

「私、ダメ社員でして、ビッグロード電器をリストラされてしまって、どうしようもなくてでんかのトドロキに戻ってしまいました」

俺はうなだれた。

「それはあなたの責任じゃないわ。ビッグロード電器が時代の波に乗ることができなくて、社員の皆さんにご苦労をおかけしたってこと。謝るのはビッグロード電器のほうね。あなたのお母さんは、あなたが帰ってきてくれるってとても喜んでおられたわよ。『厳しく鍛えますから』っておっしゃってね。主人たちはビッグロード電器は、社員のリストラは断じて行わないという考えで経営していたのよ。それがねぇ」大道夫人は顔をしかめて「リストラをする普通の会社になってしまったわね。謝ります」と頭を下げた。

「いえいえ、そんな」俺は大道夫人が頭を下げるのに驚き、恐縮した。そして「経営」という言葉に引っ掛かった。「あのぉ、ご主人はビッグロード電器の経営に携わっておられたのですか」

俺の質問に大道夫人は「ええ、主人は創業者の一族でね。ビッグロード電器は以前は大道電器と言ったでしょう？　創業者の大道天之介は主人の叔父。主人は甥《おい》にあたるのよ。社長にはならなかったけど、営業担当の専務として相当がんばったのよ。家電営業の神様って言われていたって聞いたことがあるわ」とにこやかに言った。

ああ、なんて馬鹿だろうか。大道という変わった名前を聞いた途端にビッグロード電器の創業者一族ではないのかと思うべきだ。たいした期間でもなかったが、かつて社員だった俺としたら……。これではっきりした。角さんが深く頭を下げたのは、大道光之進がビッグロード電器の創業者一族だと知っていたからだ。

「す、すみません。そうとも知らず」

俺はテーブルに頭をこすりつけた。

「ほほほほ」大道夫人は声に出して笑った。「そんなこと、何も気にしなくていいわよ。もう辞めてずいぶん経つのだから。若い人は知らないでしょう。今は、すっかりお爺《じい》ちゃんですからね。時々、でんかのトドロキにお邪魔するのを楽しみにしているのよ」

「でんかのトドロキどころか、私が勤務していたころにもよくお見かけしました。新宿のサクラ電器で営業していたときのことです」

「あらそうなの？　主人はとにかく電器製品の売り場を見るのが趣味みたいな人なの。それであなたがいる店にまで行ったのかしらね」

大道夫人はとぼけた。

俺は胸が熱くなった。ひょっとしたら俺がサクラ電器の新宿店に勤務していることを知って大道光之進は来店していたのかもしれないと思ったからだ。なんとありがたいことか。それは早く亡くなった父ちゃんの俺に対する思いや店を引き継いで苦労している母ちゃんの気持ちをくんで、俺を観察しに来てくれていたのに違いない。

「ご主人は家電営業の神様と言われていたっておっしゃっていましたよね」

俺はおずおずと聞いた。

「ええ、そうなのよ。神様って言われているんだって照れて言っていましたわ」

大道夫人は微笑んだ。

「父もご主人のことを神様って言っていました。これ」俺は手帳を取り出してテーブルに置いた。

「父が残した言葉をいつでも見ることができるように書き写したのですが、そこに何度も神様って出てくるんです。神様に言われたって……」

俺は大道光之進が父ちゃんの神様だったと確信した。

「あなたのお父様は何かにつけて主人の話を聞きにこられていたから神様って呼んでいたのかもしれないわね」大道夫人は静かに言った。

「ありがとうございます」

俺はテーブルに頭をこすりつけた。涙が滲んできた。大道光之進を俺の担当客にした母ちゃんと角さんの意図が理解できて、さらに胸が熱くなった。大道夫人が「ちょっと待って」と席を立ち、

「ねえ、これ直るかしら」

とロボット犬を抱えてきた。

「どうしたのですか？」

「二十年前、家族同様にしていた犬が死んでしまってね。もう悲しいのは嫌だからってロボット犬にしたのよ。結構、頭良くってね、いろいろな芸もしたの。主人が帰宅すると、尻尾を振って玄関に迎えにでたりね。だけど寿命なのか、動かなくなってしまったの。なんとかならないかって思っていたんだけど、ビッグロード電器に頼むのも遠慮しちゃってね。でんかのトドロキさんでなんとかならないかしら」

大道夫人はテーブルの上のロボット犬をいとおしそうに撫でた。ロボット犬の愛くるしい瞳が真っ直ぐに俺を見ている。

――もう一度、大道夫妻と一緒に遊びたいんです。なんとかしてください。

ロボット犬が必死で俺に頼んでいる。

「分かりました。なんとかします」

俺はロボット犬をぐっと抱え込んだ。

「ありがとう。お願いするわね」

大道夫人の表情が一気に明るくなった。

俺は、ロボット犬を抱いて大道夫人のマンションを出た。とにかく早くこれを生き返らせねばならない。父ちゃんはノートに何度も神様を登場させている。あれは大道光之進だったのだ。「売り上げにこだわるな」と父ちゃんは言った。謎の老人として来店した大道光之進も同じことを言ったのを思い出す。あのとき、父ちゃんの言う神様が謎の老人で、それが大道光之進だと気づくべきだった。それに「お客の望むことは何でもやりなさい」というアドバイスは的確だった。家電営業の神様と呼ばれていたと大道夫人は言ったが、まさにそれだけのことはある。その大道が、俺のことを気にかけてくれていたのだ。だから新宿のサクラ電器にもでんかのトドロキにも頻繁に来店してくれたのだ。何も買わないのに。父ちゃんのおかげだ。俺は、その恩に報いるためにもこのロボット犬を絶対に修理しなくてはならない。

しかし俺には、このIT技術満載のロボット犬を修理する力は無い。心あたりがあるとしたら一人だけ。元ビッグロード電器の伝説のエンジニア品川雄二だ。俺は、すぐに品川に会いに行こうと思った。

――たった一人の客の満足に全力を尽くす。

これがAランクの客に対するサービスだと思う。一人の客に時間をかけすぎて他の客へのサービスがおろそかになると懸念する考え方もある。しかしサービスとは、たった一人の客にとことん尽くせば、そこから他の多くの客へのサービスが広がるのだ。十二分に満足した客が、他の客を紹介してくれたり、口コミで満足を広げてくれたり。逆にたった一人の客へ満足なサービスを提供できなければ、多くの客を満足させることなどできない。客が離れ、サービスをしたくてもできないだろう。

——客をランク分けした理由は、本気で客に尽くすことを教えるためなのだ。

俺は、品川の事務所に向かって車を走らせた。住所は葉書に記載してあった。急げ!

3

俺は都心に車を向けた。そのとき、ふと胸騒ぎがした。ざわざわと胸をかきむしられるような感じだ。いったいなぜと思った。

——シマ君!

シマ君がどうなったか、急に心配になったのだ。シマ君は、ランク外の客にテレビを届けに行った。何かあったら雷太さんお願いしますと言い残して……。もう客のところから店に帰っているころだ。店に帰れば、どこに行っていたか角さんに報告をしなければならない。角さんは、今日の朝、五年以上なにも購入していない、訪問するのに車で五十分超かかる客は、来店ベースで対応すること、と皆に指示したばかりだ。にもかかわらずシマ君はそれらの条件に合わない客の注文を受けて、飛んでいったのだ。

――きっと叱られているに違いない。俺が弁護してやらねばならない。

俺は助手席に載せたロボット犬に視線を向けた。ちょっと待っててくれ。こっちをかたづけたらすぐに直してやるからな。

店に着き、駐車場に車を停めた。シマ君の車がある。やっぱり帰ってきているんだ。

俺は、ロボット犬を抱いて、急いで店に入った。沙織やチエちゃんが客の応対をしている。シマ君はいるのか。

「シマ君は？」

客に説明を終えた沙織に聞いた。沙織は浮かない表情で「事務所」と店の奥を指差した。

「叱られてるの？」

「そうみたいね」

状況が分からない沙織が不安そうな表情を浮かべている。

「行ってくる」

俺はロボット犬を抱え直した。

「それは？」

沙織がロボット犬を見ている。

「俺のAランクの客さ」

俺は、微笑んだ。沙織は、理解ができないのか、小首を傾げた。

ちょっと愉快な気分になって俺は事務所に向かって駆け出した。

ドアの前に立つと、中から人の声が聞こえた。怒鳴ってはいないが、怒っているような気がするのは俺がシマ君を心配しているからだろうか。ドアを開けた。

角さんが振り向いた。角さんの前にはシマ君が立っている。

「雷太さん、なにか？」

角さんが聞いた。

「角さん、シマ君を叱らないでください。僕が、行けって言ったんです。確かにランク外の客だけど、久しぶりにテレビを買ってくれると言うし、うちの店とは長い付き合いのようだし、今回のランク付けでは外れましたが、こういう客も大事にしないといけないと思うんです。こういうエリア外の大口客は社長か角さんの担当にしてたまに訪問するというようにしたらどうでしょうか。いずれにしてもシマ君を叱るのだけはやめてください」

　角さんが戸惑っている。

「違うんです。怒られているんじゃないんです。相談しているんです」

　シマ君が慌てて俺を制した。

「そうですよ。怒っていませんよ」

　角さんが笑っている。

「えっ、なに？　相談ってなに？　テレビの件で怒られていたんじゃないの」

　俺は慌てた。どういうことなの？

「ああ、そのことで心配されていたんですか。もちろん、それはきっちりと注意しましたよ。高売りの方針に従えとね。いくら高額のテレビを買ってくださっても、遠路ですと、充分なサービスを長く提供できる自信がありませんのでね。客を絞り込む戦略はうちが生き残る背水の陣ですから、例外はいけません。しかしまあ今回は結果的に良かったんです」

　角さんは優しい笑みをシマ君に向けた。

「心配をかけました。角さんにもっと怒られるかと思いましたが、特別に勘弁してもらいました」

　シマ君は頭をかいた。

「むしろシマ君が行ってくれてよかったのです。シマ君がテレビを届けたお客様は、自宅を新築されたとき、家電製品をすべてうちから購入してくださった方でした」角さんは、昔を思い出したのか、しみじみとした口調になった。「今でも思い出します。ありがたかったですね。十五年ほど前の売り上げ成績が振るわなかったときでしたからね。とても感謝しています。オオジマデンキなどの量販店が開店ラッシュでしてね。私たちのような街の電器屋は苦境に立たされていました。それでどうしても遠くへ行き、大口客ばかり狙って、サービスしますからと足を運んで営業したんです。そうしたら営業成績は上がるんですが、波が大きいんです。いいときと悪いときがはっきりしている。それに無理なサービスをしますから、努力している割には儲からないんです」

俺は、以前の職場にいたとき元銀行員だという人に聞いた話を思い出した。彼は「バブルのときは、取引をしてくれるならどんな遠くにでも行って低金利でガンガン貸したんですよ。私が勤務していたのは山形県の地銀でした。本来なら地元客を重視しないといけなかったのに地元には貸出先が無いという理由で、東京ばかりに目を向けていたんです。そうしたらバブルが崩壊して不良債権の山ですよ。それでリストラされてしまいました。今となっては反省していますが、後悔先に立たずで、地元客を大事にしていた信用金庫さんに負けましたね」と居酒屋で嘆きながら、ビールをあおっていた。彼は銀行を辞めた後、転職に転職を重ね、新宿の中小企業で経理の仕事をしていると言っていた。角さんも同じような営業をしていたのだと思うと、その銀行員と角さんの姿が重なった。

「それで先代社長と相談して、近所の客を見直そうと思い直したのです。地味な営業でした。成績は伸び悩みましたが、波が落ち着いてきました。それに加えて儲けも伸びてきたんです。その際、今回、シマ君が訪問した客とも疎遠になりました。残念ですが、二兎を追う者は一兎をも得ずの諺通り、近くの客と遠くの大口客を両方とも相手にできるほどの力はありませんから、どちらかを選ばざるを得ないんです。今回、あらためて社長と相談して先代社長の方針であった近所の客を大事にしようというのが、ランク付けです。客の見直しはとても大切なんですよ。シマ君が訪ねてくれた客は、悩みましたが、ランク外にしました。あまり例外を作りたくはなかったものですから……」

角さんは、目を伏せた。顧客の見直しは大切と言いつつも、世話になった客を選別しなくてはいけなかった寂しさが滲みでていた。

「角さんに言われてオレ、よく分かったんです。二兎を追う者は一兎をも得ず。どんなに苦しくても最善と思われる方法を選択しないといけないんだと。今日のお客さんにもよく説明して来店してもらうようにします」

シマ君はすっきりした笑顔で言った。

「角さん、父は『目の前の客に最大限の集中をするのだ』と言っています。それでシマ君にテレビを持っていったら良いと言ったんです。間違ってましたか」

「間違ってなんかいないですよ。その通りなんですが、先代社長のおっしゃる目の前の客とは、近所の客という意味もあるんじゃないでしょうか？　客の見直しをするとき、そのようなことをおっしゃっていたのを覚えておりますから」角さんは言い、俺を見つめた。俺は、父ちゃんの考えの深さに驚いた。「目の前の客」とは「近所の客」の意味であり、最重要にランク付けされるべき客のことなのだ。俺は、相当、修業しなければ、父ちゃんのレベルには達しないと反省を深めた。

「今回のランク付けの意味が分かってきた気がします。それはともかくとして、良かったね。叱られてんじゃないかって心配して損したよ」

俺も笑顔で言った。

「気にかけてもらって嬉しいです」

シマ君はぺこりと頭を下げた。

「ところで角さんに相談していたのは何？」

「祭りの寄付のことです。どれくらいしてもらえるかって」

シマ君は、角さんをちらりと見た。交渉は難航しているのだろうか。

「どれくらいうちは負担するの？」

　俺は聞いた。

　祭りに神輿は出ない。残念だけど修理できる資金が無い。これからの課題として神輿修理資金を集めねばならない。資金を集めるためにも祭りの成功は必須だ。

「百万円は欲しいなって、今、角さんに相談していたところなんです」

　シマ君が恐縮している。

「百万円！　結構、でかいな」

　俺は驚いた。俺は幹事ではないので、どうして百万円の負担になるのかは分からないが、でんかのトドロキにとって大きな金額であることは間違いない。旧市街には小さな商店しかないので、でんかのトドロキの負担が増えるのは仕方のないことだが……。

「どうなんですか。角さん」

　俺は聞いた。

「うーんってとこですね。社長に相談はしてみますがね。今回の祭りを旧市街中心でやろうとするのは無理があるんじゃないかって思うんです。新市街も入れれば、それぞれの負担額も減りますし、もしかしたら神輿の資金も集まるかもしれない。しかしそれにはオオジマデンキを口説く必要があります」

角さんが渋い顔で言った。

「とにかく角さん、検討してみてください。百万円、全額は無理でもできる限りお願いします。俺、Aランクの客のところに行ってきます」

シマ君は、角さんに言い残すと事務所を勢いよく飛び出していった。

「角さん、ありがとうございます」

「どうしたんですか？ 雷太さん」

「シマ君がルールを破ったこと、きつく怒らないでくれて感謝します。私が、ランク外の客に行ってもいいって……。でも先ほどの角さんの説明で納得しました。私も反省します」

俺は角さんに頭を下げた。

「いえねぇ、本来ならビシッと厳しく怒鳴るところなんですが、社長から『怒るより理解させろ』って言われましてね」

「社長から？」

「ええ、今度の高売りはでんかのトドロキとして絶対にやり抜かねばならないことだ。だから頭ごなしに怒鳴ってやらせても意味は無い。若い人には理解させろって指示なんですよ。だからここはぐっとこらえてシマ君に理解してもらおうと思いましてね。理解できたと思われますか」

角さんはシマ君が出ていった事務所のドアを見つめた。

「理解したと思いますよ。絶対に」

俺はシマ君のすっきりした表情を思い浮かべた。

「祭りの寄付の件ですが、祭りに合わせてうちもなにかイベントをやれば、それを理由に出せるかなって思いますがね。今まで不定期にイベントをやっていましたが、これを地元貢献と位置付けて定期的に開催したらどうかと思っているんです。五月は初ガツオ祭り、六月は梅雨イサキ祭り、七月はマグロ祭り、八月は……」

角さんが指を折る。

「魚ばかりですね。魚屋さんになるのですか」

俺は笑った。

「どうもいけませんね。日本酒が目に浮かんだものでして」角さんが笑った。「それは？　ロボット犬じゃないですか」

「ええ、大道光之進さんの奥さまから修理を頼まれました」

俺はロボット犬の頭を優しく撫でた。

「大道さんにお会いになりましたか」

角さんが俺を慈しむような目つきになった。

「いいえ、奥さまだけでした。でもいろいろお話を伺いました。ありがとう、角さん」

「改まってどうしました？」

角さんは照れたように表情を崩した。

「大道さんを僕の担当にしてくれたことです。感謝します」

「そうですか。良いお客様ですからせいぜい面倒を見てくださいよ。それ修理できるんですか？」

角さんがロボット犬を指さした。

「はい。どんなことをしてもAランクの客には最高の満足を届けます。ちょっと恵比《えび》寿《す》まで行ってきます。客のためです」

俺は力を込めて言った。

「どうぞ行ってらっしゃい。一人の客の満足は、万人の客の満足に通じますから」

角さんが親指を立てた。

俺もそれに応じた。

第十章　街の電器屋さん

1

品川の事務所は、恵比寿駅前のターミナル近くのマンションの一室にあった。賑やかでしゃれたレストランが多くセンスの良い若い人が集まる街だ。

――やっぱり品川さんだな。カッコ良い街に事務所を構えているな。

俺は駐車場を探した。品川の事務所案内の葉書には、近くにコインパーキングがあると書いてあった。

「あそこだ」

俺はコインパーキングを見つけると、そこに車を停めた。マンションは、すぐ目の前だ。

「さあ、一緒に行こう。もうすぐ修理してもらえるぞ」

俺はロボット犬を抱えて車を降り、マンションに向かった。

品川の事務所は、マンションの最上階の五階にある。俺はエレベーターの前に立った。そのとき、「あっ」と思った。事前に連絡をしていなかったことに気づいたのだ。とにかくロボット犬を修理してあげたいということだけを一途《いちず》に考えていたので すっかりそのことを忘れていた。

俺はエレベーターの前でスマートフォンを取り出し、品川に連絡しようと思った。

「轟君じゃないか」

声をかけられ、俺は振り向いた。なんという幸運だろう。そこにコンビニの袋を抱えた品川が立っていた。

「品川さん！」俺は懐かしさで抱きつきたくなった。「お久しぶりです」

「おう、来てくれたんだね。元気そうじゃないか」

品川は、満面の笑みだ。ほっとした。よかった。突然、訪ねてきたことを喜んでくれている。

「ええ、いろいろ話したいこともありまして」

「さあ、まずは事務所に来てくれよ。ちょうど昼のサンドイッチとお握りを買ってきたところだ。一緒に食べようか」

俺は、品川が以前と変わらぬ気さくさでいることが嬉しかった。リストラ対象が送られる「ガス室」の住人になったとき、品川と日比谷公園で缶ビールを飲んだことを思い出した。

エレベーターに乗り、五階に着いた。事務所は、エレベーターのすぐそばにある。ドアに株式会社SRRIという社名プレートがあった。品川ロボットリサーチインスティチュート（品川ロボット研究所）の頭文字を並べたものだ。

「品川さん、やりましたね」

俺は、そのプレートを誇らしく思った。「人生に無駄なことなし」という言葉を俺に与えてくれた品川は、リストラをプラスに変えているのだ。

「まあ、入ってよ」品川はドアを開けた。「そのロボット犬、修理してほしいんだろう？」

「ええ、そうなんです。分かりました？」

「当たり前だろう。ロボット研究所に来るのにロボット犬を土産に持ってくる奴はいないさ」

品川は笑った。

「イラッシャイマセ」

事務所のエントランスには、人型ロボットがいて挨拶をしてくれた。

さすがロボット研究所だ。

事務所の中は想像していたより広かった。

「まあ、なにはともあれ懐かしいなぁ。よく訪ねてきてくれたよ。そこに座ってよ」

品川は、自分の机のすぐそばにある椅子を俺に勧めた。俺はそこに座って机の上にロボット犬を置いた。

事務所にはいくつかの机、大きな作業テーブルがある。それらの上には雑然と機器や部品が置かれている。隣の部屋には別の人型ロボットや人の骨格のようなものが見える。

俺は、物珍しくて部屋の中をきょろきょろと見渡していた。

「私はね、リストラになってよかったと思っている。AVの技術者としてこれからはロボットを開発すべきだと思っていたけど、なかなか企画が通らなかったからね。会社っていうのは調子が悪くなると、やりたいことがやれなくなるんだ。冒険しなくなるからね。それでさらに悪くなって行くのさ。今は自由だよ。大学やロボット開発に興味を持ってくれるメーカーと協力したりして研究開発が進められているよ。いずれ私の作ったロボットがみんなの生活を豊かにするという夢を実現したいんだ。まあ、金は無くなったけど夢や自由はあるってことかな。まだまだ将来に不安はあるけど、不満はなくなったね。轟君は、どうなの？」

品川は目を輝かせた。

「私は品川さんほどたいしたことはありません。母が経営する街の電器屋でなんとかやっています。ただようやく街の電器屋の存在意義が分かってきたような気がしているんです。家電量販店と違って、売り上げを上げればいいというものではないってことです」

俺は、ロボット犬に目をやった。

「なんだか興味深いことを言うね。街の電器屋さんて、私は絶滅危惧種だと思っていたよ。だっていつの間にか街から消えてしまっているだろう。特に近くに家電量販店ができたときなどはてきめんだよね。轟君が実家の電器屋さんに戻ると言ったときも将来性については密《ひそ》かに心配したんだ、実はね」

「絶滅危惧種とは上手い表現ですね」俺は思わず笑いを洩らした。でも笑っているわけにはいかない。

品川は微笑を浮かべ、俺の話に耳を傾けている。

「突然おしかけてすみません。お忙しかったんじゃないですか」

「いいよ。話してよ」

「街の電器屋は価格では絶対に家電量販店に勝てやしません。じゃあ価格以外で商売すればいい。その通りなんですが、そんなに簡単じゃない。やっぱり価格はお客様に訴求する最高の武器ですからね。じゃあサービスをよくすればいいのかというと、それもそう単純じゃないんです。どんなサービスをすればいいか分からないですから。それでうちではいろいろ模索をした結果、高売りをしようということになりました」

俺はにんまりとした。

「えっ、高売りって高く売ること？」

品川が驚いた。

「そうなんです。高く売ろう。粗利益率三十五％は確保しようということになったんです」

「それじゃ大変だろう。安売りなら分かるけど……」

品川が表情を曇らせた。

「どうしたら高売りできるかみんなで考え中なんです。それで今日、ここへ来ました？」

「まさか私に高く売りつけようって魂胆じゃないよね」

品川が苦笑した。

「まさかぁ」俺は笑い、机の上に置いたロボット犬を抱えた。「これをなんとしてでも直してほしいんです。これは私のお客様の家族なんです。それが動かなくなってしまった。私は、店員の一人ひとりが、たった一人のお客様のためにとことん尽くすことが、『高売り』に繋がるんじゃないかと思っているんです。私にできることはなんでもやろうじゃないか、サービスにかけるコストとかの問題じゃない。お客様が元気になればいいんじゃないかって。それが街の電器屋の役割じゃないかって。確かに店は今、家電量販店に押されて青息吐息です。でも私たち街の電器屋っていうのは、お客様の人生そのものに寄りそって繁盛するんだと思うんです。安心感や生活の支え、大きく言えば一緒にがんばって行きましょうというエールを送る仕事だと思うようになってきました。お願いします」

俺は、ロボット犬を品川に差し出した。

なんだか品川はあっけにとられている。

「よし、預かろうじゃないか。少し時間をもらうかもしれないけど……」

品川はロボット犬を俺から受け取った。

「ありがとうございます」

俺は頭を下げた。

「私には、轟君の言う『高売り』の意味が分かるよ」品川は真面目な表情になった。

「私がビッグロード電器にいたとき、専門にしていたAV機器は、いつも価格破壊の恐怖に晒《さら》されていた。何年もかかって苦労して開発した商品にもかかわらず発売したらすぐに安売りに巻き込まれてしまうんだ。韓国や中国がすぐに真似をしてくるからね。本当は真似できない工夫をして、絶対に彼らの製品には負けない自信があってもAVなどの電子機器は安売りには勝てない。結局、開発費も回収できなくなってしまう。それで敗退さ。だから私は量産化できなくてもいい、付加価値を認めてくれる製品を作りたくなったのさ。それがロボット。もちろん、多くの人に届けるためには量産化して安くしないといけない。だけどロボットは、それぞれの人にとって代替不可能なオンリーワン製品なのさ。それを売りきりにせず長く使ってもらう存在にしたい。だから最初は高くっても最終的には安いってことになる。ロボットで使い捨てじゃない文化を作りたいんだ。それって轟君の言う『高売り』と同じ論理だよ」

品川は一気に話した。今まで胸の中に秘めていたことが溢れ出る勢いだ。

「このロボット犬は私のお客様の家族だと言いましたが、品川さんの言う通り、オンリーワンの製品なんです。修理代は私が払います。ぜひ修理してください。お客様の喜ぶ顔が見たいんです」

俺は強く言った。

「必ず修理するから」品川は、力強く言った。「ねえ、轟君。私からのお願いなんだけど、君の店で私のロボット展示会ができないかな。人型ロボットや介護用ロボットいろいろさ。もし可能なら開発仲間にも声をかけてみる。お客様にも楽しんでもらえると思うよ」

「本当ですか。そんなこと、こちらからお願いしたいくらいです」俺は言い、ふと素晴らしいプランを思い付いた。「品川さん、そのロボット展示会、私たちの街の祭りでやってくれませんか」

2

「雷太さん、お帰りなさい。ニコニコされてますけどいいことでもあったのですか」

チエちゃんが聞いた。

「最高さ」俺は親指を立てた。「詳しいことは、また後でね」

「雷太さん、ちょっと留守をお願いしていいですか」

チエちゃんが手を合わせた。今日はチエちゃんが店に残る日だ。

「チエちゃん、どこかに行くの？」

俺は、急いでいる様子のチエちゃんに聞いた。

「どうしてもお客様のところにお届けに行きたいんです。だから雷太さんがお帰りになるのを待っていたんです」

「行っていいよ。ところでなにを注文されたの？」

「それが……」チエちゃんがちょっと困ったような表情になった。「単三乾電池一本なんです」

「単三乾電池一本！」そりゃ運ぶだけコストがかかっちゃうね。ちょっと考えてしまうね。わざわざ行くことないんじゃないかな。ついでに買いに来てもらえないのかな。そんなに急いでいるの？」

俺は、乾電池一本を持ってきてほしいという客の要求は、いくらなんでもわがまますぎるのではないかと思ったのだ。

「いえ、お客様はついでのときでいいよとおっしゃったのですが……」

「Aランクのお客様なの？」

俺の問いにチエちゃんが頷いた。やっぱりAランクの客だ。

「それでどうしようか迷って角さんに相談したんです。Aランクのお客様だけど、乾電池一本でも届けるべきか、お客様の言う通りについでのときに持参すればいいのかって」

「そうしたら？」

「角さんは、すぐ持っていきなさいと即答です。お客様が、何かのついでに持ってきてほしいと言われたときは、きっと今すぐにそれが欲しいのだと察するべきだ、こうした相手の気持ちを察するサービスこそ高売りの神髄だっておっしゃるんです。きっと乾電池以外にも何か用があるはずだって」

「そうだね。角さんの言う通りだよ。目の前の客に集中だ。チエちゃん、留守は任せて。お客様のところに行ってください」

俺はチエちゃんを送り出した。チエちゃんは、弾むように勢いよく外に出ていった。手には袋に入れた乾電池をしっかりと握りしめていた。

俺は、品川から提案されたロボット展示会のことを考えて興奮していた。これを祭りのイベントでやれば、大変な人気を博すに違いない。どのように進めるべきか、母ちゃんや角さんとも相談しないといけないだろう。

沙織が中年の女性客を案内している。扇風機売り場だ。

「高いわね。オオジマデンキに比べたら一万円も高いわよ」

女性客の声が険しい。俺は心配になって耳を立てた。

「そうなんです。うちの店は高いので有名なのです」

沙織がさらりと受け答えしている。

「どうして高いの」

沙織はどう対処するのだろうか。俺はドキドキした。幸い他に客はいない。俺はこのまま気づかれないように沙織の対応を注視していることにした。

「いずれご理解いただけると思っています」

「一万円も高い理由が分かるって言うの？」

「はい、お客様。でんかのトドロキは、長く付き合ってくださるお客様に支えられています。それはこちらにある電器製品だけを売っているのではないからです」

沙織が製品の棚を手で示した。女性客は怪訝な表情だ。

「電器製品以外に何を売ってるって言うの？」

「いえ、もちろん、販売させていただくのは電器製品です。しかしそれだけではなく、私どもはお客様に満足感、安心感、充実感など心地よさをお売りしているのだと思っています。でんかのトドロキで買い物をしてよかったとの思いそのものをお売りしているのです」

沙織はなかなか上手いことを言っているが、女性客に理解されるのだろうか。

「おもしろいことを言うわね。私はこの店に今日、初めて来たけど、他の電器屋も回ってから、一番安いものを買うつもりなのよ」

初めての客なのか。

「いろいろなお店を見て回られるのはいいことだと思います。私どもも初めてのお客様は大歓迎です。でんかのトドロキの良さを分かっていただける機会をいただいているわけですから」

沙織は微笑みを絶やさない。

「そうは言っても高いからここでは絶対に買わないわ。安くしてくれたら考えるけど」

女性客は皮肉っぽく言う。

沙織は依然として笑みを絶やさない。

「このお値段でご提供しております」

「他の客は満足しているのかしら」

「はい。とても」

「ふーん。変な店ね」

女性客は納得がいかない様子だ。

「ところでお客様、なぜ扇風機をお買いになろうと思われたのですか？」

「ん？　なぜって……、上手く動かないからよ。実は、二年前に買ったのだけど、もう調子悪いのよ。音がうるさくなってね」

女性客は顔をしかめた。

「確か……お客様はお近くにお住まいとおっしゃってましたから、今、ご使用されている商品を修理いたしましょうか。修理をすれば、まだ使えるのではないでしょうか？」

「えっ？」

女性客はどう理解していいのかという表情だ。驚きより戸惑いだ。

「わざわざ新しいのを買わないというのも無駄を無くすエコ・ライフですから、素敵です」

沙織は丁寧に言う。

「あのさぁ、おかしくない？　ここは電器屋でしょう？　修理したら売り上げにならないわよ」

「ええ、でもその方がお客様にとってよろしいのではないかと思いまして……。修理して扇風機が使えるようになればお客様はそのお金をもっと必要なものに使うことができるんじゃないかと」

沙織はあくまで低姿勢だ。

「そうなのよ。実は、子どもが電子レンジを欲しいって言っていたのだけど、扇風機が先だって、ちょっと言い争いになったの」

女性客が苦笑した。

「それなら扇風機は私どもで修理させていただきますので、そのお金で電子レンジをお買い求めになられればいいではありませんか」

「扇風機を修理してもらってもお宅で電子レンジを買うとは限らないわよ。私、安いところを探すのが趣味だから」

女性客が沙織を探るような目つきで見つめた。

「はい、結構でございます」

「修理代を高く取るんじゃないの？」

「修理代はいただきません」

沙織はきっぱりと言った。

「嘘でしょ、そんな店なかったわよ。家電が壊れてサービスセンターに電話してもいらいらするほど要領を得ない説明しかしないし、メールで問い合わせても返事は遅いし、修理に来るわけじゃない。諦めて新しいのを買うしかないじゃないの。それなのにあなたは修理に来てくれると言うの？　それも無料で」

「はい、それがでんかのトドロキの心です」

沙織が、小さく頭を下げた。

女性客は急に無言になり、腕を組み考えるように首を傾げた。

「とりあえず電子レンジを見せてもらいますね」

女性客は、何かをふっきったように言い、沙織に電子レンジ売り場に連れていくように頼んだ。

「どうぞこちらです」

沙織が女性客を案内していく。

俺は、あの女性客が電子レンジを買うかどうかまで見届けたい気がした。しかし沙織について歩くわけにはいかない。他の客が来れば、応対しなければならない。それにしても沙織のお客への配慮には感心した。客の値引きの要請にも決して動揺することなく、無料で修理することが客のメリットであるということを納得させてしまった。

「雷太さん、お帰りなさい。ロボット犬の修理は上手くいきそうですか」

角さんが近づいて、声をかけてきた。

「はい、修理してくれるということになりました。昔の会社の先輩です」俺はにこやかに言った。「そのことで後で相談があるのですが、今の沙織のセールスを見ましたか」

角さんは、俺の問いかけににこやかな顔で「はい。大変、見事なセールスでしたね」と答えた。

「すごいと思いました。さすがです」

「沙織さんがお客様のことをいつも最優先に考えているからこそできる、でんかのトドロキの『気づき』のサービスだと思います」

「『気づき』のサービス？」

角さんは時々、妙なことを言う。

「お客様がなにを求めているか気づくことがでんかのトドロキのサービスだと思っています。それを確立することが他と差別化することに繋がり、高売りに繋がります。『飛んで行き、客の背中を優しく掻けば、笑顔、満足、気づきのサービス』。こんな歌を標語にしたらどうでしょうか。なかなかのものでしょう」

角さんが得意げに言った。

「『飛んで行き、客の背中を優しく掻けば、笑顔、満足、気づきのリービス』。かゆいところに手が届く気づきのサービスねぇ」

歌はたいしたことは無いと思ったが、でんかのトドロキが生き残るには、「気づき」のサービスが必要だ。

「『気づき』のサービスも先代社長の言葉ですよ。雷太さん」角さんがニヤリとした。「えっそうだっけ」俺は父ちゃんのノートのどこに書いてあったか覚えていない。「気づきのサービスに気づかなかったのですか」角さんがいじわるな笑みを浮かべた。「すみません。勉強します」俺は低頭した。

「ところで雷太さんの相談事って、なんでしょうか」

「それがねぇ」俺は角さんににじり寄った。「おもしろい企画なんです。今度の祭りでやれればいいなって思っています。いいですか」

「もったいぶらないで話してください」

角さんが説明を促す。

「ロボット犬を修理してくださるのは、ビッグロード電器の先輩で、天才技術者の品川さんという方なんですが、今、ロボットを開発中なんですよ。それで祭りでロボットを展示してくれないかって！　どうですか」

俺は勢い込んで言った。

「そりゃあおもしろい。ぜひやりましょう」角さんはすぐに賛成した。「しかし」角さんは真面目な表情になった。

「しかし、ってなに？」

俺は聞いた。

「祭りは稲穂稲荷の祭りです。でんかのトドロキの祭りじゃない。稲穂市全体で盛りあがらないといけない。そのためにはオオジマデンキを参加させないといけません。旧市街、新市街が一緒になって祭りを作って行きましょう。そうすればロボット展示も大規模にやれるでしょう」

「その通りだけどねぇ」

俺は竜三の顔を思い浮かべた。

「雷太さんが、早くオオジマデンキの竜三さんを口説くべきです。ぐずぐずしていないで。それが何より必要です」

「できるかなぁ。自信ないよ」

「なにを弱気になっているんですか。気づきのサービス精神ですよ」

「竜三の背中のかゆいところを掻いてやるの？」

俺は表情を曇らせた。

「その通りです。雷太さんがやらねばいつまでも稲穂市は分裂したままです」

角さんは、怖い顔で睨み、強い口調で言った。

「角さーん！」

チエちゃんが大きな声を張りあげて帰ってきた。

「お帰りなさい。乾電池、お届けご苦労さまでした」

角さんが一転して優しい笑顔になった。

「角さん、驚かないでくださいね」

チエちゃんの息が荒い。相当、急いで帰ってきたのだ。

「驚きません。多少のことではね」

角さんが笑みを浮かべた。

「乾電池がLEDに化けました」

チエちゃんは謎かけのように言った。

「チエちゃん、どういう意味なの？」

俺は聞いた。

「乾電池をお届けしたら、お客様が感謝してほめてくださってね。実は、むしゃくしゃしていてちょっと意地悪で無理なことを頼んだのに、にこにこして乾電池を持ってきてくれた。嬉しくてむしゃくしゃが直った。ついては工場の明かりを全部LEDにしようと思っていたんだけど、でんかのトドロキでできるかなって言うんですよ。工事もLEDも全部、任せるからやってくれないかって言うんです!」

「すごい! これは驚きだね」

「百万円以上の仕事になります。応援よろしくお願いします」

チエちゃんは、全身でガッツポーズをした。

みんなが「高売り」を実践するようになっている。「高売り」は実は「気づき」を売ることだったのだ。

俺は、竜三にどんな「気づき」を売ればいいんだろうか。

3

俺は、山盛りの豆腐のサラダに箸を入れた。生野菜に崩した豆腐がたっぷりとかかっている。それにゴマダレをかけて食べるのだ。手間がかかっていない料理だが、これが滅法、美味い。もう一品は、野菜たっぷりカレーだ。大人の味だよ、と母ちゃんが言う通り辛みが効いている。予定がないときは、母ちゃんが作った夕飯を食べる。母ちゃんは、社長として働きながら、俺の夕飯もちゃんと作ってくれているからだ。本当に感謝だ。本来なら社員の俺が作らないといけないんじゃないか。なにしろ母ちやんは社長だから。

「角さんが竜三と関係を修復しないと祭りは成功しないって言うんだよ」

俺は、シャリシャリと音を立ててレタスを食べた。

母ちゃんは、カレーを口に運んでいた手を止めた。

「祭りを成功させたいと思ったら、そうするしかない」

「母ちゃんもそう思うのか？」

「ああ、そう思う。早く行動するべきだ」母ちゃんはカレーを口に運んだ。

「でもまた沙織のことでつっかかられてもいやだしなあ」

俺もカレーを口に入れた。かなり辛い。

「沙織のことは、単なるきっかけじゃないのかい？」

じろっと母ちゃんが俺を見た。

「どうして？　沙織が竜三を袖にして、うちで働くようになったからあいつが怒ったんじゃないの？」

「それしか気づかないのがお前の浅はかさだよ。ずっと言ってるじゃないか。元はといえば竜三のお前に対するライバル心が原因だ」

「ライバル心ねぇ。俺はそんなにたいしたことはないけどなぁ」

「お前は確かにたいしたことはない。しかし竜三はそうは思っていなかったのさ」

母ちゃんはたっぷりと辛い皮肉を言った。

「たいしたことないとか、ちょっと傷つくなぁ」

俺は、カレーでひりひりする舌を冷やすために水を飲んだ。

「まあ事実だからしょうがないさ。竜三が高校を出てオオジマデンキに就職するとき、お前はひょいひょいと大学進学を決めただろう。あのとき、竜三がわざわざうちに来て言ったことを覚えているかい？」

「竜三が、うちに来て……」

俺は大学進学を決めたころの記憶を辿《たど》った。しかし何も思い出さない。否定の意味を込めて首を振った。

「雷太は稲穂市を捨てるんだな。二度と戻ってくるな。俺は地元に根づくからと泣きそうな顔でね」

母ちゃんは、覚えていないのかと怒ったような顔で俺を睨んだ。

そう言えばそういうことがあったような気もする。しかしそのとき、俺は大学進学と東京に行くことができるという喜びで舞いあがっていた。竜三のことなど考える暇もなかった。

「俺はきっと『稲穂市なんかには絶対に戻らないから』とでも軽く言ったんだろうな」

俺は少し後悔した顔になった。

「ああ、その通りだよ。そのときの竜三の顔を私は、お前の後ろから見ていたけど、それはそれは悲しく寂しそうだった」

母ちゃんも悲しそうな顔になった。

「でもなぜ母ちゃんは竜三のことをそんなに覚えているのさ」

俺は尋ねた。不思議に思っていた。昔のことをここまで覚えていることが引っ掛かったのだ。

「実はね、竜三は私の子どもだったかもしれないんだよ」

母ちゃんはカレーを口にしたまま平然と言った。

「えっ！」俺は絶句し、凍りついた。「なに、それ！　なに言うのさ。心臓が止まるかと思ったよ」俺は悲鳴を上げ、カレーをすくっていたスプーンを皿の上に落とした。

母ちゃんは、にんまりとして「バカ、だったかもしれないと仮定の話だろう？　なにを慌てているんだ」

「母ちゃんが脅かすからだよ」

俺は真面目な顔で言った。息が多少、上がっている。

「この間、お前と竜三と沙織ちゃんの関係は、私と父ちゃんと竜三の父親の竜之介の関係と同じだって言ったことがあっただろう？」

「あれにも驚いたけどね」

母ちゃんの話にはいつも驚かされる。しかし、だいたい詳しく話してくれない。自分で少しは考えろという趣旨のようだが、俺はあまり深く考えなかった。あの母ちゃんの話も充分には理解できなかった。

「実は、竜之介にプロポーズされたことあるんだよ」

「えっ！　ほんと！」

もういい加減にしてほしい。俺を脅かしてなにが嬉しいんだろう。

母ちゃんは、ちょっと後ろを振り向いた。その先に仏壇があり、父ちゃんの戒名を書いた位牌《いはい》が納めてある。それに向かって軽く頭を下げた。

「父ちゃんは東京に出てしまって大道電器に勤めたんだ。こんな狭い街にはいられない。やっぱり東京だってね。私はさびしかったね。父ちゃんと付き合っていたからね。私も一緒に東京に行こうかと思ったんだけど家の事情で許されなかった。そんなとき、幼馴染の竜之介がなぐさめてくれたんだ。優しくしてくれたし、もう父ちゃんは東京の人になってしまった頃だった。竜之介の申し出にはずいぶん迷ったよ。でもそのすぐあと父ちゃんは稲穂市に戻ってきた。私は嬉しかったね。何年か振りに会う父ちゃんはいい男になっていた。私は地元の会社に勤めていた。父ちゃんは、すぐにでんかのトドロキを開いたんじゃないんだよ。運送屋などで働いてね。稲穂市のことを調べていたんじゃないかな。それで落ち着いた頃に、私にプロポーズしてくれた。この街で電器屋を開きたいんだ、苦労するけど、一緒になってくれってね。私は嬉しかったね。竜之介からのプロポーズはうやむやにしていたから、少し迷ったけど、オーケーした。結婚して、それから二人でがんばって苦労してでんかのトドロキを開店したのは、父ちゃんが三十歳、私が二十八歳のときだね。やっぱり父ちゃんのことが好きだったんだね。苦労はなんとも思わなかったよ」母ちゃんは、また後ろの仏壇に向かって頭を下げた。

「竜三の親父は怒ったよ。竜之介に父ちゃんと結婚するって言ったら、血相を変えて私と父ちゃんの前に現れてね。父ちゃんに向かって、この街を捨てて勝手に東京に行ったくせにのこのこ戻ってきて、儲かりもしない電器屋をやろうなんて夢で朋《とも》ちゃんを騙しやがって、ってね」母ちゃんは、そのときのことを思い出して「悪い女だね。ふふふ」と笑いをこぼした。

朋ちゃんというのは母ちゃんの愛称らしい。朋絵《ともえ》という名前だ。

俺は興奮した。母ちゃんの知られざる若き日の話だ。

「それでどうなったの？」

「竜之介は、こんな男やめて、私に強引に自分の嫁になれって言ったのよ。だけどね、私はきっぱりともう決めたから、女に二言はない、父ちゃんと結婚すると言い切った。竜之介は怒ったわよ。でも最終的には諦めた。そのあたりは男らしい。それで父ちゃんも竜之介もお互い、負けるものかって必死で働いたのよ。私も竜之介に、自分と結婚しなかったから不幸になったと言われたくないから一緒にがんばった。それで竜之介は、父親から引き継いだ小さな不動産屋を今みたいな大きな会社にしたし、父ちゃんもでんかのトドロキを立派にした。父ちゃんも竜之介も男らしい男だよ」

「初めて聞く話で驚いたなぁ。今でも竜三の親父がうちを目の敵にするのは母ちゃんとの恋に敗れたせいなのか」

俺は母ちゃんの若いころを想像しようとした。しかし無理だった。「信じられない話だけどね」俺は呟いた。

「事実は小説より奇なり、と言うだろう」母ちゃんはポンと膨らんだ腹部を叩いた。

「でも竜三の親父はしつこいね。いくら恋の恨みでもうちの商売を邪魔することはないじゃないか」

俺の言葉に母ちゃんの表情が陰った。

「本当のことを言うとね、竜之介はうちの商売をことさら邪魔しようとはしていない」

母ちゃんは強く言い切った。

「そんなことあるもんか。角さんたちが言っていたじゃないか。オオジマデンキが街の電器屋を潰しているって。それにうちの土地を取りあげようと安売りを仕掛けてきたり。竜三がやってきたことだってそうだ。黒幕に親父がいたって不思議じゃない。これで何もしていないって言うの？」

俺は竜三の親父の肩を持っているような母ちゃんの言い方が気にいらなかった。

「まず街の電器屋が潰れるのは、後継者不足や経営努力が足りないから。それが大きな原因さ。オオジマデンキのような家電量販店ができたら、街の電器屋は今までどおりの商売はできない。それは竜之介が悪いんじゃない。商売というのはいつも厳しいもので昨日順調だった商売が、今日も、ましてや明後日《あさって》も順調だとはだれにも約束できない。だって大手電器メーカーだって急に赤字になったり、リストラで何万人も社員をクビにしたりする世の中なんだからね」

母ちゃんの言葉は、俺の胸にグサッと刺さった。俺もリストラされてしまった。

「でもオオジマデンキがうちを目の敵にしているのは事実だろ？」

「それは竜三の問題だろうね。竜之介の指示ではないと思う。竜三がお前を気にくわない奴だと思っているからじゃないか」

「父ちゃんだって竜三の親父とは仲が悪かったんだろう？」

父ちゃんは竜三の親父に負けないようにと必死で働いたと母ちゃんは言った。二人が仲がいいはずが無い。健全なライバルというより母ちゃんのことで憎み合う仲だったのではないか。でも母ちゃんは首を振った。

「竜之介はね、父ちゃんの通夜に真っ先に駆けつけてね、号泣したんだよ。今日、あるのは父ちゃんのおかげだって。竜之介が自分の土地に家電量販店のオオジマデンキを誘致できたのは、父ちゃんが大道電器に勤務していた縁から紹介したんだそうだ。そのころ、竜之介は、不動産をどのように活用したらいいかって悩んでいてね。思い悩んで父ちゃんに相談にきたんだってさ。それで父ちゃんはオオジマデンキを誘致したらいいってアドバイスしたんだよ。それを聞いたときは、父ちゃんらしいなって感心したのさ」

「ほんと！　父ちゃんが競争相手の家電量販店のオオジマデンキを紹介したの？」

「通夜のときに聞かされてね。私も驚いた。あのオオジマデンキの誘致成功が権藤不動産が今日のように成功したきっかけだからね。ちょっと父ちゃんの備忘録を持ってきてごらん」

母ちゃんに言われて俺は父ちゃんのノートをテーブルに置いた。

「ここにね、『競争相手が大きければ大きいほど、強ければ強いほどがんばれる。大きくて強い相手に立ち向かってこそ、知恵が絞れる』と書いてあるだろう。これが父ちゃんの考えなんだ。だから竜之介に負けるものかとがんばったんだ。父ちゃんらしいね。敵に塩を送るってことなのかな。おかげででんかのトドロキも立派になったんだ」

母ちゃんは淡々と話した。俺は母ちゃんがあまり感情を交えず話すことで余計に衝撃が強まった。俺は黙り込んでしまった。

「竜三はそんなに詳しいことは何も知らないと思う。ただお前に勝ちたいと思っているだけだろう。父ちゃんと竜之介も最初はそうだった。しかしお互いいい意味で競い合う仲になったんだろうね。お前たちもきっとそうなるんじゃないかって思っている。思い切って祭りのことを竜三に相談したらどうなのかい？　今度はお前が竜三に相談に行けばいい。昔は、竜之介が父ちゃんに相談に来たんだけどね」

母ちゃんは満足げに微笑んだ。なんだか心の中に溜《た》めていたものを吐き出したようにすっきりとした顔をしている。でも俺のほうはあまりにも重大な事実ばかりを知らされて、本当のことを言えば、言葉もない。

「俺が竜三に……」

俺は情けない顔をした。

「祭りを成功させたいんだろう？　本当に偉い人というのは、結果を見据えてどんなに恥をかこうと、惨めになろうとその目的に向かって真っ直ぐに進む人だよ。お前の父ちゃんがそういう人だった……。ああ、そうそう、大道さんの担当になったんだってね。角さんから聞いたけど奥さまに会ったんだね」

「ああ、いろいろ話をしてもらったよ。世話になったんだね。それに俺が勤務していたビッグロード電器の創業者の一族だっていうから、これにも驚いたよ」

「お前ばかりじゃなくて父ちゃんもお世話になったんだ。そして大道さんは父ちゃんの真っ直ぐな性格が好きでね。独立してからも陰に陽に、見守ってくださった方だよ。いずれお前にもちゃんと紹介するつもりだよ」

大道光之進は、俺が新宿のサクラ電器の売り場に勤務しているころから会っているとは母ちゃんに敢《あ》えて言わなかった。あれは家電製品ではなく、俺を見に来てくれていたのだと思うと、感謝で頭が下がる。

「さあ、行動するなら早いほうがいい。ぐずぐずするような社員はいらない」

母ちゃんが社長の顔になって俺を叱咤《しった》した。動かざるを得ないじゃないか。

4

水曜日。今日は休みだ。安売り競争の時は定休日返上だったが、通常は、でんかのトドロキは毎週水曜日が定休日になっている。

俺は、新市街にある大きなショッピングモールのレストラン街にあるハンバーグレストランに沙織を誘った。

話す内容は知らせていない。飯を食わないかと声をかけただけだ。ついでに先日の扇風機の客がどうなったか知りたいと思った。あのセールスは最高だったからだ。

「この間、扇風機をまけろって言っていたお客様を上手く電子レンジに誘導したけど、あの後、どうなったの？」

ハンバーグにナイフを入れた。ジュッという音を立てて、熱く焼かれた鉄板に肉汁が溢れ出た。

「あのお客様、なかなか信用してくださらなくてね。ご自宅まで扇風機を取りに行って、それですぐに角さんに修理してもらってお届けしたの。扇風機が静かに動いたら、目を丸くして、ああいうのをハトが豆鉄砲を食ったというのかしら、本当に驚いていらしたわ」

沙織は楽しそうに話し、ハンバーグをひと口大に切って、口に運んだ。「ここのハンバーグはおいしいわね。いつも混んでるのよ。街には人はいないのに、このショッピングモールには人がいっぱい。おかしいわね」

「驚いただろうね。量販店では、修理してくれなかった扇風機を、それも無料だっていうんだから」

「変わり様がもうおかしいくらいなの。やっぱり高くても修理してもらえるところが安心でいいわねって」

沙織が弾んだ声で言った。

「それで電子レンジは？」

俺の質問に沙織はクスッと笑い、「やっぱり値段の比較をしてから買うことにするって。値段にはかなわないな」と言った。

「でもあのおばさん、値段だけじゃないサービスがあるんだって分かってくれたんじゃないかな？」

「きっとそうよ。すぐに高売りが定着するとは思わないけど、私たちが努力すれば少しずつ浸透していって、でんかのトドロキの他にはないたったひとつの個性になるんじゃないかしら」

沙織はおいしそうにハンバーグを食べた。

「それでさ、今日、相談があるんだけど」

俺もハンバーグを口に運んだ。甘い肉汁が口に広がった。確かにハンバーグ専門店だけのことはある。これを食べるだけでもこのショッピングモールに来る価値がある。

「雷太さんの相談って竜三のことでしょう」

沙織が上目遣いに俺を見た。

「気づいた？　勘がいいなぁ」

俺は少し驚いた顔をした。

「シマ君やチエちゃんもどうにかならないかって気に病んでいたから」

沙織はナイフとフォークを置いた。まだハンバーグは半分以上残っている。

俺はハンバーグレストランを見渡した。この賑わいを祭りに取り込まなければ稲穂市全体の活気を取り戻すことはできない。

「それで雷太さんはどうするの？　竜三に頭を下げるの？」

沙織の目が厳しい。

「正直、迷っている。俺が頭を下げるだけで竜三が祭りに協力するかどうか……」俺は沙織を見つめた。「それに俺が頭を下げたら、沙織が面倒なことになりやしないかって」

「面倒っていうのは、また私がしつこく竜三につきまとわれるってこと？」

沙織は首を傾げた。もうハンバーグは冷めてしまっただろう。俺は、三分の一ほど残っているので、どうしようかと迷いつつフォークを突き刺した。

「そう、あいつ、まだ沙織のこと、諦めていないだろう。俺が頭を下げて協力を頼むと、その代わり沙織を寄こせってことを言うかもしれない」

沙織が、ふふふと気の抜けたような笑いを洩らした。

「昔から竜三ってしつこいのよね。私のこと、貧乏人って苛めてたでしょう？」

「ああ、覚えているよ。あいつが俺の作文にケチをつけてさ」

「私が電器屋さんが壊れた電器製品を修理してくれるのは偉いって言ったら、竜三が新しいのを買えばいい、貧乏人は買えないんだろうって言うから……」

「沙織が突然、竜三に平手打ちを食らわせた」

「竜三が泣いた、泣いた」

沙織は当時を思い出したのか、興奮気味だ。

「そう、そのうち沙織も泣いて、俺も泣いて、教室中のみんなも泣いて……」

「泣き声の大合唱だった」

俺と沙織が声を合わせた。そして笑った。

「おかしかったな。先生も参観に来ていた親たちもみんなどうしたらいいか分からないという顔をしていた。あのときは父親参観だったから俺の親父が来ていたけど、竜三の親父が怖い顔で腕組みしていたよね」

「私の家は、父親がいなかったから母が来ていたのだけど、後で母に、お前が竜三をぶったのは痛快だったたってほめられたわよ」

沙織が明るい表情になった。

「でもあれ以来、竜三は沙織につきまとうようになったんじゃないの。もう大人になったのになぁ」

俺は表情を曇らせた。

竜三は、その後も沙織を追いかけ続けた。小学、中学、高校とずっと何かにつけて沙織の前に現れた。高校のときは、無理やり通学路で沙織にラブレターを押しつけたり、沙織が高校を卒業する際は、権藤不動産に入社させようとしたりした。そのしつこさは尊敬に値するほどだった。

「そうね、あのときまでわがまま三昧だったのに私がこの手で」沙織が右手の手のひらを見つめた。「きつい一発をお見舞いしたから、まるで私を厳しく叱ってくれる母親みたいに思ったのかしらね」

「どうしようもない奴だな。それじゃあ俺が頭を下げたら、どんなことになるか分からないな」

俺は天井を見あげた。角さんや母ちゃんからは俺が行動するようにと言われているのだが……。

「会おうよ。竜三に」

沙織が俺の方に顔を突き出した。目が輝いている。

「えっ」

俺は、驚いてのけ反った。

「連絡しなさいよ。竜三は、毎日、この近くのオオジマデンキにある部屋で寝泊まりしているはずだわ」

「そうなの？　店に泊まり込んでるってこと？」

「そう、あいつ、意外と仕事熱心なの」

「えっ、そう？」

俺は、沙織が竜三の暮らしまで知っていることにいささか驚いた。

「ほんと、いいの？　沙織、嫌じゃないの？」

俺は念を押した。

「嫌も何も、祭りを成功させるのは、旧市街を代表する私たちでんかのトドロキの義務よ。私も竜三から逃げてばかりいたら何も解決しないと思うようになったの。これもでんかのトドロキでお客様の声を聞きながら、どうしたら喜んでもらえるか考えるようになったからだと思う。私、以前と違ってずいぶん、気持ちが積極的になってきた気がするの。状況次第では、私が竜三に頭を下げてもいいと思っている。それに竜三も地元を愛する気持ちは絶対に残っているはず」

沙織は唇を引き締めた。

「沙織がそこまで言うなら、分かった、電話する。でもここに呼び出すのはどうかなあ。言い争いになったらマズイしね」

俺はちょっと弱気の表情をした。実は、竜三に頭を下げる心構えができていないのだ。まだ……。

「そうね」沙織は上目遣いに考える様子を見せた。「稲穂稲荷神社に呼び出しましょう。祭りが行われる場所だから、ぴったりでしょう。昔、三人で祭りに来て、遊んだこともあるしね」

「稲穂稲荷神社か……」

俺は、ちょっと懐かしい景色を思い出した。小学四年生だったかな。あれは稲穂稲荷神社の最後の祭りだった。でも俺たちはそれが最後の祭りだとは知らなかった。来年もまたその翌年も祭りはあると思っていた。たくさんの夜店が境内を埋めていた。イカ焼きの匂い、カステラ焼きの甘い香り、スーパーボールすくい、金魚すくい、コルク鉄砲の的当てなどなど。境内の舞台には踊りの輪ができている。舞台で演奏される太鼓と歌に合わせて人々が踊っていた。額に汗が滲み、それが提灯の明かりに照らされている。俺と沙織と、そして竜三は三人で金魚すくいに興じていた。一番、上手いのは沙織だった。

「まずは行動ね。それがでんかのトドロキの高売りの秘訣」

沙織が微笑んでVサインを出した。母ちゃんに誘われて入社したときに比べると、ずいぶんと明るくなった。お客様に鍛えられ自信がついたのだろうか。そうでなければあんなに素晴らしいセールスができるはずがない。

俺は、意を決してスマートフォンを取り出した。そして竜三を呼び出した。結構、ドキドキしてきた。沙織が俺をじっと見つめている。

5

夜の七時——。稲穂稲荷神社の拝殿が提灯で明るく照らされている。夜にも参る人がいるからだ。拝殿の前には、阿吽《あうん》の狛犬《こまいぬ》ではなく神様の使いである二体の狐《きつね》の像が、参道を挟んでいる。久しぶりに来たが、境内は思っていた以上に広い。太鼓を叩き、歌を歌っていた舞台も健在だ。

「お参りしようか」

俺は、沙織に言った。

「ええ。お祭りの成功をお願いしましょう」

沙織が応じた。

俺と沙織は、拝殿の前に並んで立って、天井から下がっている綱を摑んで、揺する。鈴がジャラジャラと鳴る。二礼二拍手一礼の拝礼手順に従って頭を下げる。

「仲がいいことだな」

背後から声が聞こえた。竜三だ。

「竜三、来てくれたのか」

俺は振り向いた。

「二人でなにをお願いしていたんだ。今日は休みなのか」

提灯の明かりに照らされた竜三は険しい表情だ。

「ああ、休みだよ」俺は言った。

「いいな。俺のところは年中無休だぜ。この時間に出てくるのも苦労したんだ」

竜三は怒ったように言った。

「でんかのトドロキは中小企業だから、交替もいないから休まないとな」俺は反論した。

「ところで何を祈っていたんだ」

「祭りの成功だよ」

沙織のことを神様に頼もうと思ったが、やはり一番は祭りだ。沙織の表情が硬い。

竜三からも緊張が感じられる。

「こんな時間に俺をここに呼んだのは祭りのことか」

竜三が拝殿に近づいてくる。

「そうだよ。八月にこの稲穂稲荷神社の祭りを復活しようって俺たちが動いているのは知っているよな？」

俺は聞いた。

「ああ、聞いている。だけど俺は関心が無い」

竜三は、賽銭《さいせん》箱に百円玉を入れると、拝殿に向かって柏手《かしわで》を打った。

「関心が無いってことはないだろう。覚えているだろう。小学生のころ、ここで祭りがあって、俺たち、一緒に遊んだじゃないか」

俺は、親しげに言った。昔を思い出してくれれば竜三の心が和むのではないかという気がしたのだ。

「気にいらねぇな」竜三は険しい目つきで俺を睨んだ。

「なにが気にいらないんだ」

「雷太は東京に骨を埋めるつもりだったんじゃないのか。のこのこと戻ってきやがって地元民面するなよ。この負け犬が」

雷太が口汚く俺を罵った。

「負け犬とはなんだよ」

俺はむかむかとして、竜三に言い寄った。

「負け犬に負け犬と言っているだけだ。地元を捨てて勝手に東京に行きやがって。ダメになったらのこのこ戻ってきて、地元民面をする。そんないい加減な奴は俺は嫌いなんだよ。なにが祭りだ。そんなものクソ食らえだ。俺は、お前らがピーヒャラピーヒャラやっているときにモールと一緒に新市街で夏のセールを展開して、客を集めて、祭りに閑古鳥を飛ばしてやる」

「竜三、お前、どうしてそんなにひねくれたんだ」

俺は悲しくなった。竜三は、小さなときから、決して可愛い性格ではなかったが、ここまでひねくれていることはなかった。

「ひねくれてはいない。俺は、一貫している。お前こそ、俺が地元に残るのに、大学に行き、就職も東京に決めた。俺がどんな気持ちでお前を見ていたか分かるか？」

「そんなの分からない」

俺は顔をしかめた。

「羨ましかった。俺だって東京に行きたかった。しかし親父の不動産屋を継がないといけないから泣く泣く残ったんだ。お前は、いつもひょうひょうとどこへでも流れて行く。俺はお前なんかより地元のことを考えている。フラッと行ったり来たりする奴に地元の祭りをやってほしくない」竜三は憎々しげに言った。

「俺は、何とか地元民になって皆と祭りをやりたいと思っている。竜三、お前はそんなに祭りを潰したいのか」

「ああ、潰したいね。特にお前が協力すると聞いてからはよけいに潰したくなった」

俺は地面に手をついた。「頼む。頼むから竜三、祭りに協力してくれ」

「ほほう、俺に土下座をするのか」竜三は見下したように言った。

「お前が協力してくれるなら、土下座でも何でもする」俺は地面に頭をつけた。

「じゃあ、こうしてやる」

竜三は俺の頭を足で踏みつけた。

「なにするんだ」

さすがに土下座する頭を足で踏まれては我慢できない。

俺は、竜三に飛びかかった。竜三と喧嘩して負けたことはない。もっとも子どものときのことだけど。

「くそっ」

竜三の身体に乗りかかる。竜三は俺の重みを支えられなくて、地面に身体ごと落ちて行く。俺は躊躇せず、竜三を組み伏せ、拳を握りしめると、頬を殴った。竜三の顔が大きく揺れた。

「やりやがったな」

竜三は、俺に組み伏せられていた右手を無理やりぬくと、俺の顔面にきつい一発を打ちつけた。俺はもんどりうって後ろに倒れた。すると竜三が、飛びかかってきた。

そして何発も俺の顔面を竜三の拳が打った。俺の鼻から血が飛び出る。俺は、組み伏せられながらもなんとか右腕を自由にして竜三の顔面を一発殴った。竜三の鼻柱がぐにゃっと曲がった気がしたら、ピューと鼻血が噴き出して、俺の顔にかかった。「汚ねぇじゃねえか」俺は言った。「なにを！」竜三は、鼻血をたらしながら俺を殴ろうとする。的を外して地面を思いっきり叩いた。「痛《い》てぇ！」竜三が後ろにのけぞる。その瞬間を狙って、竜三の腕から身体を抜き、今度は俺が竜三を組み伏せた。俺は、竜三の身体を抱えたまま、神社の境内をぐるぐると転がった。もう何が何だか分からない。頭の中に竜三を思い切り懲らしめている小学生の自分が浮かんでいた。

「やめて！　やめなさい！　二人とも」

沙織の悲鳴が聞こえる。俺の身体に沙織の手が当たった。俺と竜三を引き離そうとしているのだ。俺は転がるのをやめた。息ができないくらい苦しい。竜三も同じだ。俺の顔面にかかる竜三の息遣いが荒い。

俺は竜三の身体を両腕でロックするように抱きかかえたまま、地面に横たわった。竜三は身動きせず、俺を睨んでいる。

「もう、ケンカしないで」

沙織が泣いている。

俺は竜三の身体から腕を外して「ああっ」と大きな声を上げ、地面に仰向けに大の字になった。同時に竜三も「ああっ」と声を上げ、大の字になった。俺の手が、まだ竜三の手を摑んでいる。

見あげる先に沙織の顔があった。

「二人とも大丈夫？」

沙織が心配そうに言った。

「大丈夫さ。竜三は昔より強くなっている」

俺は言った。

「なに言っているんだ。雷太こそずいぶん腕を上げたぜ」

竜三が言った。

途端に俺はどうしようもなく笑いが込みあげてきた。我慢ができない。俺は、大声で笑った。竜三も笑い始めた。俺の視線の先にいる沙織が驚いて、戸惑っている。なぜこんなときに笑えるんだろうという顔だ。

それを見ると、さらに笑いが止まらない。俺は地面に大の字になったまま笑い続けた。竜三も笑っている。

「竜三、俺は負けないぞ」

俺は上を向いたまま言った。

「俺だって雷太に負けるもんか。お前ら高売りと称して家電を高く売りつけているぞうじゃないか」

「売りつけてなんかいない。真心を込めて本物のサービスをしているから適正な価格で買ってくださるんだ。お前のところのように安売りだけが能じゃないんだ」

「なにをふざけたことを言っているんだ。俺のところは徹底して安売りをするぞ」

「俺のところは高売りだ。毎月、イベントをするぞ。さんま祭りやマツタケ祭りやマグロ祭りだ」

「負けないぞ。俺のところだって有名歌手を呼んでコンサートをやる。お前の店の客を根こそぎ奪ってやる。負けない。お前には絶対負けない」

「俺だって今じゃ稲穂市で生きる覚悟をしているんだ。地元に深く根を張る。お前が根を引き抜こうと思っても無理だぞ」

「勝手に地元民になりやがって。俺こそが地元民だぞ」

「お前もそこまで言うなら祭りに協力しろ。若い連中が集まって地元を活性化するために知恵絞ってんだからさ。お前も知恵絞れよ。知恵が無けりゃ金を出せよ。邪魔するだけじゃ何が、地元民だ。地元民が泣くぜ。稲穂稲荷神社は旧市街も新市街もない。昔からずっとここにあるんだから」

「俺だって祭りのアイデアはあるんだ。お前とちがってずっとこの街のことを考えてきたからな。俺を幹事の一人にするか？　するんだったら一緒にやってやる」

竜三が頭を回して俺の方に顔を向けた。鼻血はもう固まっているが、砂がついてかなりひどい。鼻は折れていないみたいだ。鼻筋は曲がっていない。

「やるか?」

俺は念を押した。

「やる。雷太も途中でやめたって言うなよ。オオジマデンキはこの稲穂稲荷を今流行りのイルミネーションで飾るからな」

竜三は両手を夜空に突きあげた。

「それは俺が先に思いついていたんだ。俺のアイデアを盗んだな」

俺は言った。しかし顔は笑っている。

「なにをケチなことを言っているんだ。お前のアイデアなんか盗むかよ。電器屋なら誰でも考えつくことだ」

竜三が笑った。

「二人とも楽しそうだけど、話はまとまったの」

沙織が笑みを浮かべて、見下ろしている。

俺は竜三に顔を向けた。目の前に竜三の顔がある。久しぶりに見る笑顔だ。

「竜三、お前、笑うと小学生のときのままだな」

俺はまた笑いが込みあげてきて、声に出して笑った。

「雷太、お前こそ成長していないぜ」

竜三も笑った。

「さあ、二人とも起きてちょうだい」

沙織が両手を差し出した。俺が沙織の右手、竜三が左手を摑んだ。

「えいっ」

沙織が両腕に力を込めた。俺と竜三は同時に地面から跳ね起きた。

「祭り、賑やかにやろうぜ」

竜三が俺の手を握った。

「ああ、分かった。成功させよう。新市街の店はお前がまとめてくれ」

俺は竜三に言い、竜三の手を握った。そこに沙織が手を重ねた。

「二人とももうこれで喧嘩はおしまいね」

「沙織、俺の嫁さんになってくれ」

竜三が諦めきれない様子で言った。

「竜三、もうそれは言いっこなしだ。また俺と喧嘩になるぞ」

俺は言った。

「そうだな」

竜三がうなだれた。俺と沙織が笑った。それにつられるようにして竜三も笑った。

俺は夜空を見あげた。

笑い声が暗い空をどこまでも伝わっていくような気がした。

エピローグ

神社の中には多くの店が並んでいる。すべて新市街、旧市街の若者たちが出店したものだ。昔懐かしいスーパーボールすくいや金魚すくいもある。焼きそば、ホットドッグ、たこ焼きなど。賑やかな掛け声で参拝客を呼び込んでいる。どの店も大賑わいだ。シマ君とチエちゃんはクレープの店で子どもたちにクレープを配っている。おいしいのだろう。奪い合いの様子でシマ君が子どもたちに「いっぱいあるからね」と叫んでいる。

中でも人だかりがすごいのは、境内の一角をしめているロボット展示場だ。品川が解説をしながらロボットを次々と紹介していく。アシスタントは沙織が務めている。

人型ロボットが、幼い子ども相手になぞなぞで勝負をしている。

「アイ　ガ　スキナ　オサルサーン　ハ　ナンデスカ」

ロボットが子どもたちになぞなぞを出題する。

「アイアイ！」

子どもたちが一斉に答える。

「ドラヤキ　ガ　スキナ　ロボット　ハ　ナンデスカ」

「ドラえもん！」

子どもたちが答えを言うたびに大きな喝采と笑い声が起きる。

「さてこのベストを着てみてください」

沙織が品川の指示に従って女性客の一人にベストをつける。半袖のベストで、腰のあたりをベルトで縛り、腕にも輪のようなものをはめている。

女性客はこわごわとした様子だ。

「轟さん、これを持ちあげてください」

沙織が突然、俺の目の前にある十キロ入りの米袋二つを同時に持ちあげるように指示した。俺は言われた通り両手で持ちあげようとしたが、二十キロは重い。なんとか少しだけ持ちあげることができたが、腕が痛い。

「それでは彼女にやってもらいます」

ベストをつけた女性客が米袋を摑んだ。ひょいと軽々と持ちあげた。女性客は心底驚いている。

「これは介護用のベストです。これからさらに開発が進めばもっと身近になります」

品川が集まった人たちに説明した。

「ワンワン」

人だかりの中で犬の鳴き声がした。皆が一斉に振り向いた。そこには大道光之進と大道夫人がいた。大道夫人の両手にはロボット犬がしっかり抱かれていた。

「轟君、ロボット犬を修理してくれてありがとう」

大道光之進が俺に言った。大道夫人が笑みを浮かべている。

「大道様、お礼を言うのはこちらのほうです。大口の寄付をいただいたおかげで子ども神輿を買うことができました。今日の昼間、ワッショイワッショイと子どもたちが新市街、旧市街と練り歩きましたが、最高の笑顔でした」

俺は大道に深く頭を下げた。大道が高額の寄付をしてくれたおかげで子ども神輿が用意できたのだ。

「あれが神輿だね」

大道の視線の先に神社の本殿があり、そこには黄金に輝く小さな神輿が鎮座していた。

「轟君、祭り、大成功だね」品川が近づいてきた。

「品川さん、本当にありがとうございます。こちらは例のロボット犬の所有者の大道さんです」

俺は品川に大道夫妻を紹介した。大道夫人が品川に近づき、「ありがとうございます」と一言いい、ロボット犬を品川の足元に置いた。

「ワンワン」とロボット犬は声を上げながら、品川の周りをまわった。

「大道光之進さんですよね。ビッグロード電器でお世話になっておりました。品川と申します」品川は大道に軽く頭を下げた。

「あなたが品川雄二さん。お名前は聞いております。あなたをリストラするなんてビッグロード電器はバカな会社です」

大道は言った。

「いえ、そのおかげでロボット開発をすることができます。むしろ感謝しています」

「そうですか、それなら良かった」大道は少し考える様子を見せ「私に何かご協力できることがあるかもしれません。一度、あなたの事務所をお訪ねします」

大道は品川に握手を求めた。品川は大道の手を握り、「ありがとうございます。お待ちしています」と深く頭を下げた。

「おじさん、これを修理してください」小学生くらいの少女がロボット犬を品川に差し出した。

「お客様ですよ。さあがんばってください」大道は品川に微笑みかけて、祭りの人混みに消えていった。

「はい、お任せください」

品川は少女からロボット犬を預かると、「ロボット犬などをお持ちの方がいらして修理をお望みでしたら、持ってきてください。無料で修理しますから」と、人々に向かって言った。

「シュウリ　シマス。ロボット　ハ　ニンゲン　ノ　トモダチ　デスカラ」

人型ロボットが人々に呼びかけた。

夕暮れが迫ってあたりが暗くなってきた。今夜は拝殿の提灯の灯《あか》りは控えめになっている。

「おい、雷太、イルミネーションを点灯するぞ」

竜三が俺に声をかけてきた。

「ああ、頼む」

俺は言った。

「一緒にスイッチを押そうか」

竜三が俺を誘った。

「いいねぇ」

俺は答えた。

竜三がマイクを持った。集まった人たちに点灯を知らせるのだ。

「皆さん、イルミネーションを点灯します。僕と一緒に一、二、三の掛け声をお願いします。それでは行きますよ。一、二、三」

集まった多くの人たちが一斉に、一、二、三と声を合わせる。稲穂市全体が稲荷神社の前でひとつになったように感じる。

竜三と俺が一緒に点灯ボタンを押した。

「ワーッ」と歓声が上がった。本殿の社の屋根、周囲の立ち木、舞の舞台、小さな社がすべて七色に輝く無数のＬＥＤ電球に彩られた。七色の光の川が流れている。あるところでは渦巻き、あるところでは大きな波になる。集まった人たちは光の中で笑顔になっている。

「大成功じゃないか」

俺と竜三に後ろから声がかかった。振り向くと竜三の親父、権藤竜之介だ。そのそばには、まさかの母ちゃんがいる。

「素晴らしいイルミネーションだね」

母ちゃんの顔が七色の光を反映している。

「ありがとうございます」

竜三が満足げに母ちゃんに頭を下げた。

「竜三、地元の役に立ってよかったじゃないか」

竜之介が言った。怖い人物だと思っていたが、笑うと優しそうだ。

「権藤さん」俺は竜之介の正面に立った。「なんでしょうか」竜之介が小首を傾げた。「今度、オオジマデンキとでんかのトドロキは業務提携を考えています。オオジマデンキのお客様からの修理の依頼などを受けてはどうだろうと竜三君と話し合っています。量販店と街の電器屋の共存共栄を目指します」と俺は一気に話した。

「それはいいことです。お互いが長所を伸ばし、短所を補完する。素晴らしいことです」と言い、「竜三、しっかりやりなさい」と竜三の肩を叩いた。

「この祭りをきっかけに、オオジマデンキとでんかのトドロキの新しい時代を築いていくつもりだ」竜三は力強く言った。

「母ちゃん、権藤さんと一緒に祭りを楽しむつもりなの？」

俺は訝《いぶか》しい思いで聞いた。

「そうだよ、何か悪いかい？　竜之介とは幼馴染だからね」

母ちゃんが、微笑んだ。

「雷太さん、あなたのお母さんは私の初恋の人なんですよ。振られてばかりですがね。今度こそは……」

竜三の親父が楽しそうに言った。

「まさか……」

俺は目を剝き、絶句した。竜之介が昔、母ちゃんのことを好きだったとは聞いたが……。確か竜三の母親は二年前に亡くなっているから、竜三の親父は独身だ。

「ははは、心配するんじゃないよ、雷太。今はライバルだからね。お前たちと同じようにね」

母ちゃんは豪快に笑った。

「そうだよ。竜三もオオジマデンキを今以上に立派にしないとな。でんかのトドロキを吸収するくらいじゃないといけないぞ」

竜三の親父が声に出して笑った。

「負けないぞ。絶対に」

俺は竜三を睨んだ。

「俺も負けないぞ。雷太」

竜三が唇を引き締めた。

俺は空を見あげた。夜空に七色のイルミネーションの虹が輝いている。それは宇宙の果てまでも照らし続けているようだ。俺にはそれが「希望」の光に見えた。

参考文献

『図解入門業界研究　最新家電量販店業界の動向とカラクリがよ〜くわかる本（How-nual Shuwasystem Industry Trend Guide Book）』得平司・著　秀和システム
『家電製品アドバイザー資格　問題&解説集2015年版（家電製品資格シリーズ）』一般財団法人家電製品協会・編　NHK出版
『よそより10万円高くてもお客さんが喜んで買う「町の電器屋さん」が大切にしていること』山口勉・著　すばる舎リンケージ
『なぜこの店ではテレビが2倍の値段でも売れるのか？』山口勉・著　日経BP社
『神様が応援してくれる経営——シャッター商店街に明かりが灯った』伊澤和馬・著　井坂泰博・著　アース工房
『街の元気屋さん』街を元気にプロジェクト・著　PHP研究所
『なぜ家電量販店でお客はブチ切れるのか』佐藤公二・著　あさ出版
『道をひらく』松下幸之助・著　PHP研究所

本書は文庫書下ろしです。

|著者|江上 剛　1954年、兵庫県生まれ。早稲田大学政治経済学部政治学科卒業後、第一勧業銀行（現・みずほ銀行）に入行。人事部、広報部や各支店長を歴任。銀行業務の傍ら、2002年には『非情銀行』で作家デビュー。その後、2003年に銀行を辞め、執筆に専念。他の著書に、『絆』『再起』『企業戦士』『リベンジ・ホテル』『起死回生』『東京タワーが見えますか。』（すべて講談社文庫）などがある。銀行出身の経験を活かしたリアルな企業小説が人気。

家電《かでん》の神様《かみさま》

江上《えがみ》 剛《ごう》

講談社文庫
定価はカバーに
表示してあります

2016年12月15日第1刷発行

発行者――鈴木 哲
発行所――株式会社 講談社
東京都文京区音羽2-12-21　〒112-8001
電話 出版（03）5395-3510
販売（03）5395-5817
業務（03）5395-3615

Printed in Japan

デザイン―菊地信義
本文データ制作―講談社デジタル製作
印刷―――凸版印刷株式会社
製本―――株式会社国宝社

ISBN978-4-06-293563-0

講談社文庫刊行の辞

二十一世紀の到来を目睫に望みながら、われわれはいま、人類史上かつて例を見ない巨大な転換期をむかえようとしている。

世界も、日本も、激動の予兆に対する期待とおののきを内に蔵して、未知の時代に歩み入ろうとしている。このときにあたり、創業の人野間清治の「ナショナル・エデュケイター」への志を現代に甦らせようと意図して、われわれはここに古今の文芸作品はいうまでもなく、ひろく人文・社会・自然の諸科学から東西の名著を網羅する、新しい綜合文庫の発刊を決意した。

激動の転換期はまた断絶の時代である。われわれは戦後二十五年間の出版文化のありかたへの深い反省をこめて、この断絶の時代にあえて人間的な持続を求めようとする。いたずらに浮薄な商業主義のあだ花を追い求めることなく、長期にわたって良書に生命をあたえようとつとめるところにしか、今後の出版文化の真の繁栄はあり得ないと信じるからである。

同時にわれわれはこの綜合文庫の刊行を通じて、人文・社会・自然の諸科学が、結局人間の学にほかならないことを立証しようと願っている。かつて知識とは、「汝自身を知る」ことにつきていた。現代社会の瑣末な情報の氾濫のなかから、力強い知識の源泉を掘り起し、技術文明のただなかに、生きた人間の姿を復活させること。それこそわれわれの切なる希求である。

われわれは権威に盲従せず、俗流に媚びることなく、渾然一体となって日本の「草の根」をかたちづくる若く新しい世代の人々に、心をこめてこの新しい綜合文庫をおくり届けたい。それは知識の泉であるとともに感受性のふるさとであり、もっとも有機的に組織され、社会に開かれた万人のための大学をめざしている。大方の支援と協力を衷心より切望してやまない。

一九七一年七月

野間省一

講談社文庫 最新刊

上田秀人
参勤
〈百万石の留守居役(八)〉
藩主綱紀《つなのり》のお国入り。道中の交渉役を任された数馬に思いがけぬ難題が!?〈文庫書下ろし〉

松岡圭祐
水鏡推理V
〈ニュークリアフュージョン〉
文科省内に科学技術を盗むシンカー潜入か? 現役キャリアも注目の問題作!〈書下ろし〉

堂場瞬一
埋れた牙
女子大生の失踪、10年ごとに起きていた類似事件。この街《吉祥寺》に巣くう〈牙〉の正体とは?

五木寛之
青春の門
〈第八部 風雲篇〉
青春の証とは何か。人生の炎を激しく燃やす青年、伊吹信介の歩みを描く不滅の超大作!

堀川アサコ
幻想温泉郷
今度の探し物は〝罪を洗い流す温泉〟!? 大ヒット『幻想郵便局』続編を文庫書下ろしで!

馳 星周
ラフ・アンド・タフ
向かうは破滅か、儚《はかな》い夢か? 北へ逃げるヤミ金取立屋と借金漬けの風俗嬢の愛の行方。

織守《おりがみ》きょうや
霊感検定
〈心霊アイドルの憂鬱〉
高校生アイドルに憑いたストーカーの霊は何を訴えるのか。切なさ極限の癒し系ホラー。

周木 律
双孔堂の殺人
〈~Double Torus~〉
異形の建築物と数学者探偵、十和田《とわだ》只人《ただひと》再び。真のシリーズ化、ミステリの饗宴はここから!

森 博嗣
つぼみ茸《きのこ》ムース
〈The cream of the notes 5〉
森博嗣は軽やかに「常識」を更新する。ベストセラ作家の書下ろしエッセイシリーズ第5弾!

瀬戸内寂聴
新装版 **寂庵説法**
人はなぜ生き、愛し、死ぬのか、に答える寂聴〝読む法話集〟。大ロングセラーの新装版。

講談社文庫 目録

遠藤周作 深い河《ディープ・リバー》
遠藤周作 周作塾〈読んでもタメにならないエッセイ〉
遠藤周作 『深い河』創作日記
遠藤周作 新装版 海と毒薬
遠藤周作 新装版 わたしが・棄てた・女
永六輔 矢崎泰久 バカまるだし
永六輔 矢崎泰久 ふたりの品格
永六輔 矢崎泰久 ははははハハハ
江波戸哲夫 小説盛田昭夫学校(上)(下)
江波戸哲夫 ジャパン・プライド
衿野未矢 依存症の女たち
衿野未矢 依存症の男と女たち
衿野未矢 依存症がとまらない
衿野未矢 「男運の悪い」女たち
衿野未矢 男運を上げる15歳ヨリウエ男〈悩める女の厄落とし〉
衿野未矢 恋は強気な方が勝つ!
江上剛 頭取無惨
江上剛 不当買収
江上剛 小説 金融庁

江上剛 再起
江上剛 絆
江上剛 企業戦士
江上剛 リベンジ・ホテル
江上剛 起死回生
江上剛 瓦礫の中のレストラン
江上剛 非情銀行
江上剛 東京タワーが見えますか。
江上剛 慟哭の家
江上剛 家電の神様
江國香織 真昼なのに昏《くら》い部屋
R・アンダーソン 江國香織訳 荒井良二画 レターズ・フロム・ヘヴン
江國香織・文 松尾たいこ・絵 ふりむく
M・モーリス 江國香織訳 宇野亜喜良絵 青い鳥
江國香織他 彼の女たち
遠藤武文 プリズン・トリック
遠藤武文 トリック・シアター
遠藤武文 パワードスーツ
遠藤武文 原調

円城塔 道化師の蝶
大江健三郎 新しい人よ眼ざめよ
大江健三郎 宙返り(上)(下)
大江健三郎 取り替え子《チェンジリング》
大江健三郎 鎖国してはならない
大江健三郎 言い難き嘆きもて
大江健三郎 憂い顔の童子
大江健三郎 河馬に噛まれる
大江健三郎 M/Tと森のフシギの物語
大江健三郎 キルプの軍団
大江健三郎 治療塔
大江健三郎 治療塔惑星
大江健三郎 さようなら、私の本よ!
大江健三郎 水死
大江健三郎 晩年様式集《イン・レイト・スタイル》
大江健三郎・文 大江ゆかり・画 恢復する家族
大江健三郎・文 大江ゆかり・画 ゆるやかな絆
小田実 何でも見てやろう
大橋歩 おしゃれする

大沢在昌　相続人TOMOKO
大沢在昌　ウォームハート コールドボディ
大沢在昌　アルバイト探偵《アイ》
大沢在昌　調毒師を捜せ アルバイト探偵《アイ》
大沢在昌　女王陛下のアルバイト探偵《アイ》
大沢在昌　不思議の国のアルバイト探偵《アイ》
大沢在昌　拷問遊園地 アルバイト探偵《アイ》
大沢在昌　帰ってきたアルバイト探偵《アイ》
大沢在昌　雪蛍
大沢在昌　ザ・ジョーカー
大沢在昌　亡命者〈ザ・ジョーカー〉
大沢在昌　夢の島
大沢在昌　新装版 氷の森
大沢在昌　暗黒旅人
大沢在昌　新装版 走らなあかん、夜明けまで
大沢在昌　新装版 涙はふくな、凍るまで
大沢在昌　語りつづけろ、届くまで
大沢在昌　罪深き海辺(上)(下)
大沢在昌　やぶへび

大沢在昌　海と月の迷路(上)(下)
大沢在昌 C・ドイル原作　バスカビル家の犬
逢坂剛　コルドバの女豹
逢坂剛　スペイン灼熱の午後
逢坂剛　十字路に立つ女
逢坂剛　ハポン追跡
逢坂剛　まりえの客
逢坂剛　あでやかな落日
逢坂剛　カプグラの悪夢
逢坂剛　イベリアの雷鳴
逢坂剛　クリヴィツキー症候群
逢坂剛　重蔵始末《じゅうぞうしまつ》
逢坂剛　じぶくり伝兵衛〈重蔵始末(二)〉
逢坂剛　猿曳遁兵衛〈重蔵始末(三)〉
逢坂剛　嫁盗み〈重蔵始末(四)長崎篇〉
逢坂剛　陰の声〈重蔵始末(五)長崎篇〉
逢坂剛　北門の狼〈重蔵始末(六)蝦夷篇〉
逢坂剛　逆浪《げきろう》果つるところ〈重蔵始末(七)蝦夷篇〉
逢坂剛　遠ざかる祖国(上)(下)

逢坂剛　牙をむく都会(上)(下)
逢坂剛　燃える蜃気楼(上)(下)
逢坂剛　墓石の伝説
逢坂剛　新装版 カディスの赤い星(上)(下)
逢坂剛　暗い国境線(上)(下)
逢坂剛　鎖《とざ》された海峡
逢坂剛　暗殺者の森(上)(下)
逢坂剛　さらばスペインの日日(上)(下)
M・ルブラン原作 逢坂剛　奇巌城
オノ・ヨーコ 飯村隆彦編　ただの私《あたし》
オノ・ヨーコ 南風椎訳　グレープフルーツ・ジュース
折原一　倒錯のロンド
折原一　水の殺人者
折原一　黒衣の女
折原一　倒錯の死角〈201号室の女〉
折原一　101号室の女
折原一　異人たちの館
折原一　耳すます部屋
折原一　倒錯の帰結

折原　一　蜃気楼の殺人
折原　一　叔母殺人事件〈偽りの館〉
折原　一　叔父殺人事件〈グッドバイ〉
折原　一　天井裏の散歩者〈幸福荘殺人日記①〉
折原　一　天井裏の奇術師〈幸福荘殺人日記②〉
折原　一　タイムカプセル
折原　一　クラスルーム
折原　一　帝王、死すべし
大下英治　一を以って貫く〈人間小沢一郎〉
大橋巨泉　巨　泉〈人生の選択〉
大橋巨泉　巨泉流 成功！海外ステイ術
太田忠司　紅《べに》天蛾《すずめ》〈新宿少年探偵団〉
太田忠司　鴇色の仮面〈新宿少年探偵団〉
太田忠司　まぼろし曲馬団〈新宿少年探偵団〉
太田忠司　黄昏《たそがれ》という名の劇場
小川洋子　密やかな結晶
小川洋子　ブラフマンの埋葬
小川洋子　最果てアーケード
小野不由美　月の影　影の海(上)(下)〈十二国記〉

小野不由美　風の海　迷宮の岸〈十二国記〉
小野不由美　東の海神《わだつみ》　西の滄海〈十二国記〉
小野不由美　風の万里　黎明の空(上)(下)〈十二国記〉
小野不由美　図南の翼〈十二国記〉
小野不由美　黄昏の岸　暁の天〈十二国記〉
小野不由美　華胥《かしょ》の幽夢《ゆめ》〈十二国記〉
乙川優三郎　霧の橋
乙川優三郎　喜知次
乙川優三郎　屋《おく》烏《う》
乙川優三郎　蔓の端々
乙川優三郎　夜の小紋
恩田　陸　三月は深き紅の淵を
恩田　陸　麦の海に沈む果実
恩田　陸　黒と茶の幻想(上)(下)
恩田　陸　黄昏の百合の骨
恩田　陸　『恐怖の報酬』日記〈酩酊混乱紀行〉
恩田　陸　きのうの世界(上)(下)
奥田英朗　ウランバーナの森
奥田英朗　最　悪

奥田英朗　邪　魔(上)(下)
奥田英朗　マドンナ
奥田英朗　ガール
奥田英朗　サウスバウンド
奥田英朗　オリンピックの身代金(上)(下)
乙武洋匡　五体不満足〈完全版〉
乙武洋匡　乙武レポート〈'03版〉
乙武洋匡　だから、僕は学校へ行く！
乙武洋匡　だいじょうぶ3組
大崎善生　聖《さとし》の青春
大崎善生　将棋の子
大崎善生　編集者T君の謎〈将棋業界のゆかいな人びと〉
大崎善生　ユーラシアの双子(上)(下)
押川國秋　十手人
押川國秋　勝山心中
押川國秋　捨て首〈臨時廻り同心日下伊兵衛〉
押川國秋　中山道の雨〈臨時廻り同心日下伊兵衛〉
押川國秋　母の剣法〈臨時廻り同心日下伊兵衛〉
押川國秋　佃の渡し〈臨時廻り同心日下伊兵衛〉

講談社文庫　目録

押川國秋　八丁堀日和〈臨時廻り同心日下伊兵衛〉
押川國秋　辻斬り
押川國秋　見習い用心棒〈本所剣客長屋〉
押川國秋　左利きの剣法〈本所剣客長屋〉
押川國秋　射手座の侍〈本所剣客長屋〉
押川國秋　秘恋の雪〈本所剣客長屋〉
押川國秋　春雷の女房〈本所剣客長屋〉
大平光代　だから、あなたも生きぬいて
小川恭一　江戸の旗本事典〈歴史・時代小説ファン必携〉
落合正勝　男の装い基本編
大場満郎　南極大陸単独横断行
小田若菜　サラ金嬢のないしょ話
奥野修司　皇太子誕生
奥野修司　放射能に抗う〈福島の農業再生に懸ける男たち〉
奥泉光　プラトン学園
奥泉光　シューマンの指
大葉ナナコ　怖くない育児〈出産で変わること、変わらないこと〉
小野一光　彼女が服を脱ぐ相手
小野一光　風俗ライター、戦場へ行く

岡田斗司夫　東大オタク学講座
小澤征良　蒼いみち
大村あつし　無限ループ〈右へいくほどゼロになる〉
大村あつし　エブリ リトル シング〈クワガタと少年〉
大村あつし　恋することのもどかしさ〈エブリ リトル シング2〉
折原みと　制服のころ、君に恋した。
折原みと　時《とき》の輝き
折原みと　天国の郵便ポスト
折原みと　おひとりさま、犬をかう
面高直子　ヨシアキは戦争で生まれ戦争で死んだ
岡田芳郎　世界一の映画館と日本一のフランス料理店を山形県酒田につくった男はなぜ忘れ去られたのか
大城立裕　小説 琉球処分(上)(下)
大城立裕　対馬丸
太田尚樹　満州裏史〈甘粕正彦と岸信介が背負ったもの〉
大島真寿美　ふじこさん
大泉康雄　あさま山荘銃撃戦の深層(上)(下)
大山淳子　猫弁〈天才百瀬とやっかいな依頼人たち〉
大山淳子　猫弁と透明人間
大山淳子　猫弁と指輪物語

大山淳子　猫弁と少女探偵
大山淳子　猫弁と魔女裁判
大山淳子　雪猫
大山淳子　イーヨくんの結婚生活
大倉崇裕　小鳥を愛した容疑者
大鹿靖明　メルトダウン〈ドキュメント福島第一原発事故〉
大野更紗／開沼博　1984 フクシマに生まれて
緒川怜　冤罪死刑
荻原浩　砂の王国(上)(下)
荻原浩　家族写真
小野展克　JAL虚構の再生
小野正嗣　獅子渡り鼻
大友信彦　釜石の夢〈被災地でワールドカップを〉
乙一　銃とチョコレート
織守《おりがみ》きょうや　霊感検定
織守きょうや　霊感検定〈心霊アイドルの憂鬱〉
尾木直樹　尾木ママの「思春期の子どもと向き合う」すごいコツ
海音寺潮五郎　新装版 江戸城大奥列伝
海音寺潮五郎　新装版 孫子(上)(下)

講談社文庫　目録

講談社文庫　目録

加来耕三　日本史勝ち組の法則500〈徹底検証〉
加来耕三　「風林火山」武田信玄の謎〈徹底検証〉
加来耕三　天璋院篤姫と大奥の女たちの謎
加来耕三　直江兼続と関ヶ原の戦いの謎〈徹底検証〉
香納諒一　雨のなかの犬
神崎京介　女　薫　の　旅
神崎京介　女薫の旅　灼熱つづく
神崎京介　女薫の旅　激情たぎる
神崎京介　女薫の旅　奔流あふれ
神崎京介　女薫の旅　陶酔めぐる
神崎京介　女薫の旅　衝動はぜて
神崎京介　女薫の旅　放心とろり
神崎京介　女薫の旅　感涙はてる
神崎京介　女薫の旅　耽溺《たんでき》まみれ
神崎京介　女薫の旅　誘惑おって
神崎京介　女薫の旅　秘に触れ
神崎京介　女薫の旅　禁の園へ
神崎京介　女薫の旅　色と艶と
神崎京介　女薫の旅　情の限り
神崎京介　女薫の旅　欲の極み
神崎京介　女薫の旅　愛と偽り
神崎京介　女薫の旅　今は深く
神崎京介　女薫の旅　青い乱れ
神崎京介　女薫の旅　奥に裏に
神崎京介　女薫の旅　空に立つ
神崎京介　女薫の旅　八月の秘密
神崎京介　女薫の旅　十八の偏愛
神崎京介　女薫の旅　大人篇
神崎京介　女薫の旅　背徳の純心
神崎京介　滴《しずく》
神崎京介　イ　ン　ト　ロ
神崎京介　イントロ　もっとやさしく
神崎京介　愛　　技
神崎京介　無垢の狂気を喚び起こせ
神崎京介　ｈ　エッチ
神崎京介　ｈ＋　エッチプラス
神崎京介　ｈ＋α　エッチプラスアルファ
神崎京介　I　L O V E
神崎京介　利口な嫉妬
神崎京介　天国と楽園
神崎京介　新・花と蛇
神崎京介　美人と張形〈四つ目屋繁盛記〉
加納朋子　ガラスの麒麟
加納朋子　コッペリア
加納朋子　ぐるぐる猿と歌う鳥
かなざわいっせい　ファイト！〈麗しの名馬、愛しの馬券〉
鴨志田穣 西原理恵子　アジアパー伝
鴨志田穣 西原理恵子　どこまでもアジアパー伝
鴨志田穣 西原理恵子　煮え煮えアジアパー伝
鴨志田穣 西原理恵子　もっと煮え煮えアジアパー伝
鴨志田穣 西原理恵子　最後のアジアパー伝
鴨志田穣 西原理恵子　カモちゃんの今日も煮え煮え
鴨志田穣　酔いがさめたら、うちに帰ろう。
鴨志田穣　遺　稿　集
鴨志田穣　日本はじっこ自滅旅
角岡伸彦　被差別部落の青春
角田光代　まどろむ夜のUFO

2016年12月15日現在